大河小說 주역 ⑦

여인의
숭고한 질투

김승호 지음

돌선 선영사

차례 •••

쫓고 쫓기는 사람들

　건영이의 얼굴은 갑자기 밝아졌다. 방금 얻은 괘상은 소축지항(小畜之恒), 즉 풍천소축(風天小畜:☴☰)에서 뇌풍항(雷風恒:☳☴)으로 바뀌는 괘상이었다. 이는 능인의 운명을 알 수 있는 괘상으로 흩어졌던 기운이 급격히 원래의 상태대로 되돌아오는 것을 상징한다.

　그러므로 능인의 안전은 이제 확인된 셈이다. 풍천소축은 기운이 탕진되는 상태이므로 만약 병자가 이 괘상을 얻는다면 생명을 부지할 수가 없다. 그러나 뇌풍항은 흩어졌던 기운이 다시 되돌아와서 한데 모이는 것이다. 그뿐만 아니라 어려운 일이 시류(時流)에 힘입어 크게 발전한다는 뜻도 있다. 이는 새로운 출발과 재생을 의미하는 것으로 천지자연의 순환을 뜻한다.

　건영이는 좌대(座臺)에 앉은 채로 잠시 숲을 둘러봤다. 풍곡림은 여전히 한적하고 그윽했다. 오늘 따라 바람은 전혀 불지 않았고 밝은 태양빛도 깃들여, 풍곡림 전체는 마치 널찍한 방처럼 느껴졌다.

　건영이는 안도감과 함께 안온한 휴식을 즐기고 있었다. 정마을이 위기에 놓인 이래 며칠 동안 아무 일도 일어나지 않은 것이 여유를 준 것이리라…….

'머지않아 능인 할아버지께서 오실 거야!'

건영이는 미소를 지으며 능인의 모습을 그려봤다. 그러자 건영이의 마음속에는 인자하고 건강한 능인의 모습이 더욱 강하게 부각되어 왔다.

'아마 위기를 넘기셨을 거야! ……언제쯤 오시게 될까?'

건영이는 이런 생각을 하며 자리에서 일어났다. 풍곡대 위에서 바라본 풍곡림은 전혀 색다른 모습이었다. 예전보다 더욱더 장엄한 느낌을 주는 듯했다. 평화스러움, 한적함, 그윽함, 그리고 장엄! 이 모든 것이 풍곡림의 모습인 것이다. 아직도 산 위에서 이 풍곡림을 통해 형저(亨低)의 기운이 흐르고 있는 것이다. 이 기운은 이제 그 세력이 약해져 가고 있지만 면면히 이어져 저 아래로 사라지고 있었다.

이때 문득 한 가지 생각이 떠올랐다.

'도대체 이 기운은 어디에서 끝나는 것일까? 먼 곳에서 오는 이 기운은……!'

건영이는 풍곡대 위에 선 채로 조용히 정마을 쪽을 응시하기 시작했다. 정마을은 숲에 가려 아무것도 보이지 않았지만 건영이의 마음속에는 그 위치가 정확히 느껴졌다. 건영이는 이 산 위에서 뿌려지는 형저의 기운이 마을의 어느 쪽을 통과하는지 골똘히 생각에 잠겼다.

이 기운은 60여 년 전 태상노군이 태상호라는 남선부의 연못가에서 속계인 정마을을 향해 발출했던 것이었는데, 이것을 풍곡선, 즉 그 당시 정마을의 촌장에 의해 한 곳에 모여졌다가 이제 건영이의 영혼에 주입되었던 것이다.

아직도 남아 있는 이 기운은 어디론가 계속 흐르고 있다. 이는 마치 바람이 스쳐 지나가는 것과도 같았지만 어느 곳으로 흐르는지 몹시 궁금했다. 그래서 건영이의 마음속에는 어떤 아쉬움이 남아 있는 것일까?

건영이는 풍곡대를 내려와 천천히 걷기 시작했다. 형저의 기운을 느끼며 그 흐름을 뒤따라 계속해서 걸었다. 그 기운은 길을 따라 이어지고 있었다. 굽이진 길을 휘돌 때 기운은 험한 숲 속으로 향했지만 그 길을 돌아 나가면 다시 기운을 만날 수 있었다. 그것은 형저의 기운이 직선을 달리고 있기 때문이었다. 건영이는 이 직선을 가늠하면서 걷고 있기에 그 위치를 알 수 있었다. 기운은 숙영이 집을 통과하여 다시 아래로 흘렀다.

건영이는 기운의 흐름에 몰두해 있었기 때문에 숙영이 집 앞을 지나가는 것도 모르고 있었다. 그러나 조금 더 전진했을 때 기운은 다시 끊어졌다. 이는 길의 경사가 심했기 때문인데, 개울을 건너자마자 곧바로 이어졌다.

건영이는 잠시 뒤로 돌아 멀리 있는 풍곡림을 바라봤다. 그러나 언덕에 가려 풍곡림이 실제로 보이는 것은 아니었다. 하지만 이곳에서 한 방향으로 곧장 이어진 곳에 풍곡림, 아니 더 정확히 말하면 풍곡대가 있는 곳이다.

건영이는 미소를 지으며 다시 걷기 시작했다. 그러나 기운은 또다시 끊어졌다. 개울을 건너 오른쪽에 있는 숲을 통과하는 중이었는데, 이 길은 오른쪽으로 꺾이면서 경사도 급해졌다. 이번에는 한참 동안 나타나지 않았다. 그러나 건영이는 다시 나타나리라는 것을 잘 알고 있었다.

건영이는 오른쪽을 가끔씩 바라보며 길을 내려왔다. 마음속으로 보이지 않는 선을 긋고 있는 것이다. 이윽고 경사가 끝나고 평지가 나타났다.

오른쪽에는 우물이 있었다. 건영이는 조심스럽게 우물 쪽으로 걸어 갔다. 우물은 한쪽이 무너져 지금은 사용하지 않았다. 건영이는 무너진 우물을 바라보고는 다시 언덕 위쪽을 바라보았다.

그러고는 우물에 바짝 접근했다. 그러자 기운이 느껴지기 시작했다. 희한한 일이었다. 저 높은 산 위의 기운은 정확히 우물을 향하고 있었던 것이다. 땅의 각도로 인해 기운은 더 이상 앞으로 나아갈 수 없었다.

형저의 기운은 바로 우물에서 끝났다. 여기서부터는 비스듬히 땅 속으로 사라지고 있다.

'허 참, 묘한 곳에 우물이 자리 잡고 있군! 아니 일부러 이곳에 자리를 잡은 거야! 그렇지, 기운이 내리는 곳을 기념하기 위해 우물을 만든 것이로군! 그래서 마을 이름도 정마을이지! 그런데 누가 이 우물을 팠을까? 촌장님이실까? ……아무튼!'

건영이는 무엇인가 골똘히 생각하고는 급히 우물가를 빠져나왔다. 건영이는 박씨의 집 쪽으로 걷다가 왼쪽 길로 접어들었다. 조금 후 넓은 들판이 펼쳐지고 멀리 강노인의 집이 보였다. 건영이는 강노인의 집으로 가고 있었다.

마을 사람들은 아무도 보이지 않았다. 필경 각자의 집에 들어가 있으리라! 현재 마을에 위기가 닥쳐 있기 때문에 마을 사람들은 가까운 밭이나 집에 있기로 되어 있었다. 요즈음은 멀리 놀러 나간다거나 약초를 캐러 나가는 법도 없었다. 유사시에 편하게 연락을 하기 위함이다. 유사시란 빗자루 괴인의 출현을 말하는데, 괴인이 나타나면 건영이가 제일 먼저 감지해서 정섭이에게 알리게 되어 있었다. 그러나 만약 정섭이가 없으면 박씨에게 알리도록 되어 있다.

물론 이때 정섭이는 강노인 집에 가 있을 것이다. 보통 때는 숙영이와 함께 있으므로 괴인이 나타나면 숙영이 집에 제일 먼저 알리게 되는 셈이다. 왜냐하면 숙영이의 집이 선영이의 도장인 풍곡림과 제일 가깝기 때문이고, 정섭이가 두 번째 연락을 담당하기 때문이다.

　상황이 발생하면 정섭이는 박씨에게 알리고, 건영이는 임씨 부인과 함께 강노인 집으로 가도록 되어 있었다. 그리고 숙영이와 그 어머니는 강노인 집으로 떠난다.

　박씨는 정섭이에게 연락을 받으면 남씨에게 알리고, 남씨는 인규에게 연락한다. 그리고 인규와 남씨는 서로 정해진 사항을 확인하고 서울에서 온 손님, 즉 조합장의 부하는 현재 박씨 집에 있으므로 박씨가 알리면 된다.

　박씨는 여느 날처럼 촌장의 방에서 면벽을 하고 있다. 지금 건영이가 아무한테도 들리지 않고 강노인의 집으로 가는 것을 보면 위기 상황은 아닌 모양이다.

　마침 강노인은 문밖에 나와 있다가 건영이를 발견했다.

　'아니, 건영이가? 무슨 일이 생긴 것은 아닐까?'

　강노인은 더럭 겁부터 났다. 그러나 건영이가 가까이 오자 걱정은 이내 사라졌다. 건영이의 걸굴 표정은 어느 때보다 밝은 모습이었던 것이다.

　"할아버지 안녕하세요?"

　맑고 천진한 건영이의 목소리는 강노인의 가슴을 후련하게 해 주었다.

　"어서 오게. 별일은 없겠지?"

　강노인은 가볍게 인사를 건넸다.

"예, 다른 일이 있어 왔어요!"

"그래? 그럼 안으로 들어가지."

강노인은 할머니가 건영이를 좋아하고 아끼는 것을 잘 알기 때문에 들어가서 천천히 얘기하자는 뜻이었다. 건영이가 강노인을 따라 싸리문 안으로 들어서자 기척을 느낀 할머니가 방에서 나왔다.

"작은 촌장님이 오셨는가?"

할머니는 미소를 지으며 건영이를 맞이했다.

"안녕하세요? 할머니."

"이리 앉게나. 아니 방으로 들어갈까?"

제법 날씨는 선선한 편이었다. 건영이는 춥지는 않지만 노인들을 생각해서 방으로 들어갔다. 방은 마루에 비해 좀 답답한 느낌을 주었다. 하지만 이는 마음가짐의 문제로 좁은 곳에서도 넓음을 느낄 줄 알아야 하고, 넓은 곳에 나아가서도 자신의 본질을 잊지 말아야 한다. 건영이도 평소 이것을 수양했기 때문에 평온한 마음으로 방에 들어서자 곧장 앉았다.

"일이 있어서 왔다고 했는가?"

강노인은 건영이를 바라보며 이렇게 물었고 할머니는 조용히 지켜보고만 있었다.

"예, 저 우물 말이에요. 그걸 좀 고쳤으면 좋겠어요!"

"음? 거기에 무슨 뜻이 있나?"

할머니는 흥미 있어 하며 물었다. 할머니에게 건영이의 말은 무엇이든지 다 신기한 모양이었다. 건영이는 할머니를 돌아보면서 얘기했다.

"특별한 것은 아니에요. 그저 기분이 좀……."

"기분? 그래, 건영이가 그렇게 생각한다면 고쳐야겠지! 그래도 그

속엔 무슨 뜻이 있겠지?"

할머니는 건영이의 의견에 무조건 찬성을 했다. 강노인도 천천히 고개를 끄덕였다.

"저 우물은 아주 신령한 우물이에요. 촌장님께서도 종종 치성을 드렸다면서요?"

"그렇지! 그런데 요즘은 도대체 경황이 있어야지……."

강노인은 건영이의 말에 긍정하면서도 우려를 나타냈다. 강노인의 걱정은 빗자루 괴인에 관한 것인데, 그 일로 마음이 편치 않으니 우물 보수 작업에 관심이 못 미쳤던 것이다. 그러자 할머니가 건영이를 쳐다보며 말했다.

"신령한 우물이라고? ……어째서 그렇지?"

할머니의 의도는 이번 기회에 우물의 뜻을 확실히 알고자 하는 것이었다. 예전에도 촌장이 우물에 정성을 들이는 것을 매우 궁금하게 여겼다.

보통 사람의 생각으로는 우물이란 먹을 물을 공급하는 것으로 그 은혜를 하늘에 감사하는 뜻에서 우물을 신성시할 수도 있다. 사람이란 어떤 상징에 대해 과잉 행동을 할 수도 있는 법이다. 우물은 단지 물 자체를 공급해 주는 것이기도 하지만, 또한 생명을 공급하는 상징이라 할 수 있다.

그러나 촌장 같은 사람이 그토록 우물을 신성시해 왔다면 이는 분명 다른 뜻이 있다고 볼 수도 있다. 건영이도 오늘에야 그 뜻을 정확히 알았지만, 그것은 바로 태상노군에 대한 일종의 예경(禮敬)이었다.

우물의 위치는 정확하게 태상노군이 발출했던 형저의 기운이 땅에 도달하는 지점이다. 그렇다면 촌장이 치성을 드릴 만한 신령한 우물이 아닐 수 없다.

　건영이는 할머니의 물음에 가급적 간단히 대답하려 마음먹고 천천히 말을 꺼냈다.

　"우물은 공급의 상징이에요. 이를테면 음식·생명, 혹은 행운이라고 해도 좋겠지요. 그동안 생각해 봤는데 우물이 부서지고 나서부터 마을에 액운이 많이 찾아들었어요. 그래서 우물을 고쳤으면 하는 것이에요!"

　"그래? 우물이 부서지고 나서 액운을 만나니 고쳐야겠구먼. 하지만 저 우물에 다른 어떤 뜻은 없을까?"

　할머니의 질문은 상당히 날카로운 데가 있었다. 건영이는 잠시 망설이다가 대답했다.

　"예, 저 우물은 좀 특별하기는 해요. 저곳에는 하늘의 가호가 깃들여 있어요. 저 우물은 그야말로 우물 그 자체예요!"

　"음, 무슨 말이니? 그야말로 우물 그 자체라고?"

　이번에는 할아버지가 물었다. 건영이는 천천히 알아듣도록 설명하기 시작했다.

　"주역에서 우물은 수풍정(水風井)이라고 하는데, 이것을 풀어보면 죽어 있는 것에 생기를 공급한다는 뜻이 있어요. 즉 근원에서부터 기가 분출되는 것이지요. 통하며, 새로워지는 것입니다. 그런데 우리 마을의 우물은 정말로 하늘의 기운이 닿는 곳이에요."

　"그래? 허 참, 그렇다면 대단하군. 하늘의 기운이라……."

　할머니는 고개를 갸우뚱하며 다시 반문했다.

　"상징 이상이란 말이지? 정말로 특별한 우물인데."

　"예. 이 세상에 저토록 귀한 우물은 없을 거예요!"

"음, 그렇군! 그럼 당장 고쳐야지. 안 그래요, 여보?"

할머니는 강노인에게 시선을 돌리며 물었다. 이에 강노인은 천천히 고개를 끄덕이고는 건영이를 보며 말했다.

"우물을 빨리 고쳐야겠군! 언제 했으면 좋겠나?"

강노인은 요즘 마음이 좀 불안한 시기이니 어떻게 했으면 좋겠느냐는 뜻이었다. 그러자 건영이가 힘차게 대답했다.

"오늘 바로 시작하지요!"

"음? 오늘? 허허, 역시 촌장이구먼!"

할머니는 함박웃음을 지으며 찬성했다.

"그래? 의논을 해 봐야겠군. 마을에 시멘트가 있는지 모르겠네……."

바로 이때였다. 강노인이 말을 마치기도 전에 건영이의 안색이 갑자기 바뀌면서 손을 들어 말을 막았다.

"잠깐만요! 아니 큰일 났는데요!"

건영이는 황급히 일어나며 이렇게 말했다.

"갑자기 무슨 일인가?"

강노인이 근심스럽게 물었을 때 건영이는 이미 밖으로 뛰어나가고 있었다.

"할아버지, 준비하세요. 빗자루 괴인이 왔어요!"

"……."

어느새 건영이는 신발을 신고 싸리문을 박차고 나갔다. 그러고는 마을 사람들에게 알리기 위해 온 힘을 다해 달리기 시작했다.

"자, 그렇다면 우리도 준비를 해야지요?"

할머니는 망연자실하고 있는 강노인의 주위를 환기시켰다.

"……."

강노인은 말없이 고개를 끄덕일 뿐이었다. 할머니는 허둥지둥 부엌으로 나갔다. 대부분의 짐은 이미 싸 놓은 상태였으므로 준비할 것은 그리 많지 않았다. 그동안 마을 사람들도 틈틈이 피난 준비를 해 대부분의 짐을 강노인의 집에 갖다 놓고 있었다.

그리고 피신할 곳도 두 곳이나 마련해 놓았으며 몇 가지 비상 물품이 그곳에 비축되어 있었다.

건영이는 힘껏 달려 박씨 집에 당도했다. 이곳에는 현재 서울 손님, 즉 조합장의 부하들이 묵고 있었다. 건영이가 급히 문을 두드리자 즉각 문이 열리고 서울 청년들 중 하나가 얼굴을 내밀었다.

"피난입니다. 남씨 아저씨께 알리세요. 그리고 할아버지 집으로 빨리 가세요."

건영이는 이 말만 남기고 뒤돌아서서 다시 달리기 시작했다. 서울 청년들도 즉시 자신들의 대장격인 남씨에게 연락을 취하기 위해 신속히 행동을 개시했다.

건영이는 개울을 건너 언덕을 뛰어올랐다. 그러자 바로 앞에 숙영이의 집이 보였다. 건영이는 일단 멈춰 숨을 고르게 하고는 조용히 싸리문 안으로 들어섰다. 이때 어떤 느낌이 들었는지 숙영이가 문을 열었다.

"어머, 오빠!"

"숙영아, 일이 생겼어! 안에 정섭이 있어?"

"예."

숙영이가 대답하는 사이에 정섭이가 방에서 재빨리 나왔다.

"무슨 일인데요?"

"음, 괴인이 왔어. 빨리 사람들에게 알려야겠어!"

"예, 알겠어요."

정섭이는 대답과 동시에 신발을 바쁘게 신고는 쏜살같이 달려 나갔다.

"어머니는?"

건영이는 숙영이 어머니의 소재를 확인했다.

"어머니는 지금 윗집에 갔어요!"

윗집은 바로 임씨 집을 말한다.

"그래? 내가 가보지. 숙영이는 빨리 준비를 해."

건영이는 다시 임씨 집으로 뛰어올라 갔다.

이때 강가에서는 이미 사건이 진행되고 있었다. 괴인은 빗자루를 어깨에 걸머쥐고 곧바로 강가로 걸어갔다. 오른쪽에 나룻배가 있었다.

이 배는 괴인이 맨 처음 끌어다 놓은 그 상태 그대로 방치되어 있었다. 괴인은 배를 흘끗 쳐다보고는 잠깐 생각에 잠겼다가 다시 걸었다. 배를 사용하지 않을 모양이었다.

괴인은 강물을 향해 계속 걸어갔다. 방향은 이미 정해진 듯 망설임이 없었다. 이윽고 물가에 도착하자 잠시 강 건너편을 다시 바라봤다. 그러고는 물 위로 한 발을 내디뎠다.

그런데 이게 어찌된 일인가? 괴인의 발은 물속으로 빠지지 않는 것이었다. 두 번째 발도 마찬가지였다. 마치 단단한 암석을 밟은 듯 태연히 물 위에 두 발을 딛고 섰다. 괴인이 지나쳐 온 모래 위에는 발자국이 선명하게 찍혀 있는데, 물 위에서는 어찌된 것일까?

괴인은 이미 신묘한 기운을 주입하여 몸의 무게를 없애버린 것이다. 이럴 경우는 보통 달려야 기운이 적게 소비되는 법인데 괴인은 전혀 아랑곳하지 않았다. 그만큼 기운이 강한 것이리라!

괴인은 천천히 강 위에서 발걸음을 내딛고 있었다. 속도가 그리 빠른 편은 아니었지만 강폭이 좁아 곧 강의 맞은편에 당도할 것이다.

이즈음 건영이는 임씨 집에 들어섰다.

"아주머니!"

나지막하게 부르자마자 즉시 문이 열리고 임씨 부인의 모습이 보였다.

"어머! 귀한 분이 오셨네!"

임씨 부인은 다정한 미소를 지으며 밖으로 나왔다.

"안녕하세요."

건영이는 임씨 부인이 놀라지 않도록 평소와 다름없이 한가하게 인사를 건넸다. 임씨 부인의 뒤로 숙영이 어머니도 모습을 나타냈다. 건영이는 숙영이 어머니에게도 태연히 인사를 했다.

"안녕하세요."

"예, 어서 와요."

숙영이 어머니는 살며시 미소만 지은 채 방에서 나오지 않았다.

"잠깐 들어갈까요?"

임씨 부인은 숙영이 어머니에게 미소를 보이고 건영이에게 말했다. 건영이는 마을 어느 곳에서도 환영을 받고 있었다.

"아주머니, 일이 있어서 왔어요. 놀랄 것은 없지만……."

건영이가 망설이며 말을 맺지 못하자 임씨 부인은 긴장을 하며 그의 말에 귀를 기울였다.

"피난을 가야겠어요. 괴인이 왔어요!"

"어머! 괴인이?"

숙영이 어머니는 놀란 표정을 지으며 망연자실했다. 임씨 부인은 고개를 끄덕이며 아무렇지도 않게 말했다.

"그럼 준비할게요. 할아버지 집으로 가면 되지요?"

임씨 부인은 피난 방식을 잘 알고 있었다. 이제는 오직 아기에 관련된 것만 준비하면 되었다. 숙영이 어머니가 마음을 수습하고 말했다.

"여기는 걱정 말아요. 내가 임씨 부인을 데려갈게요. 그런데 숙영이도 알고 있나요?"

"예, 다시 가서 얘기할 거예요. 내려오면서 숙영이와 함께 곧장 할아버지 집으로 가세요. 아시겠지요?"

"예, 알아요. 건영이 학생도 빨리 준비를 해요."

"예, 그럼……."

건영이는 임씨 집을 나와 숙영이 집으로 다시 내려왔다. 그사이 숙영이의 모습은 조금 전하고 달라져 있었다. 옷차림과 머리 손질도 다시 한 것 같았다.

"숙영이!"

건영이는 마당에 나와 있는 숙영이에게 다가섰다. 숙영이도 앞으로 한 발 다가오자 건영이는 숙영이의 손을 잡았다. 그러고는 다정히 말했다.

"숙영이, 잘 될 거야. 너무 걱정하지 마."

숙영이를 위로하기 위해 이렇게 말은 했지만 결코 잘될 것 같지만은 않았다. 오히려 건영이는 어느 누구보다도 걱정이 많았다. 이즈음 마을 사람들은 대체로 건영이에게 의지하는 편이었다. 그러나 건영이는 자신의 무능을 통감하고 있었다.

숙영이는 가볍게 미소를 지으며 고개를 끄덕였다. 그 모습은 연약한 가운데 한없는 아름다움을 간직하고 있었다. 건영이는 잡았던 손을 살며시 놓으면서 말했다.

"기다렸다가 어머니와 함께 가는 거야, 알았지? 나는 할 일이 있어!"

"예, 오빠. 어서 가서 준비나 하세요."

건영이는 숙영이의 상냥한 목소리를 들으며 밖으로 나왔다. 그리고 이번에는 인규를 찾아 나섰다. 인규가 집에 없으면 도량에 가 있을 것이리라. 인규의 수도장은 남씨 집을 통해서 올라가야 하므로 남씨가 연락하기로 되어 있었다. 건영이는 인규도 확인할 겸 자기 집으로 뛰어갔다.

이때쯤 괴인은 강을 다 건너 강둑을 올라가고 있었다. 태연히 걷는 것을 보면 이곳을 잘 아는 마을 사람 같았다. 강둑에 올라서자 오른쪽에 좁은 산자락과 왼쪽에 제법 넓은 벌판이 보였다.

저만치 정면 쪽으로 큰 나무가 서 있었고 그 사이로 좁은 길이 보였다. 그곳이 정마을로 들어가는 길이었다. 괴인은 이미 알고 있다는 듯이 곧장 걷기 시작했다.

그런데 그의 행동을 유심히 살펴보면 조금 전보다 걸음이 빨라지는 것이 아닌가! 괴인은 거의 뛰는 것과 같은 속력을 유지하였다. 마치 그의 얼굴에는 비웃는 듯한 미소가 번져

'너희들은 꼼짝 말고 있어라! 내가 간다.'

라고 말하는 듯하였다.

숲길에 접어들자 괴인의 발걸음은 조금 더 빨라졌다. 괴인은 이 숲길이 사람이 많이 다니는 곳이라는 것을 이미 알고 있는 것일까? 이번에는 잔인한 미소가 번졌다.

길은 약간 경사져 오르막길이었지만 괴인의 발걸음은 일정하였다. 이제 정마을의 위기는 점점 다가오고 있었다.

박씨는 자신의 수도장인 촌장의 방에서 이 소식을 듣고 즉시 남씨 집으로 올라가 남씨와 함께 인규를 찾으러 나섰다. 숙영이네와 임씨 부인은 이미 강노인 집으로 올라갔다.

잠시 후 박씨와 남씨에게 연락을 취한 서울 청년들도 내려왔다. 이제는 자신들의 임무가 끝났으니 강노인 집으로 피하면 되는 것이다. 인규를 찾아 나선 남씨와 박씨는 한참만에야 인규를 만났다.

"큰일 났어! 괴인이 나타났어."

"예?"

"빨리! 늦겠는데……."

남씨의 재촉에 세 사람은 마을을 향해 뛰기 시작했다. 빨리 서두르지 않으면 괴인과 맞부딪칠 수 있는 것이다.

괴인은 지금 막 숲길을 벗어난 상태였다. 왼쪽으로는 멀리 거대한 산이 보이고 바로 앞에는 밭이 펼쳐져 있었다. 오른쪽으로는 실개울이 흐르고, 정마을로 들어가는 길은 오른쪽으로 길게 뻗어 있었다. 괴인은 성급히 그 길로 들어섰다.

서울 청년들이 강노인 집에 당도하자 먼저 도착한 숙영이네 일행과 강노인 내외는 마당에서 기다리고 있는 중이었다.

"출발하지요."

서울 청년들은 남씨의 지시에 따라 마을 사람들의 출발을 우선 재촉했다. 발걸음이 느린 사람들은 조금이라도 먼저 출발해야만 한다.

그런데 이번 피난 작전은 차질이 좀 있었다. 원래는 건영이가 자기 집 근처에 있다가 괴인의 출현을 예보해야 하는 것인데, 이번에는 멀리 강노인 집에 있다가 발동을 한 것이다. 이것이 결과적으로 마을 사람들에게 다급한 결과를 빚어냈다.

만일 건영이가 풍곡림에 있을 때 괴인의 출현을 감지했다면 즉시 숙영이 집에 있는 정섭이에게 알리고, 정섭이는 재빨리 박씨에게 알렸을 것이다. 그러면 속도가 상당히 빨라졌을 텐데, 지금은 일이 너무 더디게 진행되고 있었다.

아무튼 강노인 집에 모인 마을 사람들은 제각기 행동을 개시했다. 그런데 이 다급한 중에도 한 가지 재미있는 일이 있었다. 할머니가 조촐하게 술상을 준비한 것이다. 물론 이 술은 마을 사람들을 위해서 차린 것은 아니고 할머니에 의하면 괴인을 위한 것이란다. 괴인? 할머니는 도대체 무슨 생각을 한 것일까?

상은 길 한가운데 놓여졌다. 혹시 괴인이 이를 발견해서 마신다면 여러 가지 일이 발생할 수도 있다. 어쩌면 괴인이 이를 가상히 여겨 마을에서 철수할 수도 있고, 최소한 술을 마시느라고 잠시 지체하게 되므로 시간을 벌 수 있는 것이다. 아무리 괴인이라 해도 사람으로서 먹지 않고 살 수는 없을 것이다. 더구나 괴인 정도라면 반드시 술을 좋아할 것이다.

할머니는 이런 생각을 하며 길을 떠났다. 잠시도 지체할 수 없으므로 모두들 최대한의 속도를 냈다. 나중에 지쳐 쓰러진다 해도 지금은 속도를 내야만 했다.

다행히 짐은 거의 없었고 길도 서울 손님들이 잘 알고 있어 아무런 걱정이 없었다. 그들은 사전에 남씨의 지시를 철저히 받아두었던 것이다.

건영이가 우물 근처에 나타났다. 건영이는 멀리 강 쪽을 바라보며 얼굴을 찡그렸다. 이제 분명 위기가 닥쳐온 것이다. 건영이는 다시 남씨 집 쪽으로 시선을 돌렸다. 아직 남씨 일행이 나타나지 않고 있었다. 그러나 잠시 후 남씨 일행이 모습을 나타냈다.

"자, 빨리 가지. 다른 사람들은?"

남씨가 다급히 물었다.

"예, 우리만 가면 됩니다."

일행은 뛰기 시작했다. 남씨가 앞장서고 그 뒤를 건영이가 따랐다. 가장 빨리 달릴 수 있는 박씨는 조금 처져서 자주 뒤를 돌아보며 뒷걸음으로 움직이기도 했다. 마음만 먹으면 아주 빨리 달릴 수 있으므로 이런 행동을 했지만 괴인에게는 통할 일이 아니었다. 괴인이 보면 모든 일이 수포로 돌아가는 것이다. 그리고 상당히 먼 거리에 있을 때 이미 건영이가 먼저 감지했으므로 조바심을 낼 필요는 없었다. 단지 괴인이 천천히 오기만을 바랄 뿐이다.

괴인은 왼쪽에 있는 밭을 바라보며 약간 속도를 늦춘 듯했다. 그러나 괴인의 능력으로 미루어보아 속도에 상관없이 마음먹기에 따라 큰 차이가 없을 것 같았다. 괴인이 마음만 먹으면 잠시 후라도 질풍 같은 속도로 들이닥칠 것이고, 이로부터 정마을의 운명은 끝날 것이다.

남씨 일행은 최대 속도로 강노인 집에 도착했다. 인규가 싸리문 안으로 잠깐 들어갔다 나와서 다시 갈 길을 재촉했다. 그러나 몇 걸음 걷지 않아 이상한 물건이 눈에 띄었다. 할머니가 차려놓은 술상이었다.

"어? 이건 뭐지?"

인규가 건영이를 보며 물었다. 남씨도 건영이를 물끄러미 보고 있었다.

"괴인이 먹으라고 할머니가 차려 놓으신 것이군요. 좋은 방법이긴 하지만 위치가 좀 어찌……."

"응? 위치가 나쁘다고?"

남씨가 되묻자 건영이는 주위를 살펴보며 대답했다.

"예, 길을 너무 막아서고 있어요. 눈에는 잘 띄겠지만 도전으로 받아들일 수도 있겠어요! 괴인의 성격으로 봐서 자존심이 상할 수도 있고 귀찮아할 수도 있겠지요. 아무튼……."

건영이는 술상의 위치를 바꾸었다. 길을 막아서지 않게 옆으로 조금 비껴놓아 앉기 편하고 전망이 좋은 곳에 상을 놓아두었다. 이렇게 하면 괴인이 혹시 술을 마실지도 모르고, 또 정성을 가상하게 여길지도 모를 일이다. 일행은 다시 출발했다.

괴인은 느린 속도로 걷고 있었다. 그런데 괴인은 주변 경관을 살펴보는 게 아니라 경계 자세를 취하고 있는 듯 보였다. 이 지역은 얼마 전 엄청난 살기가 분출했던 곳이었다. 그 살기는 소지선을 체포하러 왔던 하늘의 선인들의 것이었지만 괴인은 아직도 그 일을 기억하고 있었다.

괴인의 눈은 의심이 가득 찬 상태로 아마도 자신의 극한적인 감시 능력을 가동시키고 있으리라! 이 괴인의 능력이라면 눈으로 보고 귀로 듣지 않고도 알 수 있을 것이다. 필경 육감이나 느낌, 혹은 그 이상의 신비한 능력을 가졌을 것이 틀림없다.

괴인은 얼굴빛이 달라졌다. 만족스러운 표정에 잔인한 기색이 감돌았다.

'위험한 것은 아무것도 없군! 너희들은 이젠 모두 죽었어!'

라고 생각하는 듯했다. 괴인은 이미 전신에서 살기를 분출하고 있었다. 그러나 근처에 사람이 없으니 그 누구도 이를 느끼지 못했다. 단지 멀리 떨어져 있는 건영이의 마음은 조금씩 불안이 가중되고 있었다.

"늦었어요! 빨리 가야 해요!"

건영이는 일행이 속도를 늦출 때마다 재촉했다. 그러나 체력이 그리 좋지 않은 건영이 자신도 얼굴에 괴로운 빛이 나타나고 있었다. 피로를 느끼지 못하는 사람은 박씨뿐이었다. 보통 사람들이 있는 힘껏 달리는 속도는 박씨에게는 걷는 거나 마찬가지였다.

그러나 박씨는 상당히 뒤처져 있었다. 박씨는 만일 괴인이 나타나 마을 사람들이 위험에 빠진다면 괴인에게 달려들 생각이었다. 물론 박씨의 대항은 별 의미는 없을 것이다. 예전에 강을 사이에 두고도 손 한 번 휘저어 박씨를 쓰러뜨린 것만으로도 그것을 알 수 있다. 그러므로 만일 괴인이 가까이에서 제대로 공격해 온다면 박씨의 목숨은 어떻게 되겠는가. 박씨는 최대한 멀리까지 보면서 경계 자세를 취했다. 앞서 가던 사람들이 강노인 일행을 발견했다. 그들은 남씨 등이 오는 것을 보고는 일단 걸음을 멈추었다.

"어떻게 됐나?"

강노인이 남씨에게 물었다. 남씨는 아무 말 없이 건영이를 바라보았다.

"할아버지! 힘드시지요?"

건영이는 근심어린 얼굴로 물었다.

"아니! 견딜 만해. 괴인은 어디 있나?"

강노인은 억지로 미소를 지으며 말했다. 건영이도 잠깐 밝은 모습을 보였지만 이내 걱정스런 표정으로 바뀌었다.

"할아버지! 가시는 데까지 빨리 가보시지요."

건영이의 말은 쉬지 말고 가라는 뜻이었다. 지금의 상황에서는 부지런히 갈 수밖에 없었다.

"자, 가 봅시다. 날이 참 맑군요!"

할머니는 이렇게 말하면서 한 걸음 앞섰다.

"……."

모두들 말없이 할머니의 뒤를 따랐다. 일행이 걷고 있는 길의 좌우에는 숲이 우거져 있었다. 왼쪽은 높은 산이고 오른쪽은 숲을 벗어나면 강과 만나는 곳이었다. 그러나 길은 왼쪽으로 꺾여 있기 때문에 강과는 멀어졌다.

이즈음 괴인은 막 개울을 건너 드디어 정마을에 도착했다. 정면에 박씨 집이 보였다. 괴인은 멈춰 서서 예의 감지 능력을 발동했다. 괴인이 지금 바라보는 것은 박씨의 집인 것이다.

괴인의 눈은 예민해진 가운데 의심의 빛이 감돌았고 경계 자세를 취했다.

조금 후 괴인은 경계 자세를 풀었다. 위험이 없다는 것을 감지한 것이리라. 그러나 괴인은 아직도 제자리에 서서 주변을 천천히 살폈다. 괴인은 좌우를 살피고 다시 박씨의 집을 쳐다보았다.

괴인이 현재 서 있는 곳은 지대도 약간 낮았고, 또 주위는 숲으로 꽉 막혀 있었다. 전망은 정마을 주변에서 가장 나쁜 곳이었고, 박씨의 집도 상당히 볼품이 없었다. 이곳 정마을의 모든 집들도 똑같았지만 그 중에서도 박씨 집이 특히 초라했다. 그 집은 또한 싸리문조차 없었다.

싸리문은 정마을에서 아주 흔한 것이었는데도 박씨의 집은 지나다니는 통로에 아무렇게나 세워져 있었다. 어떻게 보면 박씨의 집은 정마을의 관문과도 같았다. 서울 같은 도심에서라면 수위실과 같다고 해야 될 것이다.

박씨의 집에서 왼쪽으로 꺾어 올라가면 우물도 나오고 마을의 모든 집들이 나온다. 물론 강노인 집은 따로 떨어져 있지만 지금 괴인이 선 자리에서는 보이지 않는다. 괴인이 서 있는 자리는 지대도 낮지만 박씨의 집이 가로막아 강노인의 집은 더욱더 보이지 않는다.

괴인은 박씨 집을 노려보았다. 그러고는 몸을 약간 흔드는 듯 보이더니 손을 치켜드는 것이 아닌가! 이와 거의 동시였다. 괴인은 치켜든 한 손을 앞으로 번개처럼 뻗었다.

"업——!!"

괴인의 입에서는 짤막한 기합도 함께 발출되었다. 기합 소리는 그리 크지 않았는데 음습한 살기를 내뿜으면서 나오자 주변의 모든 것이 거기에 압도되는 것 같았다. 그리고 잠시 시간이 멈춰지는 것 같기도 했다. 그러나 이와 동시에 엄청난 일이 발생했다. 박씨의 집이 순식간에 무너져 내린 것이다.

박씨의 집은 뒤로 밀려나듯 폭삭 주저앉았다. 집의 대부분이 제 위치에 있지 않고 상당히 밀려나서 산산조각이 난 것이다. 집은 기둥도 뿌리째 꺾여 나가서 순식간에 사라진 듯 보였다.

이로 인해 그 앞쪽으로는 훨씬 전망이 좋아졌다. 괴인이 몇 걸음 집 앞으로 걸어가자 멀리 벌판이 보이고 저 끝에 강노인의 집이 보였다. 괴인은 잠시 박씨의 집이 있던 곳을 노려봤다. 그러더니 잔인한 미소를 보이면서 고개를 들어 시선을 먼 곳으로 돌렸다.

바로 강노인의 집 쪽이었다. 괴인은 무엇 때문에 박씨의 집을 없애버렸을까?

괴인은 박씨의 집이 제거되자 만족한 모습이었다. 괴인은 폐허가 된 박씨 집 앞에 서서 주변을 살폈다. 괴인이 먼저 살피고 있는 곳은 우물 위와 남씨 집 쪽이었다.

집들이 눈에 보이는 것은 아니었다. 그러나 괴인은 보는 것이 아니라 느끼는 것일 뿐이었다. 마을엔 사람이 없다. 괴인도 이를 확실히 느끼고 있었다. 괴인은 이미 정마을로 들어서자마자 이를 감지했지만 박씨의 집을 허물고 나서 다시 경계 자세를 취한 것이다.

참으로 신중한 자세가 아닐 수가 없다. 비록 한 번의 관찰로 이상이 없다고 생각했어도 다시 한 번 살펴보는 것은 해로울 것이 없다. 괴인은 아주 용의주도한 존재였다. 괴인은 다시 강노인의 집 쪽으로 움직이기 시작했다. 걸음은 그리 빠르지 않았다. 걸으면서 왼쪽에 펼쳐져 있는 넓은 밭을 바라보았다.

마을 사람들은 지금 좁은 숲을 벗어나서 평탄한 길을 걷고 있었다. 오른쪽에는 절벽 아래가 보이고, 고개를 들면 맑은 하늘이 열려 있었다.

만일 여기서 강 쪽으로 나갈 수 있다면 유리할 수도 있다. 하지만 이곳에서 강 쪽으로 나가는 길은 없다. 박씨라면 어떻게 나갈 수 있을지 모른다. 그러나 마을의 다른 사람들은 높은 절벽과 험한 숲을 통과할 수 없는 노릇이다.

길은 한동안 편안했다. 날은 선선했기 때문에 걷는 데에는 별 지장이 없었다. 이 길에서 일행은 최대한 속도를 냈다. 그러나 노인과 여인들이 있어서 이동 속도는 아주 더딘 편이었다. 길은 점점 좁아져 갔다. 그러더니 다시 숲길이 나타났다.

일행은 차례차례 숲길로 들어섰다. 이때 건영이는 일부러 맨 뒤로 처졌다. 물론 박씨도 건영이 옆에 서서 대기하였다. 건영이는 먼 곳을 바라보면서 괴인의 동태를 살피는 것처럼 보였다.

건영이의 얼굴빛은 흐려져 있었다. 건영이는 고개를 가로젓더니 주머니에서 무엇인가 꺼냈다. 제법 널찍한 종이였다. 건영이는 이 종이를 길에서 조금 벗어난 곳에 펼쳐놓고, 바람에 날려가지 않도록 돌로 고정시켜 놓았다.

"……."

건영이는 다시 말없이 숲길로 들어갔다.

'편지일까? 괴인이 읽어보라고?'

박씨는 혼자 미소를 지으며 생각했다. 만일 건영이가 펼쳐놓은 종이가 편지라면 재미있는 일이다. 괴인이 편지를 보고 마음을 고쳐먹을 수도 있으리라. 편지에는 살려 달라는 사정조의 글이 적혀 있을 것 같았다.

일행의 걷는 속도는 더욱 느려졌다. 이와는 달리 괴인의 속도는 다소 빠르게 성큼성큼 걷고 있었다. 괴인은 이 길로 좀 전에 누군가 지나갔음을 정확히 알고 있었다. 아니 지나간 것을 아는 것이 아니라 현재 그 사람들이 어디쯤 가고 있는 것까지 감지하고 있었다.

이는 건영이가 괴인이 강가에 나타났을 때 감지한 것과 똑같이 괴인도 현재 마을 사람들이 숲길로 바쁘게 도망가고 있는 것을 감지했다는 뜻이다. 얼마나 위험한 일인가! 괴인이 마을 사람들의 위치를 항상 파악하면서 쉬지 않고 뒤쫓는다면 결국 잡히고 말 것이다.

더구나 마을 사람들 전체가 움직이는 속도는 아주 더디기 때문에 얼마 걸리지 않아 잡힐 것 같았다. 괴인은 벌판을 가로질러 강노인 집에 당도했다. 괴인은 잠시 멈춰서 주변을 살펴보았다.

집 안에 사람이 없다는 깃을 즉각적으로 감지한 듯했다. 그렇다면 무엇을 살피는 것일까? 괴인이 주로 살피는 것은 강노인 집과 주변 경관과의 조화인 것 같았다. 만일 강노인 집이 주변의 경관과 어울리지 않는다면 가차 없이 파괴할 생각인 듯했다.

괴인의 눈은 강노인 집을 노려보는 듯했다. 그러더니 다시 주변을 살펴보았다. 괴인이 살펴보는 것은 우선 집의 위치가 자연스러운가 그렇지 않은가였다. 그 다음이 집의 모양. 아무리 좋은 위치에 있어도 집 자체가 엉뚱하게 지어져 있으면 괴인의 비위를 건드리게 되는 셈이다.

괴인은 집의 모양을 세심히 살폈다. 집의 위치에 있어서는 괴인의 기분을 거슬리지 않은 것 같았다. 문제는 집 자체의 구조였다. 괴인은 위치를 이동하여 싸리문 주위를 살폈다.

입을 굳게 다물고 지붕의 형태도 살폈다. 그러고는 얼굴을 찡그렸다. 무엇인가 마음에 들지 않는 것일까? 위험한 순간이다. 괴인의 고개가 갸우뚱해졌다. 그리고 몇 걸음 옮겨 살펴보는 각도를 달리해 보았다.

괴인은 난폭하기는 하지만 아주 신중한 것 같았다. 이윽고 괴인의 얼굴에 만족한 표정이 피어났다. 강노인의 집은 그럴듯하다는 판정이 내려진 것이다. 괴인은 다시 걷기 시작했다. 가던 길을 되돌아오는 것이 아니고 마을 사람들이 지나간 그 길을 태평히 걸어가는 것이다.

마을 사람들은 괴인이 강노인 집을 판정하는 동안 시간을 조금 번 셈이 되었다. 그러나 보통 사람들이 그 시간 동안 얼마나 움직였겠는가! 괴인의 걸음이 다시 빨라지기 시작했다. 마을 사람들은 쉬지 않고 도망가고 있었지만 박씨 외에는 조금씩 피로한 기색이 보였다. 특히 할머니는 괴로운 기색이 역력하고 걸음도 느려졌다.

"안 되겠는데요! 할머니를 업어야겠어요."

건영이가 근심스러운 표정으로 말했다.

"그래야겠군! 할머니!"

뒤에 처져 따라오고 있던 박씨가 앞으로 나서면서 말했다. 할머니는 고개를 가로 저었다.

"괜찮아, 아직 걸을 수 있어!"

"할머니 아직은 문제가 아니에요, 자 업히세요!"

박씨는 할머니의 팔을 잡으면서 재촉했다.

"그래? 거 참, 늙은이가 속 썩이는구먼."

할머니는 이렇게 말하면서 박씨의 등에 업혔다.

"아저씨! 먼저 달려가세요. 갔다가 다시 오면 되잖아요!"

건영이는 말은 할머니를 목적지까지 데려다 놓고 다시 오라는 뜻이었다. 그러고 나서 다음으로 약한 사람을 또 나르면 된다. 그러면 속도가 많이 빨라질 수가 있었다. 박씨는 할머니를 업고 달리기 시작했다.

박씨는 진작부터 이렇게 하는 게 나을 뻔했다는 생각을 했지만 나름대로 뒤에서 보호하느라고 이 생각은 못했던 것이다. 아무튼 이제는 행군의 속도가 현저히 빨라졌다. 강노인은 원래 건강한 몸으로 제법 잘 걷고 있었다. 남씨와 건영이는 뒤에 처져 생각을 하며 걸었다.

전체의 속도는 강노인이 정하였다. 이를 알고 있는 강노인은 선두에 서서 최대한 빨리 걸었다. 그 뒤를 여인들이 따르고, 남자들은 다소 여유가 있었다. 박씨는 질풍처럼 달려갔다.

괴인은 강노인 집을 지나쳐 산길로 들어섰다. 그러나 얼마가지 않아서 다시 방해물을 만났다. 수상쩍은 물건이 눈에 띈 것이다. 바로 할머니가 차려놓은 술상이었다. 괴인은 정지하고 주변을 살폈다. 음식상이 있으니 주변에 사람이 있지 않을까 하고 살피는 것이었다.

그러나 사람은 없었다. 괴인은 숲 속을 일일이 살피지 않고도 사람이 없다는 것을 감지한 것 같았다. 그 다음은 술상의 위치를 살폈다. 주위가 평평하고 공기 소통이 잘되며 적당히 그늘도 있어 제법 그럴 듯했다.

지대는 약간 높은 편으로 술상 앞에 앉으면 편할 것 같았다. 뒤쪽으로는 바위틈 사이에 자잘한 나무들이 보이고 절경은 아니라 해도 바로 이 근처에서는 제일 나은 곳이었다. 게다가 방향이 매우 좋았다. 왼쪽은 숲이고 오른쪽에는 평지가 약간 있었다.

괴인은 술상을 보면서 평온한 모습을 되찾았다. 이젠 상의 모양이 문제일 것이다. 상은 자그마했고 낡은 것이었다. 괴인은 상의 모양을 얼핏 보고, 그 위에 차려진 것을 보았다.

그러나 상의 모양도 통과된 것 같다. 다음 단계는 차려진 음식이다. 만약 모양을 보는 것이라면 걱정이 아닐 수 없다. 할머니는 대충 차려놓았기 때문이었다. 괴인의 눈이 반짝이는 듯했다.

할머니는 술상을 차릴 때 술병만은 확실한 것을 선택했었다. 누가 봐도 술병인 줄 알 수 있는 큼직한 도자기로 마련했다. 여기에는 할머니의 깊은 뜻이 담겨 있었다.

괴인이 만일 술을 마실 줄 안다면 훌륭한 주객일 것이다. 그런 능력을 가진 사람이 술을 마신다면 오죽하겠는가!

그래서 할머니는 술병을 넉넉한 것으로 준비하였다. 술잔도 술병에 걸맞은 것으로 준비했다. 여기까지가 할머니의 배려인 것이다. 그 다음부터는 평소의 형편대로 과일과 나물 몇 가지 준비했을 뿐이었다.

괴인은 상으로 다가왔다. 술병을 보고 근접하는 것이리라! 아닌 게 아니라 괴인은 술병을 집어 들고 코에 가져가 보았다. 냄새로 술을 판정하려는 것이었는데 이것도 쉽게 통과했다. 역시 할머니의 술 담그는 솜씨는 일품이었던 것이다.

괴인은 상 앞에 정좌하며 앉았다. 원래 무덤가에 차려진 음식이나 치성을 드리기 위해 차려진 음식은 어느 누구나 먹어도 좋은 것이다. 그 뜻 자체가 좋기 때문이었다.

음식은 조상이나 귀신, 혹은 천지를 위해 차려놓는다. 그러나 귀신이 직접 먹을 수는 없다. 귀신은 차려진 뜻과 정성만을 성취할 뿐이고, 사람이 대신 먹게 되어 있다. 이렇게 귀신의 권리로 사람에게 다시 베푸는 것이니 귀신은 공을 세우는 셈이리라. 귀신이 세상에 직접 공을 세우는 것은 누가 봐도 좋은 일이다.

만일 음식이 그냥 썩는다면 귀신도 마음 편할 리 없을 것이다. 그리고 천지를 위해 차려진 음식은 당연히 거지나 행인, 혹은 도인이 먹게 된다. 그 중에서도 만약 도인이 먹는다면 차려진 음식은 가장 큰 보람을 얻는 것이 된다.

도인이란 본래 천지를 위해 존재하는 것이니 천지의 음식을 먹는 것이 어찌 보람되지 않을 것인가! 편안히 앉은 이 괴인은 벌써 한 잔을 마시고 두 잔째 따르고 있었다.

괴인은 마치 소풍이라도 나온 노인네처럼 편안해 보였다. 또 한 잔을 들이켜고는 안주에 손이 갔다.

우선 나물을 먹고 다시 또 한 잔. 이번에는 다른 나물을 먹는다. 맛이 괜찮은지 골고루 먹어본다. 이어서 또 한 잔. 술병은 벌써 반이나 비어졌다. 괴인은 과일을 먹기 시작했다. 그리고 또 하나를 먹는다.

순식간에 과일 두 개를 먹어 치운 괴인은 한동안 주변 경관을 바라보았다. 이번엔 살피는 것이 아니라 감상을 하는 듯 편안해 보였다. 그리고 한 곳에 집중하지도 않았다.

마음이 한가로운 것처럼 여유롭게 천천히 술을 따라 마신다. 안주삼아 나물을 조금 먹고 또 경치를 감상한다. 괴인의 앉은 자세는 아주 단정했다. 빗자루는 옆에 놓여 있었다. 그토록 철저히 몸에 지니고 다니던 빗자루이건만 술을 마시는 데 있어서는 떼어놓았던 것이다.

괴인은 술을 아주 좋아하는 것 같다. 술 마시는 자세도 일품으로 술잔을 들어 잠깐 멈추는 듯하다가는 정중히 마시곤 하였다. 그리고는 빈 잔에 먼저 술을 따라놓고는 여유 있게 안주를 먹었다. 이 모든 것이 주도(酒道)에 맞는 절차였다.

괴인은 마시던 술잔을 내려놓고 술병을 가볍게 흔들어 보았다. 이제 따라 놓은 것만 마시면 술은 없는 모양이었다. 괴인은 경치를 다시 한 번 둘러보고는 마지막 남은 술을 마셔버렸다. 더 이상 마실 술은 없었다.

괴인은 몹시 아쉬운 듯 술잔과 술병을 다시 한 번 바라보았다. 만약 술을 몇 병 더 준비해 두었다면 괴인이 술을 마시는 시간만큼 지체될 수도 있고 아예 취해 버려서 추적을 멈출 수도 있지 않을까.

할머니도 실은 이 점을 생각 안 해 본 것은 아니었지만 일부러 한 병만 준비했던 것이다. 여러 병 준비해 놓으면 첫째 자연스럽지가 않아 오히려 술을 거부하게 될 수도 있다. 그리고 그렇게 준비해 놓으면 추적자가 미끼로 느낄 수도 있다. 그래서 한 병만 차려놓았던 것이다. 많이 차려놔서 많이 마신다면 얼마나 좋겠는가. 하지만 그로 인해 한 잔도 안 마신다면 소용없는 짓이기 때문이었다.

괴인은 술상을 밀치고 자리에서 일어났다. 그나마 술을 마시는 동안 시간이 상당히 지체되었다. 마을 사람들은 그 틈을 잘 이용하였다. 박씨는 할머니를 먼 곳에 데려다 놓고 다시 나타났다.

"할아버지, 업히세요."

박씨가 맑은 표정으로 말하자 강노인은 말없이 박씨 등에 업혔다. 박씨는 즉시 달리기 시작했다. 이로 인해 마을 사람들의 행군 속도가 조금 더 빨라졌다. 괴인은 일어나서 빗자루를 걸머지고 천천히 움직였다. 술이 효과를 나타내고 있는 것 같았다.

그러나 괴인의 걸음걸이는 비틀거리지는 않았다. 그저 한가한 기분이 되어 산책하듯 천천히 걸을 뿐이었다. 그 걸음은 나루터에서 마을로 들어올 때의 속력보다 상당히 느려져 마을 사람들은 이 틈을 이용해 있는 힘을 다해 괴인과의 간격을 벌리기 위해 도주하고 있는 것이다.

만일 괴인이 끝없이 추적해 온다면 마을 사람들은 결국 잡히고 말든지 아니면 강을 건너 도시로 피신할 수밖에 없을 것이다.

강은 현재 마을 사람들이 걷고 있는 오른쪽에 있었다. 하지만 길은 점점 더 왼쪽으로 뻗어갔다. 그나마 평탄한 길도 끝나가고 있다. 길은 점점 좁아지면서 경사가 높아졌다. 이제부터는 등산하는 상태가 되고 머지않아 첫 번째 대피소에 이르게 된다.

이곳에는 야영 장비와 식량이 비축되어 있었다. 만약 여기서 더 이동해야 한다면 장비와 식량은 챙길 수 없다. 그리고 두 번째 대피소조차 정해져 있지 않고 방향만 정해져 있는 상태에서 산길이 험해 이동이 순조롭지가 않다.

"다 왔습니다. 여기서 좀 쉬시지요!"

남씨가 강노인에게 말했다. 강노인은 박씨의 등에 업혀서 왔기 때문에 피로한 기색은 없었다. 현재 가장 피로한 사람들은 여인들로서 이들은 건영이의 기색을 살피며 쓰러지듯 주저앉았다.

건영이를 살피는 이유는 현재도 위기 상황이 진행 중인지 아니면 안심해도 되는지를 살피는 것이다. 그런데 건영이의 안색은 여전히 좋지 않았다. 남씨가 건영이를 보며 물었다.

"어떻게 하지? 이제 곧 어두워질 텐데⋯⋯."

"이동해야 합니다. 괴인은 아직도 따라오고 있어요!"

건영이는 눈을 가늘게 뜨며 대답했다. 마음속으로는 괴인의 움직임을 느끼고 있는 것이리라. 그나마 건영이가 먼 곳에 있는 괴인의 움직임을 알 수 있다니 이 얼마나 다행한 일인가! 남씨는 고개를 천천히 끄덕이면서 여인들을 살펴봤다. 가엾은 여인들!

숙영이 어머니와 임씨 부인은 돌봐줄 남편도 없는 가운데 미증유(未曾有)의 난(難)을 만난 것이다. 현재의 위기는 정마을 자체의 존망이 달려 있었다. 갑자기 나타난 괴인은 산 속의 낙원을 잔인하게 짓밟고 있는 것이다.

"떠나야겠는데요!"

남씨는 여인들을 향해 조심스럽게 말했다. 남씨는 이제 겨우 한숨 돌리며 쉬고 있는 여인들에게 차마 할 수 없는 어려운 말을 한 것이다. 그러나 그들은 지체 없이 일어났다. 그러고는 험난한 행군을 다시 시작할 수밖에 없었다. 건영이는 이들의 모습을 보면서 생각에 잠겼다.

'하루 전에 미리 알 수는 없었을까? 아니 며칠 전에 알았다면 더 좋았을 것을……'

건영이에게는 괴인이 강변에 출현하고 나서야 겨우 감지했다는 것은 슬픈 현실이었다. 건영이는 고개를 가로 저으며 자신의 무능을 한탄했다. 일행은 묵묵히 움직였다. 이들은 애써 마련해 둔 피난처마저 버리고 완전히 거리로 쫓겨나고 있는 것이다.

박씨만은 할머니를 업고도 신속하게 사라졌지만 이 일행의 속도는 현저하게 떨어져 있는 상태였다. 괴인은 속도를 높이지 않고 태평하게 걸었다. 그러나 눈에는 살기가 번뜩이고 가끔씩 짓궂은 미소가 보였다.

'너희들이 아무리 도망을 가 봐라.'

괴인의 미소에는 이런 뜻이 담겨 있는 듯 보였다. 괴인의 추적은 지금의 상태대로라면 세상 끝까지라도 따라붙을 태세였다.

마을 사람들은 운명을 하늘에 맡긴 채 사력을 다해 조금씩 전진했다. 그런데 이때 불운의 사고가 발생했다.

"어머!"

숙영이 어머니가 발을 헛디뎌 발목을 다친 모양이었다.

"어머니! 괜찮아요?"

숙영이가 근심스레 물었다.

"음, 괜찮아! 빨리 가자!"

숙영이 어머니는 이렇게 대답했지만 몇 걸음 가지 못하고 움직임이 둔화되었다. 발목을 삔 것이었다. 설상가상으로 한 사람의 부상으로 일행의 움직임이 크게 지장을 받게 되었다.

"내가 부축하지!"

남씨는 급히 다가와 숙영이 어머니의 팔을 감싸 안았다. 숙영이 어머니도 별수 없이 기댈 수밖에 없었다. 두 사람은 몸이 밀착된 상태에서 힘겹게 걷기 시작했다. 좁은 산길을 두 사람이 나란히 걸어야 하기 때문에 여간 불편한 게 아니었다.

때로 경사가 급한 곳은 밀고 당기고 하면서 겨우 통과했다.

"죄송해요."

숙영이 어머니는 애쓰는 남씨에게 안쓰러운 표정을 지은 채 말했다.

"걱정 말아요. 많이 다치지나 않았으면 좋겠는데……."

남씨는 미소로 대답하고 갈 길을 재촉했다. 산길을 가장 잘 빠져나가는 사람은 정섭이었다. 정섭이는 줄곧 침묵을 지키면서 열심히 숲 속을 헤쳐 나가고 있었다. 잠시 후 박씨가 혼자 나타났다.

"이쪽으로! 평탄한 길이 있어."

박씨는 자신이 발견한 방향을 지시하고 다시 강노인을 업었다. 박씨는 험난한 숲 속에서 재빨리도 움직였다. 박씨가 잠깐 사이에 사라지자 정섭이가 다시 앞장섰다. 정섭이는 숙영이의 손을 잡아주며 제법 신속하게 움직였다.

서울 청년들은 물론 민첩하게 잘 움직였다. 건영이는 남씨 바로 뒤에서 천천히 보조를 맞추고 있었다. 한동안 험난한 암석 지대를 지나가기가 힘들었다. 그러나 누구 하나 기세가 꺾이지 않고 열심히 상황에 대처하였다. 이러한 시련은 정마을 사람들로서는 청천벽력인 셈이다.

어째서 이러한 운명을 맞이해야 하는가? 이제 정마을이 낙원이라는 생각을 하지 못하리라. 어쩌면 낙원이라는 곳도 때로는 이러한 난관에 봉착하는 것일까? 정마을 사람들은 갑자기 들이닥친 불행에 어떠한 의미를 부여할 겨를이 없었다. 지금은 오로지 생존을 위해 싸워야 할 뿐인 것이다.

험난한 산길은 조금씩 풀려 나갔다. 이윽고 산등성이에 오르자, 행군은 한결 수월해졌다. 그러나 날이 조금씩 어두워지고 있었다. 이와 함께 마을 사람들의 마음속에서 불안도 가중되었다. 도대체 언제까지 피신해야 한단 말인가?

일행은 목적지 없이 막연히 걸었다. 무작정 괴인을 피해 움직일 뿐이었다. 산등성이의 길은 경사가 완만한 내리막길이었다. 다행히 험한 돌들도 없고 평탄한 길이 계속되었다.

하지만 어둠이 서려 머지않아 더 이상 앞을 볼 수도 걸을 수도 없는 암흑이 찾아올 것이다. 그래도 마을 사람들은 묵묵히 걸었다. 앞으로 어떻게 해야 하는지를 어느 누구도 묻지 않았다. 어차피 피신하는 것 외에는 방법이 없었다.

위험이 사라지면 으레 건영이가 이를 알려줄 것이다. 그때까지는 말없이 걷는 것이 차라리 낫다. 걱정스런 말이 오고가면 더욱 피곤해

질 뿐이기 때문이다. 갑자기 건영이가 걸음을 멈추었다.

"무엇일까?"

건영이는 눈을 지그시 감고 잠깐 생각하는 듯했다. 그러고 나서 남씨에게 말했다.

"괴인이 발걸음을 멈췄어요!"

"음, 그래? 그럼 우리도 조금 쉴까?"

"예, 그렇게 하세요. 너무 피곤할 거예요."

건영이가 고개를 끄덕이며 대답하자 남씨는 앞을 향해 큰소리로 말했다.

"정지! 조금 쉽시다."

남씨의 지시에 따라 일행은 그 자리에 주저앉았다. 다음에 취해야 할 행동은 건영이가 판단해야 할 것이다. 건영이는 등을 돌리고 멀리 산 아래 쪽을 향해 서 있었다.

괴인은 방금 건영이가 펼쳐놓은 종이를 발견하였다. 그동안 괴인은 가끔씩 정지해서 사방을 두리번거리기도 하면서 아주 천천히 걸어왔었다. 이는 할머니가 차려놓은 장애물, 즉 술 때문이었는데, 이제 두 번째의 장애물을 만나게 된 것이다.

이것은 어떠한 효과를 발휘할 것인가? 괴인은 선 채로 종이를 살펴보았다. 길가에 종이가 단정히 펼쳐져 있어 흥미롭게 여겼을지도 모른다. 그러나 정작 흥미로운 것은 그 종이에 쓰인 것이었다.

괴인은 잠깐 눈을 반짝이더니 선 채로 손을 내밀었다. 그러자 종이 위에 얹혀 있던 돌멩이가 저 스스로 움직이고 종이가 사뿐히 날아올라 괴인의 손에 닿았다. 괴인은 종이를 두 손으로 다시 펼치고는 유심히 들여다보았다.

괴인의 얼굴은 잠깐 비웃음이 서리는 듯하더니 다시 심각하게 무엇인가 생각하는 모습이었다. 괴인의 고개가 갸우뚱해졌다. 그러더니 종이를 한 손에 쥐고 허공을 응시하였다. 필경 종이에 쓰인 내용을 검토하는 것이리라!

괴인은 선 채로 움직일 줄을 몰랐다. 웬일일까? 잠시 동안 이렇게 서 있던 괴인은 사방을 두리번거렸다. 그러다가 한 곳에 시선을 멈추었다. 그곳은 암벽이 있고 그 앞에는 널찍한 바위가 있었다. 괴인은 순식간에 몸을 날려서 바위에 올랐다.

그러고는 편안히 앉아 다시 종이를 잠깐 펼쳐보았다. 종이에는 무엇이 쓰여 있을까? 괴인은 먼 곳을 응시하고는 깊은 생각에 잠기기 시작했다.

괴인이 자리까지 잡고 생각하기 시작한 것을 보면 건영이가 써놓은 내용이 심상치 않은 것 같았다. 무엇을 이토록 생각해야 하는지 상당한 시간이 흘렀는데도 괴인은 일어날 줄을 몰랐다. 무엇인가 심각하게 생각할 것이 있긴 있는가 보다!

괴인은 무엇인가 세밀하게 추리하는 모습이었다. 그것이 무엇이든 간에 괴인은 정식으로 자리를 잡고 앉아서 깊은 생각에 돌입했고 건영이는 먼 곳에서 이를 정확히 감지했다.

"아저씨, 짐을 옮겨와야겠어요!"

건영이는 다소 얼굴빛을 펴면서 남씨에게 말했다. 남씨도 건영이의 기색을 보고 밝은 목소리로 물었다.

"음? 여기서 야영을 하게? 괜찮겠나?"

"예, 현재로선 괜찮을 것 같기도 한데…… 아무튼 괴인이 다시 움직일 때까지는 쉬어야지요!"

"그래, 알았어!"

남씨는 박씨에게 지시해서 최대한 짐을 많이 옮겨오도록 했다. 이어 서울 청년들과 인규에게 나무를 해 오도록 하고 자신은 근처에 물이 있나 살피러 등성이 아래로 내려갔다. 아직 어둠이 본격적으로 시작되기 전에 모든 것을 충분히 갖추어야 하는 것이다.

건영이는 여전히 한 곳에 서서 괴인의 동태를 감시하였다. 만일 건영이가 괴인의 움직임을 놓치기라도 한다면 큰일이 난다. 건영이도 이것을 알기 때문에 신중을 기하였다.

건영이는 마음을 고요히 가라앉히고 심정 공간 내에서 일어나고 있는 미세한 신호에 정신을 집중하였다. 일행은 건영이가 하고 있는 일이 무엇인지 알고 있기 때문에 방해하지 않았다. 건영이는 한동안 서 있다가 그 자리에 주저앉았다.

남씨는 쉽게 물을 발견하고 다시 올라왔다. 그러는 사이 불을 지필 나무도 모여져 인규가 불을 지폈다. 잠시 후 박씨가 나타나 짐을 한 보따리 풀어놓고는 즉시 사라졌다.

어둠은 점점 짙어가고 있었다. 지금으로선 괴인만 움직이지 않는다면 그리 큰 걱정은 없었다. 다행히 날씨는 맑아서 야영이 어렵지 않기 때문이었다.

박씨가 처음 가져온 물건을 풀어보니 그릇과 식량, 그리고 담요 등이었다. 남씨는 돌을 모아서 솥을 걸쳐놓고 음식을 준비시켰다. 가까이 물이 있으니 쌀만 씻어오면 되었다.

다시 이동해야 할 위험을 생각해서 쌀을 씻는 것도 남자들이 맡았다. 여자들은 불 주위에 앉아서 기다렸고 건영이도 다소 마음이 놓이는지 불 옆에 와서 앉았다. 박씨가 또 한 차례 다녀갔다. 이로써 야영에 필요한 장비는 상당히 갖추어졌다.

날은 이미 어두워져 이동이 불가능한 상태가 되었다. 그러나 박씨는 어둠 속에서도 충분히 움직일 수 있었기 때문에 다시 짐을 가지러 간 것이다. 이번 한번만 다녀오면 짐은 다 옮겨질 것이라고 했다.

마을 사람들은 모닥불 주위에서 편안히 쉬게 되자 점차 피로가 풀리기 시작했다. 어느새 밥도 지어지고 식사를 할 수 있게 되었다.

곁에서 보이는 이러한 상태는 마치 한가롭게 소풍이라도 나와 있는 것 같았다. 마을 사람들의 마음은 비록 피난 중이지만 지금처럼 휴식을 취할 수 있다는 것에 여유가 생겼다.

"시원하구나! 경치도 괜찮고……."

이 여유에 제일 먼저 할머니가 그것을 표현했다. 다른 사람들은 할머니의 기분에 즉각 동화되었다.

"놀러 나온 셈 치면 되겠군요! 맛도 있는데요."

임씨 부인이 뒤를 이어 말했다. 이로 인해 모든 사람의 마음은 풀어지고 간간이 대화도 오고갔다. 식사를 하는 자세도 쫓기는 기분에서 한가로운 기분으로 바뀌었다. 지금 마을 사람들이 먹는 음식은 집에 있을 때와 그리 큰 차이가 있는 것은 아니었다.

마을 사람들이 반찬으로 먹는 것은 주로 나물 종류들이었기 때문에 집이라고 해서 특별할 것은 없었다. 이곳에도 반찬용으로 나물 종류는 한 보따리 준비되어 있었다. 단지 아쉬운 것이 있다면 술인데 거기까지는 누구도 생각하지 못했다.

하기야 피난 중에 잠시 여유가 있다고 해서 술을 마신다면 임기응변술에 차질이 있을 수도 있다. 이들은 언제라도 즉각 이동할 수 있는 준비가 되어 있어야 하는 것이다. 마을 사람들은 식사를 마치고 다시 불 주위에 모여들었다. 어느새 주변은 더욱 어두워졌다.

"어떻게 하지? 텐트를 칠까?"

남씨가 건영이를 향해 물었다. 건영이는 이 말에 가볍게 놀라면서 잠시 생각에 잠겼다. 그러고는 말했다.

"어차피 더 이상 움직일 수는 없겠지요. 괴인이 움직이지 않기만 바라야지요."

건영이의 말에 즉시 텐트를 치는 작업이 시작되었다. 건영이는 일어나서 뒤쪽으로 조금 걸어 나왔다. 아무래도 마음이 걸리는 것 같았다. 건영이는 괴인이 있는 산 아래 방향을 바라다보고 있었다. 물론 괴인의 움직임은 심정 공간 내의 느낌으로 아는 것이지 눈으로 보이는 것은 아니다.

그러나 약한 인간의 기분으로는 그쪽을 향해 서 있어야 편안한 것이다. 마을 사람들은 건영이의 마음을 알고 있기 때문에 혼자 내버려 두고 있었다. 잠시 후 숙영이가 일어나서 건영이의 곁으로 걸어왔다.

"오빠!"

"응? 숙영이구나! 괜찮니?"

"예, 저는 괜찮아요! 오빠가 힘들겠어요."

"……."

건영이는 말없이 숙영이의 어깨를 감싸주었다. 사방은 더욱 어두워졌다. 먼 하늘에는 별이 하나둘 나타나고 있었다.

위기의 운명

　이즈음 상계(上界)에서도 위기감이 한창 고조되고 있었다. 염라대왕을 피신시키기 위해 평허선공을 기만한 안심총의 작전은 백일하에 드러났다. 천상의 괴인인 평허선공은 아직은 잠잠하지만 하루 앞날을 예측할 수 없는 상황이었다.

　필경 평허선공은 단호하게 행동할 것이고 많은 선인들이 다칠 것으로 예측되었다. 상황에 따라서는 옥황부 내지 온 우주에 일대 혼란이 있을 수도 있다. 현재 상황은 안심총의 대응에 달려 있는 것이다.

　평허선공은 풍곡선이나 묵정선, 그리고 측시선, 나아가서는 안심총과 옥황부에 대해 응분의 보복 조치를 취할 것이다. 그것이 바로 평허선공의 성격이기 때문이다.

　이에 대해 정마을 촌장인 풍곡선은 도주하기로 한 반면 묵정선은 사죄를 하고 처벌을 감수하기로 했다. 측시선은 안심총에 미치는 파급을 최소화하기 위해 자신이 혼자 책임을 지고자 했다. 측시선은 즉시 평허선공을 찾아 나섰다.

　평허선공은 내일 옥황상제를 알현하기 위해 옥평관 내에 있는 영빈관에서 휴식을 취하는 중이었다. 측시선은 경보로 운행하여 영빈관에 당도했다.

"어인 행차이시옵니까?"

측시선이 나타나자 영빈관의 경비를 맡고 있는 선인이 급히 한쪽 무릎을 꿇고 예의를 갖추었다. 측시선은 고개를 끄덕이며 답례하고는 조용히 말했다.

"이곳의 책임자는?"

"예, 봉영사(奉迎使)인 전지선이옵니다."

"음, 그런가? 모셔오게!"

"예? 안으로 드시지 않겠사옵니까?"

경비선은 공손히 말했다. 측시선은 전지선보다 직위가 한참 높기 때문에 들어가서 불러내도 괜찮지만 측시선은 한사코 문 앞에서 기다리겠다고 했다.

"나는 여기 있겠네! 조용히 다녀오게."

"예? 아, 예. 다녀오겠사옵니다."

경비선은 측시선의 조용히 다녀오란 말에 유의했다. 이곳은 현재 평허선공이 쉬고 있었기 때문에 각별히 정숙해야 했다. 옥황부의 실력자인 측시선조차도 함부로 운신할 수 없었다. 경비선은 전지선을 찾아 측시선의 방문을 은밀히 알렸다.

"측시선께서?"

전지선은 가볍게 놀라면서 급히 밖으로 나왔다.

"평안하십니까?"

전지선은 밝은 모습으로 인사를 올렸다.

"음, 자넨가? 나는 평안치가 못하다네!"

측시선은 허탈한 웃음을 지으며 말했다.

"……."

전지선은 영문을 몰라 침묵을 지킬 수밖에 없었다. 측시선이 다시 말했다.

"어른께선 안에 계신가?"

"예."

"뵙고 싶은데 기별해 주겠나?"

"예? 지금 말씀이십니까?"

전지선은 난감한 표정을 지었다. 측시선은 전지선의 기색을 살피며 다시 말했다. 전지선의 표정이 심상치 않기 때문이었다.

"그렇다네! 무슨 일이라도 있나?"

"저…… 평허선공께서는 휴식을 방해하지 말라고 엄명을 내려두셨습니다."

"음? 긴급한 일인데…… 오늘을 넘길 수가 없는 일이야! 안 되겠나?"

측시선은 매우 놀라면서 조심스럽게 말했다. 그러나 전지선은 고개를 가로 저으며 단호하게 말했다.

"안 될 겁니다. 오히려 저만 벌을 받게 되겠지요!"

"그런가? 평허선공께서는 무어라 말씀하셨나?"

측시선은 아쉬움을 감추지 못하면서 반문했다.

"예, '누가 무슨 일로 찾아와도 휴식을 방해하지 말게! 어기면 벌을 줄 것이야!'라고 말씀하셨습니다."

전지선은 측시선을 쳐다보며 말했다. 평허선공이 이렇게까지 말했다면 필시 측시선이 찾아올 것을 미리 알고 얘기한 것이리라! 측시선은 난감함을 느꼈다. 이미 일은 위태로운 지경에 이른 것이다.

평허선공은 측시선을 일부러 만나지 않겠다는 뜻이었다. 이는 '아무 변명도 듣기 싫다, 각오하라!'라고 말한 것이나 다름없었다. 측시선은 고개를 끄덕이고는 힘없이 말했다.

"돌아가겠네. 혹시 기회가 닿는다면 내가 다녀갔다고 말씀 드리게. 내일 아침이라도……."

측시선의 이 말에는 특별한 뜻이 담겨 있었다. 후에라도 측시선이 다녀갔다는 사실을 평허선공이 안다면 측시선이 사죄하기 위해 다녀간 것으로 이해될 것이기 때문이다.

그렇다고 해서 아예 사죄하러 왔다고 전하면 이는 너무 당돌한 행동으로 오히려 큰 무례를 범하게 되는 셈이다.

측시선은 돌아설 수밖에 없었다. 이제는 운명을 기다릴 수밖에 없다.

측시선은 담담한 표정으로 영빈관에서 나왔다. 전지선은 측시선이 사라져 가는 것을 지켜보고는 고개를 갸우뚱하며 다시 안으로 들어갔다. 측시선은 잠시 후 석수산에 몸을 나타냈다.

석수산은 옥황부의 거대 수림 한가운데 자리 잡은 자그마한 산이었다. 그러나 산이라기보다는 돌무더기에 지나지 않았다. 옥황부의 건물들은 거의 모두 석수산보다 컸다. 그렇지만 옥황부 내의 가장 유명한 산으로서 첫손에 꼽힌다.

측시선은 침울한 기분으로 석수산을 오르기 시작했다. 석수산은 자그마한 돌산에 지나지 않지만 항상 신비감을 느끼게 했다. 그리고 누구든 이 산을 오르는 선인은 경건한 마음을 갖게 된다. 이곳에는 석수산 못지않은 유명한 선인이 기거하기 때문이다.

그 선인은 바로 곡정선으로 옥황부 대복관(大卜官)이란 직책을 맡고 있다. 측시선이 석수산을 찾은 것은 바로 곡정선을 만나 자신의 운명을 알고자 함이었다. 측시선은 현재 평허선공과 관련되어 크게 위태로운 지경에 빠져 있으므로 앞날이 어떻게 펼쳐질지 자못 궁금하였다.

원래 점(占)이란 모든 생각을 정리한 후에 판단을 내리고 길흉을 복(卜)에 묻는 것이다. 점이 결코 생각의 대신일 수는 없다. 그것은 점을 모독하는 것이기 때문에 올바른 점괘(占卦)가 잡히지도 않는다.

측시선은 평허선공으로부터 받을 수 있는 재앙을 최대한으로 생각해 보고 난 후 점에 의존해 자신의 운명을 알고자 한 것이다. 측시선은 상념에 잠기면서 천천히 석수산을 올랐다.

이 산길에는 자그마한 연못이 많았다. 이 연못들은 매우 작았지만 그 아름다움은 형언할 수가 없다.

연못가에 푸른 이끼를 입은 돌들이 있을 뿐 풀 한 포기조차 찾아볼 수 없었다. 그러나 수많은 연못이 절묘한 구조를 이루어 그 경치는 이루 말할 수 없이 아름다웠다.

석수산이 이렇게 유명하게 된 이유 중의 하나는 그 위치가 범상하지 않기 때문이다. 석수산 동쪽으로는 드넓은 수림의 바다가 펼쳐져 있고 수림 곳곳에는 웅장한 옥황부의 건물들이 바다의 섬처럼 자리를 잡고 있다.

석수산은 옥황부의 건물들보다도 작은 산이지만 겸손하게 건물을 바라보고 있으며 드넓은 바다를 연상시키는 수림 속으로 미처 들어서지 못하고 있는 작은 섬처럼 보인다.

이 석수산의 서쪽으로는 황폐한 광야가 버려져 있다. 옥황부 전설에 의하면 이 땅의 모든 상서로운 기운을 석수산이 모두 차지해 버려 아름다운 땅이 빛을 잃는다고 한다.

돌은 땅의 수기(秀氣)가 응축되어서 만들어진 것이고 석수산의 돌은 돌 중의 돌이기 때문에 어쩌면 이 전설은 사실일 것이다. 그러나 이 수많은 돌들이 어떻게 한 곳에 모여 있는지 기적이 아닐 수 없다. 석수산에는 거의 흙이 없다. 오로지 기묘하고 아름다운 바위가 모여서 산을 이루고 있을 뿐이다.

이 산을 옥황부 서쪽 밖에서 다가서면 황폐한 광야가 끝도 없이 계속되다가 갑자기 아름다운 보석 같은 석수산이 나타난다. 하늘에서 내려다보면 옥황부의 수림과 서쪽의 광야가 서로 대립하는 중심에 석수산이 위치하고 있다.

여기서 한 가지 이상한 것은 옥황부의 생기 충천한 수림은 더 이상 서쪽으로 진행하지 않는다는 것이다. 이는 마치 석수산이 수림의 진행을 막아서고 있는 듯 보인다.

원래 천지 만물의 기운은 목(木)이 토(土)를 이기므로 수림은 땅이 있으면 전진하는 법이다. 하물며 옥황부의 생기 절정인 수림은 어떠하랴! 아무튼 석수산에 오르면 서쪽으로 토해(土海)를 볼 수 있고 동쪽으로는 목해(木海)를 볼 수 있다.

그리고 또 한 가지 신비한 것은 석수산의 물로써 흙도 없고 나무도 없는 극히 작은 산에 수많은 연못이 곳곳에 흩어져 있다는 것이다. 이는 석수산 자체가 지하에 거대한 물을 감싸고 있는 돌산으로 볼 수도 있는데, 샘의 기운이 충만하여 석수산의 정상까지 물이 분출하여 연못을 이루고 있다.

측시선은 석수산의 절묘한 구성을 새삼 음미하면서 정상에 올랐다. 정상에는 석수산에서 가장 큰 연못이 맑고 그윽하게 자리 잡고 있었다. 연못에서 조금 떨어진 곳에 자그마한 봉우리와 그 옆으로 동굴이 있다. 이 동굴이 바로 곡정선부이다.

곡정선은 동굴 속에 있을 것이다. 곡정선은 옥황부 공식 행사나 회의 등에 가끔 출석할 뿐 그 외에는 하나의 바위처럼 석수산과 함께 있다.

측시선은 조심스럽게 동굴 앞으로 다가섰다. 곡정선은 절대로 마중 나오는 법이 없으므로 누구든 동굴 안으로 들어서야만 그를 볼 수가 있다. 그러나 동굴은 아주 작아서 들어서자마자 곡정선의 모습이 보일 것이다.

측시선이 동굴 안으로 들어서자 흡사 하나의 바위덩이 같은 곡정선의 뒷모습이 눈에 띄었다.

측시선은 잠시 서 있으면서 가볍게 염파(念波)를 보냈다. 그러자 곡정선이 일어나서 뒤로 돌아섰다.

"안녕하신지요?"

측시선은 두 손을 맞잡아 가볍게 고개를 숙였다.

"어서 오시오! 앉으시겠소?"

곡정선은 미소를 보이며 자리를 권했지만 마땅히 앉을 자리는 보이지 않았다.

"아닙니다. 저는 연못이 좋은데 어떠실는지?"

측시선은 마음도 답답하고 해서 밖으로 나가자고 청했다. 곡정선은 고개를 천천히 끄덕이고 밖으로 나왔다.

드넓은 하늘은 마치 형언할 수 없는 기운을 내뿜고 그 기운이 가슴에 깃들이는 느낌이 들었다. 두 선인은 말없이 걸어 연못가에 당도했다. 한동안 침묵을 지키던 측시선이 얘기를 꺼냈다.

"한 가지 여쭐 것이 있어서 왔습니다만……."

"예, 말씀해 보시지요!"

곡정선은 연못을 바라보며 말했다. 측시선은 허공을 잠깐 응시하고는 질문을 꺼냈다.

"평허선공의 마음을 알고자 합니다!"

측시선의 이 말에 곡정선은 고개를 가로 저으며 대답했다.

"알 수 없습니다!"

"예? 어째서입니까? 저는 점괘를 받으러 왔는데요."

측시선이 의아하다는 듯이 반문하자 곡정선이 설명을 시작했다.

"마음이란 변하는 겁니다. 알고 난 다음 순간 다시 변하지요. 특히 평허선공 같은 분은 그 변화가 더 심하지요. 만약 점으로 그 마음을 알아낸다 해도 또 바뀝니다."

"예? 여기서 점을 치는데 어떻게 알고 마음이 바뀝니까?"

측시선과 곡정선은 서로를 바라보며 말을 주고받았다.

"점을 쳤다는 사실은 모르겠지요. 하지만 그 사실이 가까이 존재한다는 것을 느껴 마음을 바꾸게 되는 것입니다. 그것이 그분들의 방어 능력이지요! 천지자연의 법칙입니다."

"그렇습니까? 그러면 그분의 행동을 알 수 있습니까?"

"예, 행동은 알 수 있겠지요. 무엇을 알고 싶습니까?"

"저는 최근에 죄를 지었는데 그분이 어떤 벌을 내리실지 궁금합니다."

"허허, 평허선공께서 내릴 벌이 아니라 바로 당신이 받을 벌이 무엇인지 알고 싶은 것이군요!"

"예? 그게 그것 아닙니까?"

측시선은 평허선공이 내리는 벌이 곧 자신이 받는 벌이니 같은 것이 아니냐는 것이다. 그러나 곡정선은 고개를 저으며 설명했다.

"아닙니다. 우리는 지금 점을 치려고 합니다. 점이란 내가 받는 것을 치는 것이지 남이 내게 주는 것을 치는 것이 아닙니다. 다시 말해서 점이란 결과이지 원인이 아니란 말입니다. 측시선께서 알고자 하는 것은 정확히 무엇입니까?"

"아, 예. 그렇군요. 죄송합니다. 저는 저의 운명을 알고자 합니다. 물론 평허선공과 관련지어서 말입니다."

측시선은 자신의 실수를 곧바로 깨닫고는 다시 질문했다. 곡정선이 밝은 표정을 지으며 말했다.

"알겠습니다. 점을 쳐 드리지요."

곡정선은 자신의 거처인 동굴 속으로 들어갔다. 측시선은 따라 들어가지 않고 연못을 바라보며 기다렸다. 연못의 물은 한없이 맑고 고요했다.

이 물은 연못의 한가운데서 조용히 분출하여 보이지 않는 곳으로 흐른다. 그 물은 석수산의 다른 물과 섞여 또 다른 연못을 이룬다. 그리고 층층이 흘러내려 석수산을 떠난 물은 소리 없이 동쪽 수림으로 흘러든다.

측시선은 연못을 바라보면서 자신의 앞날에 대한 어떤 느낌을 받으려고 마음을 가다듬어 봤다. 그러나 하루 앞도 알 수 없는 처지에서 평허선공을 상대로 한 미래 예측은 더욱 불가능한 상태였다.

선인들은 자신의 가까운 미래에 대해 어떤 느낌을 감지할 수 있어서 대체로 큰 흐름 정도는 알 수 있다. 그런데 지금 측시선은 자신의 앞날을 전혀 예측할 수 없었다.

이는 평허선공이라는 거대한 운명의 그림자에 자신의 앞날이 가려 보이지 않기 때문이다. 평허선공쯤 되면 주변 공간에 미치는 상서로운 기운은 물론이려니와 자신과 관련된 갖가지 미래 시간에도 영향을 미쳐 어느 누구라도 감지할 수 없게 하는 힘이 있다.

이는 평허선공의 엄청난 정신력에 의해 시간과 공간이 영향을 받게 되어 해당 시간과 공간은 혼돈의 영역에 포함되므로 어느 누구도 그 추리를 감지할 수 없게 된다.

측시선도 자신의 마음속에 어떠한 징후도 발견할 수 없음을 알고는 고개를 가로 저었다. 하지만 어떠한 경우가 닥치더라도 각오는 충분히 되어 있었다. 평허선공으로부터 안심총에 가해질지도 모를 공격을 혼자서 감당하기로 이미 결심해 두고 있었던 것이다.

그래서 평허선공을 찾아가 벌을 미리 받으려 했으나 그것마저 여의치 않았다. 이제는 점을 쳐서 불길한 계시가 내려질 경우 자신은 희생되더라도 안심총만은 건재하도록 최선을 다할 생각인 것이다.

연못은 측시선의 마음을 전혀 의식하지 않은 채 스스로 그윽이 존재하고 있었다.

'고요하구나! 평화롭구나!'

측시선은 연못을 무심히 바라보며 문득 이런 생각을 떠올렸다. 측시선의 마음은 저 연못처럼 맑고 한가하기를 염원했던 것이다.

조용히 연못을 바라보고 있을 때 곡정선의 기척이 느껴졌다. 그러나 측시선은 마음을 졸이면서도 연못가의 돌을 응시하였다. 드디어 운명의 계시가 내려지는 것이다. 곡정선은 측시선의 곁으로 걸어와 연못을 향해 나란히 섰다.

"……."

측시선은 말없이 기다렸지만 이미 불길한 예감이 엄습했다. 곡정선은 얻은 점괘를 측시선에게 알리려 했지만 그 느낌은 벌써 측시선의 가슴에 와 닿았다. 이것은 평허선공과 관련된 미래를 느낀 것이 아니라 평허선공과 관련된 자신의 점괘를 느낀 것이다.

"불운하군요! 괘상은 수산건(水山蹇:☵☶)입니다."

측시선은 곡정선의 목소리를 들으며 잠깐 눈을 감았다. 자신의 운명은 역시 크게 위태로웠던 것이다.

수산건! 이는 주역 64개 괘상 중에서 사대 난괘(四大難卦)에 해당되는 심히 불길한 괘상이다.

측시선은 허탈한 미소를 지으며 고개를 끄덕였다. 그러고는 일부러 얼굴빛을 밝게 하며 곡정선에게 물었다.

"수산건에는 무슨 뜻이 있습니까?"

측시선의 이 물음은 지극히 형식적이었다. 측시선 같은 선인이 수산건 괘의 뜻을 모를 리가 없다. 하지만 곡정선에게 괘상을 잡아달라고 한 이상 그 뜻을 다시 묻는 것이 예의인 것이다.

곡정선은 무심한 표정으로 말했다.

"체포될 것입니다. 고초가 크겠습니다."

곡정선의 말은 멀리서 들리는 듯했다. 측시선은 자신의 세계에 깊이 몰두해 있기 때문에 현실과 꿈이 교차했다. 그러나 괘상의 뜻만은 분명했다. 평허선공을 상대로 한 자신의 운명을 점쳐 얻어진 것이 수산건이라면 현실과 너무나 부합된다.

체포되어 고초를 받는다! 과연 어떤 고통을 받을 것인가? 또 그 기간은 얼마나 될 것인가? 혹은 이로써 모든 것이 완전히 파멸에 이를 것인가? 측시선은 생각을 멈추고 다시 한 번 물었다.

"목숨에는 지장이 없겠습니까?"

측시선의 물음은 허탈하게 들렸다. 사건이 일어났을 때 수산건이라는 괘상이 나오면 최악의 상황이다. 당연히 목숨마저 위태로운 법이다. 곡정선은 측시선을 바라보며 인자한 음성으로 대답했다.

"목숨은 보장 못 합니다. 하지만……."

곡정선은 절망적으로 얘기하면서도 여운을 남겼다.

"……."

측시선은 의아하게 생각하면서 곡정선을 빤히 바라봤다. 그러자 곡정선은 혼자 고개를 끄덕이며 말을 이었다.

"상황은 이제부터입니다. 지금 우리는 미래 일을 물어서 수산건 괘를 얻었습니다. 즉 미래 일이 수산건이라는 뜻입니다. 지난 일도 아니고 지금 당장의 일도 아닙니다. 운명이 전개될 그 때까지는 시간이 좀 남아 있지요!"

곡정선은 얘기를 하는 도중 호수 쪽으로 시선을 돌리고 애매하게 끝을 맺었다. 측시선은 영문을 몰라 되물었다.

"예? 그게 무슨 뜻인지요?"

측시선이 신비한 기분을 느끼며 묻자 곡정선이 다시 측시선 쪽으로 돌아보며 설명했다.

"충분히 뜻이 있지요. 천지자연의 현상이란 모르면 예정대로 흘러가는 법이지만 아는 순간부터는 변화의 소지가 많습니다. 당신은 안심총 대선관이 아닙니까? 그 힘이 막대할 것입니다. 지금 당장부터라도 불운한 운명을 막을 방도를 강구해 보세요. 운명을 바꾸려면 원인을 잘 알고 행동해야 함은 물론 대응책이 특별하다면 미래가 바뀐다는 것이 전혀 불가능한 것만은 아닙니다. 다시 말하지만 미래를 아는 순간부터 그것은 표적이 되어 바뀔 위치에 있는 것입니다. 바꾸지 못하는 것은 인간의 힘이 약하기 때문입니다. 만일……."

곡정선의 음성에는 많은 감정이 담겨 있었다. 점을 칠 때는 무심한 심정이었겠지만 수산건이라는 불길한 점괘가 나온 후에는 동정심을 느꼈을 것이다. 곡정선은 어떻게 해서든지 측시선을 도와주고 싶은 심정이었다. 측시선도 이것을 느끼고 더욱 신중한 자세를 취하였다.

"큰 능력을 가진 사람이 미래를 알고 나서 그것을 고치려 한다면 변화의 여지가 없는 것은 아닙니다. 성실한 마음을 가지고 슬기롭게 대처해야 합니다. 얄팍한 술수를 가지고는 미래의 악운을 피할 수 없는 법입니다. 아시겠습니까?"

"예? 좀 더 자세히 말씀해 주시지요."

측시선은 곡정선의 말을 대충 이해는 하지만 세밀한 내용을 알고자 가르침을 구하였다. 곡정선은 고개를 끄덕이고 다시 말을 이었다.

"악운의 원인을 점검하십시오. 동북쪽이 길한 방향이며 전진보다는 후퇴가 좋습니다. 특히 하계 쪽에서 소식이 들어올 수도 있습니다."

"예? 하계 쪽이라니요?"

"남선부 쪽입니다! 혹은 속계일 수도 있고…… 반가운 소식이 있을 것입니다. 그 소식을 잘 활용한다면 악운을 피할 수 있을지도 모릅니다. 문제는 시간이 없다는 것인데 안심총을 최대한 가동하여 시간을 벌 수도 있겠지요."

"아직 잘 모르겠습니다. 소식이 무슨 뜻입니까? 저는 지금 평허선공께 죄를 짓고 벌을 기다리는 중인데……."

측시선은 곡정선의 기색을 살피며 조심스럽게 물었다. 곡정선은 단호하게 말했다.

"죄를 지었으면 반성을 하십시오. 그리고 공을 세우면 되지 않겠습니까?"

"예? 아, 예…… 알겠습니다."

측시선은 이제야 알겠다는 듯이 고개를 끄덕였다. 죄는 평허선공의 일을 방해한 죄이다. 이를테면 염라대왕의 추적을 방해한 것이다. 따라서 공이라면 염라대왕의 추적을 도와주면 되는 것이 아닌가? 그런데 곡정선의 말은 그 소식, 즉 염라대왕의 소식이 남선부에서 올 수도 있다는 뜻이었다.

그리고 소식을 기다리기만 할 것이 아니라 남선부 근방에 최대한 연락망을 집중하여 빨리 소식을 접수해야 하는 것이다. 이러한 노력에 의해 어쩌면 악운이 완화되거나 혹은 아주 없어질 수도 있다.

현재 자신의 점괘는 체포당하고 목숨도 안전한 것이 아니다. 그러나 앞으로의 노력에 의해 적어도 목숨만이라도 구할 수 있다면 얼마나 다행이랴! 어차피 평허선공에게 죄를 지었으니 근신이나 구금 정도는 각오해야 하는 것이다.

아무리 나쁜 일을 당할지라도 그 강도를 낮출 수 있도록 노력하는 것은 선인의 도리이다. 하늘은 스스로 돕는 자를 돕는다 하지 않았던가? 측시선은 이 점을 확연하게 깨달았다. 악운은 이미 기정사실이라 해도 선인으로서의 할 일은 다해야 하는 것이다.

진인사 대천명(盡人事待天命)!

이것이 바로 측시선이 지금 당장 실천해야 하는 문제이다. 측시선은 두 손을 맞잡고 한쪽 무릎을 꿇었다.

"가르침에 감사드립니다."

"별말씀을…… 어서 가서 더욱 조심하세요."

곡정선은 이 말을 남기고 동굴을 향해 걸어갔다. 측시선은 잠시 이 모습을 바라보고는 천천히 산을 내려왔다. 이로부터 얼마 후, 안심총 산하 모든 부서는 비상령이 내려지고 운명과의 싸움은 시작되었다. 안심총의 노력이 측시선을 악운으로부터 구할 수 있을는지?

여인의 숭고한 질투

    이러한 긴급한 상황 속에서 비슷한 운명에 처해 있던 풍곡선도 조심스레 자신의 운명 개척에 나서고 있었다. 풍곡선의 운명 개척 방법은 도주였다. 풍곡선은 안심총의 평허선공 방해 작전에 핵심적인 역할을 했기 때문에 벌이 내릴 것은 뻔한 이치였다.

    여기에 대응하여 풍곡선은 최상의 대책을 강구한 것이다. 이것은 풍곡선만의 방법으로 선악을 미리 논할 수는 없다. 저마다 자신의 운명을 개척하기 위해 최선을 다해야 하기 때문이다.

    그런데 이번에 악운을 당해야 할 세 선인은 저마다 특색 있는 운명 개척에 나섰다. 묵정선은 악운을 그대로 받아들이겠다고 결심했고, 측시선은 악운을 제거하기로 했으며, 풍곡선은 도피하기로 결정했다. 이 세 선인 중 누구의 방법이 옳은지는 아직 알 수 없다. 그저 저마다의 개성에 따라 행동할 뿐.

    풍곡선은 명상에 잠겨 있던 중 묵정선의 방문을 받았다.

    "어서 오시오! 준비가 되었습니까?"

    풍곡선은 묵정선을 맞이하며 물었다. 풍곡선이 묻는 준비란 특사가 입을 옷과 특사 임명 서류였다.

"문건(文件)은 준비되었습니다. 옷을 찾으러 가실까요?"

묵정선은 미소를 지으며 말했다. 풍곡선은 묵정선의 뒤를 따라 나섰지만 특사가 어떤 의복을 입어야 하는지, 또 어디서 만들어지는지조차도 몰랐다. 더군다나 어디로 옷을 찾으러 가야 하는지는 더욱 몰랐다. 풍곡선은 천상의 일상 절차를 잘 몰랐다.

속세에서라면 누군가가 만든 옷을 사서 입으면 되리라. 풍곡선은 이런 생각을 하며 묵정선을 따라 걸었다. 얼마 후 두 선인이 도착한 곳은 옥황부 궁전 밀집 지역을 벗어난 동서쪽의 깊은 수림 속 자그마한 연못이 있는 곳이었다.

옷을 가지러 가는 곳치고는 다소 의심스러웠다. 연못가에는 앉기에 편한 자리도 깔려 있었다.

"자, 여기 앉읍시다."

묵정선은 또다시 미소를 지으며 자리를 권했다.

"……."

풍곡선은 연못을 바라보며 자리에 앉았다. 그러자 갑자기 인기척이 나고 선녀들이 나타났다. 모두 네 명의 선녀로 그 중 세 명은 음식상을, 나머지 한 선녀는 무엇인지 모를 물건을 가지고 있었다.

"아니!"

풍곡선은 가볍게 놀랐지만 그 선녀들은 풍곡선도 익히 아는 얼굴들이었다.

"안녕하시온지요?"

"허어, 자네들은……."

풍곡선은 미소를 지었다. 나타난 선녀들은 수인·평은·소근·미연이었다. 이들은 빈원(賓園)에 소속되어 있는 선녀들로서 옥황부의 공식 사절을 영접하는 행사를 담당하고 있었다. 물론 풍곡선이 단정궁을 방문하는 옥황부의 공식 특사라고는 하지만 오늘 석별연(惜別宴)은 분명 공식 행사는 아니었다.

원래 옥황부 특사가 임지(臨地)로 향하는 것은 아주 빈번한 일로서 특사를 환송하는 행사는 전혀 없었다. 오늘 이 행사는 묵정선이 풍곡선과의 헤어짐을 아쉬워하는 개인적 연회인 것이다.

이 연회는 한적한 연못가에 자그마한 술좌석을 마련했을 뿐 대단한 것은 아니었다. 참석한 선인은 오직 묵정선과 풍곡선, 그 외에 네 명의 선녀들이 참석했다.

선녀들은 개인적인 친분으로 참석했을 뿐 이들은 이미 풍곡선과 면식(面識)이 있었고 묵정선과는 친숙한 사이였다. 그런데 오늘 이 자리에는 한 가지 특이한 점이 있었다.

그것은 선녀들의 차림새였는데, 그들은 모두 화려한 복장을 하고 머리도 곱게 꾸미고 얼굴에는 가벼운 화장도 한 것이다. 이 선녀들의 참석으로 비록 조촐한 자리지만 성대한 느낌을 주고 있었다.

여인이란 지상에서나 천상에서나 아름다움을 상징하고 또한 아름다운 것이 사실이다. 자연에 존재하는 꽃이 바로 이 여인들의 존재와 비슷하다. 꽃이란 아름다움을 위해서 존재한다. 그러나 여인들이 꽃처럼 아름다움만을 위해 존재하는지는 모르지만 지금 이 자리에 참석하고 있는 선녀들은 그 어느 꽃보다 아름다운 자태를 보이고 있었다.

"……"

풍곡선은 선녀들의 색다른 모습을 잠깐 음미하였다. 이들의 모습은 지상에서는 결코 찾아볼 수 없는 그것이었다. 여인의 미란 결코 겉에 나타난 얼굴이나 육체의 형상에서만 비롯되는 것이 아니다.

여인의 미는 남자의 인격처럼 깊은 내면에서 발출하는 것이어서 겉모습으로 평가될 수는 없다. 그러므로 지금 이 네 명의 선녀들이 발출하는 아름다운 기운은 지상의 여인들에게는 결코 찾아볼 수 없는 것이리라.

"소녀 인사드리겠사옵니다."

네 명의 선녀들은 가볍게 무릎을 꿇고 고개를 숙였다.

"자, 편히들 앉게."

풍곡선은 선녀들을 다정하게 바라보며 자리를 권했다.

"예, 감사하옵니다."

선녀들은 저마다의 자리에 앉았다. 이어 잔에 술이 따라지고 연회는 시작되었다.

"자, 그럼 함께 들도록 하시게."

묵정선은 선녀들에게도 술을 따라주고 잔을 들어 건배를 청했다.

"……"

여섯 명의 선인들은 말없이 첫 잔을 들어 마셨다. 그리고 다시 잔이 채워지자 묵정선이 서두를 꺼냈다.

"오늘은 풍곡선이 떠나는 날이야."

"어머, 떠나시다니요? 속계로 가시나요?"

수인이 가볍게 놀라며 물었다. 이에 묵정선이 대답했다.

"아닐세, 풍곡선께서는 아주 위험한 곳으로 떠나시게 됐어. 옥황부 공식 사절로 말일세."

"어디로 가시는지요?"

네 명의 선녀는 동시에 묵정선을 바라보며 물었다. 이들은 풍곡선이 위험한 곳으로 간다고 해서 흥미를 나타낸 것이지만 그보다는 오늘 묵정선이 그녀들을 부를 때부터 심상치 않았기 때문이었다.

묵정선은 선녀들에게 이렇게 말하면서 불러냈다.

"여자의 권위를 나타내는 치장을 하게."

여자의 권위란 아름다움을 말한다. 만일 여자가 아름답지 못하다면 여자의 권능을 제대로 행사하지 못할 것이 틀림없다.

여자의 무엇이 아름다운 것인가는 둘째 문제이다. 아무튼 아름다움이란 여자가 소유하고 있는 가장 큰 가치일 것이다. 아니 아름다움이란 여자에게서 뿐만 아니라 자연이 가진 최고의 가치가 아닐 수 없다.

천지자연의 흐름은 혼돈에서 시작하여 아름다움을 향해 나아간다. 그 과정에는 기능이 있고 성공과 실패·장엄·선악 등 무수히 많은 결실이 있겠지만, 최종적으로는 아름다움에 최고 가치를 둔다.

사물의 시작은 주역의 괘상으로 본다면 수뢰준(水雷屯)이다. 이는 혼돈스럽고 아름답지 못한 것이다. 그런데 이 괘상으로부터 가장 먼 것은 화풍정(火風鼎)으로 이는 사물의 종말, 아름다움을 상징한다.

화풍정은 한 송이의 꽃이다. 꽃이란 형상의 극치이고 그 속에 담겨 있는 뜻은 아름다움이다. 우주는 아름다움을 향해 발전하고, 질서를 향해 발전한다. 질서는 조화이고 조화는 아름답다. 또한 완성은 아름다운 것이다. 만일 어떤 사물이 아름다움을 얻지 못한다면 그 운명이 쇠잔할 것이다.

지금 네 명의 선녀들은 지극한 아름다움을 갖추고 있었다. 이들 선녀는 묵정선으로부터 권위를 갖추라는 지시를 받고 각자 득의(得意)의 치장, 즉 의상과 화장·머리 손질 등을 마치고 나타난 것이다.

이런 일은 처음 있는 일이었기 때문에 선녀들은 심상치 않은 일이 있을 것이라 짐작을 하고 있었다. 묵정선은 말했다.

"풍곡선께서는 단정궁으로 가시는 걸세."

"예? 단정궁이라면 요녀(妖女)들이 있는 곳이 아니에요?"

선녀 수인은 풍곡선을 흘끗 보며 물었다. 그러자 묵정선이 엄숙한 표정으로 말했다.

"어허, 단정궁은 서왕모께서 머무르시는 곳이야. 무엄한 말을 하다니!"

"죄송하옵니다. 소녀는 지난번 특사의 일만 생각하다가 그만……."

수인은 황급히 사죄를 했다.

"괜찮네. 오늘은 우울한 얘기는 하지 않기로 하세. 자……."

묵정선은 표정을 밝게 하며 술잔을 들어 청했다. 풍곡선도 태평한 자세로 술을 들어 마셨다.

"……."

선녀들은 말없이 표정을 밝게 가졌지만 왠지 여운이 남아 있는 듯 보였다. 단정궁은 묵정선이 말한 대로 서왕모가 사는 곳이다. 그러나 서왕모를 배견하는 일은 지극히 어려운 일이고, 그 앞에 요녀들이 막아서고 있다.

요녀란 남자를 유혹하는 여자! 물론 그렇기는 할 것이다. 그러나 그보다는 아름다움을 간직하고 있어야 할 것이다. 아름답지 않으면 남자가 유혹을 받을 일도 없거니와 아름다움을 가지고도 그것을 적극적으로 이용해서 남자를 유혹하지 못한다면 요녀라고 할 수가 없다.

물론 유혹이란 것도 단순히 시선을 끄는 정도가 아니라 남자를 육체의 늪으로 끌어들여야만 요녀라 할 만하다. 요녀는 얼굴과 몸이 아름답고 그것뿐만 아니라 남자의 육욕을 최대한 자극할 수 있어야 한다.

남자는 두 가지에 끌리는 법이다. 첫째는 아름다움 그 자체이고, 둘째는 육욕이다. 남자가 근원적으로 육욕과 아름다움 중에서 무엇에 더 끌리는지는 알 수 없다. 그러나 요녀란 극한의 아름다움을 소유하고 그것을 미끼로 육체의 늪으로 남자를 끌어들일 수 있어야 한다.

단정궁의 아름다운 여자들이 바로 그런 존재이다. 이들은 단순히 아름다움과 육체만으로 남자를 끌어들이는 것이 아니다. 만일 이것만으로 선인들을 유혹하려 한다면 그리 위험하다고는 할 수 없을 것이다. 왜냐하면 선인들은 여인들이 갖는 극치의 아름다움을 외면할 수 있는 인격을 함양하고 있기 때문이다.

하지만 단정궁의 요녀들은 그리 단순한 여인들이 아니다. 이들은 생명의 근저에 있는 육욕을 자극할 수 있으며 극한의 아름다움을 구사할 수 있는 여인들이다. 이들은 형태와 기능을 함께 가지고 있다.

그뿐이 아니다. 이 여인들은 선인들의 인격을 무산시키는 신비한 마력을 가지고 있다. 그것은 바로 서왕모의 그림으로 어떠한 선인이라 해도 이 그림의 힘을 빌리면 그냥 보통의 속인 남자로 전락하게 되는 것이다.

단정궁에 그러한 비밀이 있다는 것은 그리 잘 알려져 있지 않다. 단지 단정궁의 어떠한 작용이 선인들을 요녀의 유혹에 빠지게 한다는 정도만 알려져 있다. 그것이 서왕모의 그림인 줄은 모른다.

풍곡선도 단정궁의 위험에 대해 충분히 느끼고 있었다. 풍곡선은 절정의 인격을 소유하고 있음에도 불구하고 겸허한 자세를 취하였다. 선인들의 인격이 비록 높다고 하나 단정궁의 요녀들 역시 깊은 유혹의 힘을 갖고 있지 않겠는가!

풍곡선은 단정궁에 위험한 요소, 즉 남자를 유혹하는 마력이 존재한다는 것을 과소평가하지는 않았다.

묵정선도 풍곡선의 한없이 높은 수양을 믿고 있었지만 우려가 없는 것은 아니었다. 여섯 명의 선인들은 한가히 경치를 즐기면서 또 한 잔을 들이켰다.

이들의 뒤쪽에 펼쳐진 수림은 광대하고 웅장한 고요를 느끼게 해주었다. 이에 비해 앞에 있는 연못은 자그마해서 연약하다 못 해 애처로운 느낌을 주었다. 선인들을 맞이하고 있는 이 연못도 오늘의 분위기를 아는 듯 정숙한 자세를 취하고 있는 것처럼 보였다.

선녀 수인이 느닷없이 말했다.

"소녀 청이 있사옵니다."

수인의 말은 가냘프고 약간 떨리는 듯하였는데, 묵정선을 슬쩍 바라보고는 풍곡선을 향해 말했다.

"음? 청이 있다고? 무엇인가?"

풍곡선은 편안한 자세로 연못 쪽을 향하고 있다가 수인을 바라봤다.

"예, 풍곡선님을 모시고 싶습니다."

"무슨 말인가? 지금 이렇게 있지 않은가!"

풍곡선은 의아스러운 표정을 지었다. 옆에 있던 묵정선도 마찬가지였다.

"……"

세 명의 선녀들은 어떤 느낌을 가지고 있는지 고개를 약간 숙였다. 여인이 고개를 숙이는 것은 무엇인가를 느꼈을 때이다. 특히 민망한 내용을 감지했을 때는 자신의 마음을 감추기 위해 고개를 숙인다.

수인은 고개를 들고 풍곡선을 바라보며 말했다.

"저는 풍곡선님을 은밀히 모시고 싶사옵니다. 소녀의 몸이 비록 요녀들의 몸보다 못할지는 몰라도……"

"음? 아니! 자네……."

묵정선은 깜짝 놀랐다. 수인은 자신의 몸을 풍곡선에게 바치겠다는 것이다.

묵정선은 잠시 동안 난감한 표정을 지었다. 풍곡선은 눈을 감았다. 수인의 말은 청천벽력과도 같은 것이었다.

수인의 얼굴은 여인 특유의 부끄러움으로 홍조를 띠고 있었으나 풍곡선을 똑바로 바라보았다. 수인의 눈은 가련함과 슬픔, 그리고 아름다운 도전이 깃들여 있었다. 풍곡선은 수인의 눈길을 피해 연못 쪽을 바라보았다.

"……."

침묵은 잠시였지만 무척 길게 느껴졌다. 묵정선이 억지 미소를 머금고 말했다.

"수인! 자네의 몸을 풍곡선께 바치겠다는 건가?"

"예, 그렇사옵니다."

수인은 고개를 숙이고 단호하게 말했다.

"허어, 경사로운 일이로세. 풍곡선은 복도 많지."

묵정선은 풍곡선을 바라보며 이렇게 말하였다.

"자네의 뜻은 고맙네. 하지만 아름다운 몸을 아껴두게. 나는 먼 길을 갈 몸이야."

풍곡선의 말은 다정하게 들렸다. 그러나 먼 길을 갈 몸이라며 묘하게 거절하였다. 이렇게 하는 것이 여인의 자존심을 건드리지 않는 것이리라.

대개의 여인들이 그러하듯이 수인 같은 선녀에게는 특히 자신의 몸을 바치겠다는 것은 목숨에 버금가는 정성이 담겨 있는 법이다. 그리고 자신의 몸을 목숨처럼 귀히 여기는 여인들은 자신의 몸이 본의 아니게 손상되었을 때 목숨을 끊는 일도 서슴지 않는다. 반대로 자신의 몸을 바치겠다 하는데 거절당했을 때 역시 그러한 행동을 할 수도 있다. 선녀인 수인도 그 점에서는 일개 평범한 여인이었다.

수인은 비통하게 말했다.

"풍곡선님께서 소녀를 버리신다면 저는 이 자리에서 죽을 것이옵니다."

수인의 말은 당연했다. 자신이 그토록 소중히 하는 몸을 바치겠다고 했을 때 거절을 당한다면 어디에 삶의 가치가 있을까? 자신이 목숨 바쳐 소중히 간직하는 것을 남이 소중하다고 생각해 주지 않는 것이니 어찌 살 수 있겠는가!

수인의 말에 다른 선녀들은 고개를 들지 못하였다. 어쩌면 이들은 수인의 심정을 너무나 잘 이해하고 있는지도 몰랐다. 한 여인이 공개적으로 몸을 바치겠다고 했는데 이를 공개적으로 거절당한다면 그 얼마나 치욕이겠는가!

선녀의 몸은 수천수만 년의 세월을 통해 아름다움을 길러 온 것이다. 그리고 그 정절을 지켜온 것은 목숨을 지켜온 것과도 같다. 그런데 그것을 바치겠다는 것을 외면당한다면 더할 수 없는 수치와 분노를 느낄 것은 당연하리라.

"……"

술자리는 갑자기 서먹해지고 위기감이 감돌았다. 선녀인 수인이 이 자리에서 죽겠다고 선언한 이상 그대로 실현될 것은 뻔한 일이다. 수인의 말은 여인의 자존심과 선인의 수행에서 나온 말이니 그 믿음성은 태산보다 더 무거웠다.

묵정선도 위기감을 느끼며 해결책을 강구하였다. 묵정선은 이유가 있어서 선녀들을 불러냈지만 지금 같은 난감한 일이 발생할 줄은 미처 몰랐다.

만일 수인이 죽는다면 묵정선의 책임 또한 무거워진다. 책임을 떠나서 가련한 여인의 죽음을 어찌 앉아서 구경만 할 것인가! 그렇다고 쉽사리 나서서 달랜다면 여인의 자존심을 더욱 건드리게 된다.

더구나 풍곡선이 가만히 있는데 제삼자가 나설 수는 없는 법이다. 묵정선은 풍곡선이 무슨 말인가 해 주기를 학수고대 하였다. 이윽고 풍곡선의 말이 천천히 들려왔다.

"수인, 조급하게 속단하지 말게. 누가 자네를 버린다고 했나? 그리고 단정궁의 요녀가 제아무리 아름답다고 해도 어찌 자네만큼 되겠는가! 내가 보기엔 옥황부 내에서도 자네의 아름다움을 능가할 여인은 없을 것이라고 보네. 어디 그뿐이겠는가! 자네의 인격은 오래 전부터 나도 존경하고 있었다네. 마음을 편히 가지게."

풍곡선의 말은 진지했다. 내용을 보면 수인의 아름다움을 거론해서 여인을 최대한 즐겁게 하고 있었지만 은근히 인격이란 단어를 내세워 마음을 돌리려 하였다.

인격이란 남녀 누구나 추구하는 것이고, 특히 선녀가 인격을 귀히 여긴다는 것은 더 말할 나위 없다. 그러나 수인은 인격보다 여인의 자존심을 앞세우고 나섰다.

"과찬이시옵니다. 저는 오직 풍곡선님께 목숨보다 소중히 했던 것을 바치고자 할 따름이옵니다. 단정궁의 요녀가 비록 아름답다고는 하나 소녀도 그에 못지않다고 자부심을 갖고 있사옵니다. 풍곡선님께서 저를 마다하시지 않겠다면 오늘밤 저에게 오시옵소서. 소녀가

이 자리에서 죽겠다는 마음은 잠시 보류하겠사옵니다."

수인은 풍곡선의 말에 교묘한 수법이 있다고 파악한 듯 냉정함과 허탈한 표정을 함께 지으며 말했다. 여인의 수치심은 더욱 깊어지고 있었다. 풍곡선은 다시 진지하게 말했다.

"고맙네. 나 같은 처지에 자네처럼 아름다운 여인을 만날 수 있다는 것이 뜻밖의 행운일세. 하지만 나는 행운과 함께 죽음도 맞이할 걸세. 자넨 내게 아름다움을 바치는 대신 내 목숨을 구해 줄 수도 있겠나?"

풍곡선은 말을 마치고 수인을 다정하게 바라봤는데, 그의 얼굴에는 구원을 호소하는 그답지 않은 연약한 표정이 서려 있었다.

"예? 무슨 말씀이시온지요?"

수인의 천진하고 고운 얼굴에는 의아스러운 표정이 피어올랐다.

"음, 나는 지금 몹시 급하다네. 사실 자네가 이곳에 오지 않았다면 나는 도피 중에 있을 몸이야. 아마 이 자리를 끝내고 열심히 도망을 해도 나는 목숨을 부지하기 힘들 거야. 나는 평허선공께 죄를 짓고 피신해야 할 몸일세. 그 어른께 죄를 지었으면 죽어 마땅하지만 나는 아직 할 일이 남아 있네. 그래서 부득이 도피를 해야 하지만 성공할 가능성은 희박하다네. 더구나 자네와 행복한 시간을 지내다 보면 그나마 기회를 놓칠 것일세. 내게는 아름다움 못지않게 목숨도 소중한 것이야. 자네의 이해를 바라겠네. 만일 자네가 나를 오해하고 화를 낸다면 나 또한 죽을 때 마음이 편치 않을 것이야."

"……"

수인은 침묵하면서 풍곡선의 말을 음미하였다. 풍곡선의 말에 조금이라도 거짓이 있다거나 여인의 자존심이 상할 내용이 있다면 수인은 단호한 심정이 될 것이다.

지금에 와서는 수인도 돌이킬 수 없는 상태였다. 이미 여인의 자존심은 짓밟혔다.

그러나 수인은 최대한 자제심을 발휘하면서 조금은 수그러진 태도를 보였다.

"풍곡선님께서 어려운 일에 직면해 있다는 것을 소녀는 몰랐사옵니다. 그렇다면 저는 풍곡선님을 따라 함께 도주하겠사옵니다. 만일 풍곡선님께서 죽음을 맞이한다면 저도 따라 죽을 것이옵니다. 저의 몸은 풍곡선님께 바치겠다고 했사오니 이미 이 세상에 없는 것과 다를 바 없사옵니다. 그러하와 죽음이 두렵지 않사옵니다."

수인의 말은 일리가 있었다. 바쳐진 몸이니 풍곡선이 비록 취하지 않았다 하더라도 다시는 쓰지 못할 몸이 아닌가! 그렇다면 풍곡선을 따라다니다 죽은들 무엇이 한이 되겠는가?

수인은 점점 더 강하게 풍곡선에게 밀착되고 있는 셈이었다. 세 명의 선녀는 고개를 들고 풍곡선의 기색을 살폈다. 수인이 몸을 바치겠다고 선언한 이상 수인이 따라 나서겠다는 것도 당연한 마음이었다.

만일 수인이 따라 나서겠다는 것마저 거절당한다면 수인은 수치심이 극도에 달해 이 자리에서 즉시 목숨을 끊을 수밖에 없는 것이다.

세 명의 선녀가 이렇게 생각하고 있는 동안 묵정선은 일이 더욱 꼬이고 있다고 생각했다.

"수인, 나를 이토록 생각해 준다니 당장 죽어도 여한이 없네. 나라고 해서 왜 행복을 마다하겠나. 진심으로 고마움을 표하겠네."

풍곡선은 이렇게 말하면서 두 손을 맞잡아 보였다.

"수인! 자네가 나를 따르겠다는 것도 나는 거절할 수밖에 없는 입장일세. 나의 말을 들어보면 자네는 반드시 이해할 것이네. 나는 자네에게 감히 밝힐 것이 있다네. 부득이한 일일세. 나의 절대 비밀이네만 자네의 마음을 풀어주기 위해 말을 하는 것이네. 이로써 나는 더욱 큰 난관에 빠질 것이네. 아마 더 큰 벌을 받을 거야. 하지만 자네가 내게 준 정성에 보답하는 뜻으로 말을 하는 것일세."

풍곡선의 말은 심상치 않게 들려왔다. 수인과 세 명의 선녀, 그리고 묵정선은 숨을 죽이고 다음 말을 기다렸다. 풍곡선은 수인을 똑바로 보면서 말을 이었다. 이러한 풍곡선의 자세는 여인이 봐도 진지하고 정성스러운 것이어서 수인의 마음도 더욱더 누그러지고 있었다. 하지만 풍곡선이 말하는 내용이 문제일 것이다. 풍곡선의 말소리는 조금 작아졌다.

"나는 지금 우주 최대의 임무에 종사하고 있네. 바로 태상노군께서 직접 지시하신 일일세. 이렇게 공개하는 것조차 불경스런 일이지만······."

풍곡선은 잠시 눈을 감았다 떴다. 이때 수인의 마음은 조마조마한 심정이 되었다. 그리고 숙연해졌다.

태상노군! 풍곡선이 태상노군의 지시를 받았다니! 그리고 그것을 자기 때문에 밝히고 있다고 하니 얼마나 가상한 일이냐! 수인이 비록 여인의 마음을 갖고 있다고 하나 수도를 하는 선인으로서 태상노군의 성명(聖名)이 거론되고 있는 자리인 만치 숙연해지지 않을 수 없었다.

이러는 중 풍곡선의 말소리가 계속 들려왔다.

"나는 당금 우주의 혼란에 관여하라는 지시를 받은 것일세. 그러한 내가 나의 욕심을 위해 태평히 여인을 취한다면 이는 크게 상서롭지 못한 일일세. 수인의 아름다운 몸은 제발 더욱 훌륭한 때를 위해 아껴두길 바라네. 수인이 내게 보여준 정성은 고맙네. 하지만 몸을 바치겠다는 말은 없었던 것으로 하세. 그래야 훗날 좋은 얼굴로 다시 만날 수 있을 걸세. 나는 지금 도피해야 하는 몸이고 더군다나 태상노군의 절대 임무를 수행하는 중이 아닌가! 이러한 내가 감히 여인의 몸을 탐내서 되겠는가? 부디 나를 용서해 주기 바라네. 나의 말은 이뿐일세!"

풍곡선은 말을 마치고 수인을 똑바로 쳐다봤다. 수인은 잠시 고개를 숙였다. 그러고는 다시 고개를 들고 묵정선과 풍곡선을 바라보며 말했다.

"소녀가 지나쳤던 것 같사옵니다. 저는 풍곡선님께서 요녀와 함께 지낸다는 것이 속상했사옵니다. 어르신들께 사죄를 드리겠사옵니다."

수인선은 서글픈 표정으로 일어나 다시 무릎을 꿇고 고개를 숙였다.

"그만하면 됐네. 어서 일어나게."

풍곡선은 다정한 말로 수인을 달랬다. 그러자 수인은 무릎을 꿇은 채로 다시 말했다.

"어른께서 오늘의 제 잘못을 용서하옵신다면 제가 한 말은 없었던 것으로 하겠사옵니다."

수인은 이렇게 말하면서 풍곡선을 다소 날카롭게 쏘아봤다. 수인의 태도가 이러한 것은 풍곡선이 막중한 임무가 있다는 것을 이해하는 하지만 여인으로서는 못내 한이 된다는 뜻일 것이다. 풍곡선은 이 뜻을 알고 재빨리 말했다.

"고맙네. 자, 어서 일어나게."

"예, 하옵지만 한 가지 청을 들어주셔야만 분부에 따르겠사옵니다."

"음? 청이 있다고? 그게 무엇인가?"

풍곡선은 조금 놀라면서 물었다. 혹시나 수인이 또 다른 일로 괴롭힐지도 모르기 때문이었다.

옆에 있는 묵정선도 수인이 또 다른 트집을 일으킬까 봐 조바심을 내고 있었다. 그러나 수인의 마음은 이미 평정되어 있었고 하고자 하는 말도 억지가 있는 것 같지가 않았다. 수인은 무릎을 아직도 꿇은 채로 공손히 말했다.

"풍곡선님께서는 임무를 마치시고 나서 저를 다시 찾아주신다고 약속해 주소서. 다른 뜻은 없사옵니다. 그저 보고 싶을 따름이옵니다."

"음? 좋소. 만일 내가 단정궁에서 살아남는다면 다시 이곳에 오지!"

"그럼 됐사옵니다. 저는 풍곡선님이 요녀에게 당하지는 않을 것으로 믿사옵니다."

"그렇게 생각해 주니 고맙군. 그럼 이제 남은 술이나 마시는 게 어떻는지?"

풍곡선은 묵정선을 흘끗 바라보며 말했다. 그러자 묵정선이 다시 말했다.

"어서 일어나게. 풍곡선께서는 시간이 없네."

"예, 죄송하옵니다."

수인은 일어나서 옆에 공손히 앉았다. 이렇게 되어 한 여인이 몸을 무기로 하는 위험한 협박전은 무사히 종식됐다.

묵정선은 속으로 한시름을 놓을 수 있었다. 실로 위기의 순간이 아니었던가! 풍곡선은 절묘하게 위기를 피하고 다시 평화스러운 자리를 만들어 낸 것이다.

"자, 수인의 아름다움을 위해 한잔 들지."

묵정선은 수인을 인자하게 바라보며 술을 권했다.

"저는 풍곡선님의 임무를 위해서 들겠사옵니다."

수인은 이렇게 말하고 풍곡선을 향해 술을 들었다. 다른 선녀들도 같은 뜻을 갖고 있는지 모두들 풍곡선을 향해 건배를 하고 술을 마셨다. 위기를 넘기고 마신 술이라 그런지 마음은 더욱 평화로웠다. 모두들 단숨에 술을 비워내고 다시 채워졌다.

그러자 수인이 나섰다. 오늘은 대체로 수인이 말을 많이 하고 있다. 아마도 수인으로서는 풍곡선이 떠난다는 것에 크나큰 충격을 받고 있는 것이리라. 수인은 평소 그토록 풍곡선을 흠모하고 있었던 것일까? 아무튼 수인의 태도는 너무나 뜻밖이어서 가까이 지내는 다른 세 선녀들도 놀랐던 일이고 묵정선은 더욱 놀랐던 것이다.

그런데 여인의 아름다운 표적이 되었던 풍곡선은 어떤 마음이었을까? 아무리 수양이 높은 풍곡선이라 할지라도 마음에 동요가 있었을까? 선인이란 수양이 높아질수록 몸이 강해지며, 특히 남자의 몸이란 강해질수록 여인의 몸을 취하고자 하는 욕구가 증가하는 법이다.

말하자면 수행이 높은 선인들이라 할지라도 여인의 유혹에 대항하는 힘이 무작정 크다고 볼 수는 없는 것이다. 그리고 어떠한 남자라도 아름다운 여인이 몸을 바치겠다고 하면 으레 마음속에 동요가 일게 마련일 것이다. 물론 그것이 행동에 옮겨지려면 많은 제한이 따르겠지만 미세한 마음의 동요마저 없을 수 있겠는가!

그런데 여인을 향한 마음이란 털끝만한 동요가 있으면 그것으로 인해 아쉬움이 남고, 아쉬움은 다시 상상을 일으키고, 상상은 기대를 만들고, 기대는 욕구를 유발하는 법이다. 그리하여 약간의 동요가 태산 같은 욕정을 일으킬 수 있는 것이다.

풍곡선도 한 여인의 행복한 제안에 동요가 있지 않았을까? 그렇다면 단정궁에서의 일은 더욱 위태롭다 하지 않을 수가 없다. 한 여인에 대한 욕구는 흔히 다른 여인에 대한 욕구로 전이될 수가 있는 법이다.

만일 풍곡선이 수인이 바치겠다는 몸에 대해 아쉬움 내지 조그마한 상상이라도 했다면 그것은 종내 마음속에 남아 있다가 단정궁에서 폭발할 수도 있다. 지금 풍곡선의 모습을 보면 마음속에 어떠한 일이 일어났는지 전혀 기색을 알 수 없다. 그것은 풍곡선만이 스스로 알 수 있는 것이리라.

그런데 수인선이 느닷없이 육체를 바치겠다고 나선 것은 참으로 이례적이었다. 여인이 어째서 공개 석상에서 그토록 떳떳이 나올 수 있을까? 더구나 선녀들은 도덕규범이 엄격하기 이를 데 없는데…….

어쩌면 수인이란 선녀가 풍곡선을 시험하기 위해 그런 행동을 벌였을까? 물론 그럴 수도 있겠지만 목숨보다 귀한 자신의 몸을 걸고 어떻게 그 위험한 도박을 벌일 수 있었단 말인가?

수인은 그만한 배짱이 있었던 것일까? 아니면 풍곡선의 인격을 믿었던 것일까? 수인의 마음은 이 또한 수인 자신만이 알 수 있는 것이었다.

지금 모여 있는 선인들은 각자 수인이 그렇게 행동한 뜻과 그로 인해 풍곡선이 동요를 일으켰는지 어떤지에 대해 나름대로 판단을 내렸을지도 모른다. 수인이 진정한 사랑을 표현한 것일까? 아니면 위험한 단정궁으로 떠나는 풍곡선을 단련시키기 위해 선의의 유혹을 해본 것일까? 만일 그런 경우 풍곡선이 수인의 몸을 취하자고 했다면 수인의 심정은 어떠했을까?

지금은 한 차례 태풍이 지나가고 잔잔한 마음속에 평화가 깃들이고 있었다. 풍곡선은 연못을 바라보고 있다. 수인이 또 말하기 시작했다.

"풍곡선님께 선물을 드리겠사옵니다."

이번엔 무엇일까? 몸을 바치겠다고 한 직후여서 신비한 여운이 아직 좌석에 남아 있었다. 그러나 이번에는 묵정선이나 선녀들이 긴장하지는 않았다. 수인의 말이 이어졌다.

"옷을 만들어 봤답니다. 급히 만드느라 아름답게 꾸미지는 못했사옵니다. 하지만 제 정성을 담았사옵니다."

수인은 다정한 미소를 지으면서 옷을 두 손으로 공손히 받쳐 들었다.

"……."

풍곡선도 두 손으로 옷을 받으면서 흐뭇한 표정을 지었다. 풍곡선으로서는 세상에 난 이래 최상품의 옷을 얻게 된 것이리라! 풍곡선은 자신의 몸 그 자체를 하늘이 준 도복이라고 늘 말해 왔었다. 그런데 오늘 그 자연적인 도복을 아름답게 감싸주는 옷을 얻게 된 것이다.

천의무봉(天衣無縫)! 하늘의 옷은 자연스러우면서도 조화를 이루고 있었다. 그리고 꿰매어진 흔적이 보이지 않는다. 풍곡선은 옷을 잠깐 살피는 듯하다가 옆에 내려놓았다.

"자, 술을 드세. 이 잔이 마지막 잔이군."

묵정선은 좌중을 돌아보며 권하고 풍곡선과 선녀들은 술잔을 높게 들었다.

"특사님의 행운을 비옵니다."

한 선녀가 말하고 모두들 술을 마셨다. 이렇게 해서 조촐한 연회는 끝났다. 풍곡선은 자리에서 먼저 일어났고 다른 선인들도 뒤따라 일어났다. 그리고는 서쪽을 향해 몇 걸음 걸었다. 숲의 나무들 사이로 드넓은 벌판이 보이고 있었다. 풍곡선은 묵정선을 돌아보며 말했다.

"여기서 작별합시다. 자네들도 잘 있게."

풍곡선은 이렇게 말하면서 두 손을 맞잡아 보였다. 그리고는 잠깐 사이에 그 자리에서 자취를 감추었다. 이렇게 하여 특사는 떠나간 것이다.

갈 데까지 가는 절망

그 즈음 하계인 정마을에서는 아직도 위기가 계속되고 있었다. 그런데 빗자루 괴인은 추적을 중지한 후 제자리에서 움직일 줄을 몰랐다. 그러나 언제 변덕을 부릴지 모를 일이다. 당장이라도 괴인이 움직이기 시작하면 정마을 사람들도 다시 피난길에 나서야 한다.

현재는 서로가 휴식을 취하고 있는 상태였다. 저녁밥도 먹고 잠자리도 장만해 두었다. 하지만 이곳에서 편히 쉬도록 괴인이 가만둘지는 미지수였다.

건영이는 산 아래를 가끔씩 바라보았는데, 얼굴에는 긴장과 고요가 서려 있었다. 지금은 조금도 방심할 수 있는 상태가 아니었다. 건영이는 온 힘을 다해 맑은 의식을 유지하였다.

이 맑은 의식은 보통 사람으로서는 도저히 상상도 할 수 없는 세계이다. 이 세계는 우주 내면을 관통하여 멀고먼 곳으로 퍼져 있다. 이곳에 어떤 미세한 느낌이라도 도달하면 이 신호는 즉시 표면 의식으로 전이되고 다시 증폭되어 그 상황이 파악되는 것이다.

이는 선인의 경지에 이르러서야만 가능한 신통력으로 건영이도 아직 능숙하지 못했다. 아직 공부가 부족했던 것이다. 건영이의 표정은 가끔씩 미간이 찌푸려졌다. 이는 마음속에서 일어나는 갖가지 현상에 대해 능숙하게 판단할 수 없기 때문이었다.

마음속에서 일어나는 일 중에서 어떤 특정된 사상(事象)을 선별해 낸다는 것은 그리 쉬운 일이 아니다. 이는 마치 바람 소리에 섞여 있는 어떤 미세한 소리를 분별해 내는 일과도 같다. 아니 그보다 더욱 어려운 것이리라.

이런 일에는 잠시도 방심할 수 없다. 언제나 긴장 상태를 유지하고 고요와 맑음을 유지해야 한다. 이렇게 어려운 정신 상태를 유지하려면 몸에도 무리가 가게 마련이다. 수행이 높은 선인이라면 평상심으로도 가능하겠지만 건영이에게는 아직 어려운 일이었다.

건영이는 현재 피로의 기색이 완연했다. 창백한 얼굴에 가끔씩 숨을 몰아쉬었다. 마을 사람들은 어차피 할 일이 없기 때문에 포기 상태에서 충분한 휴식을 취하고 있었다.

밤하늘에는 별이 유난히 빛나고 있었다. 언제나 아름다운 정마을의 별이었다. 그런데 오늘만은 슬픈 여운이 깃들어 있는 것 같았다. 건영이는 하늘의 별을 무심히 바라볼 뿐이었다. 다른 때 같으면 별을 보면 상쾌한 표정이 떠올랐을 것이다. 그러나 지금은 하늘을 향해 있지만 별을 보고 있는지조차 알 수가 없었다.

모든 의식이 괴인에게 쏠려 있기 때문일까? 건영이 옆에는 좀 전부터 숙영이가 함께 서 있었다. 건영이는 숙영이를 별로 의식하지 않는 것처럼 보였다.

숙영이는 건영이의 얼굴을 살피고는 자리를 피하려고 했다. 아무래도 건영이 옆에 있으므로 해서 감정을 흔들어 놓을 우려가 있기 때문이었다.

"……."

숙영이는 조용히 걸음을 옮겼다. 그러자 즉시 건영이가 불렀다. 건영이는 괴인을 감시하고 별을 바라보면서도 숙영이를 의식하고 있었던 것이다.

"숙영이!"

"……."

"옆에 있어 줘! 함께 별 구경이나 하자."

건영이는 한 걸음 다가와 숙영이의 어깨를 가볍게 감싸 안았다. 건영이의 표정은 처음으로 밝아 보였다.

"오빠, 피곤하지 않으세요?"

"아니, 괜찮아! 숙영이가 힘들겠어!"

"저는 괜찮아요, 조금 걸었을 뿐인데요. 하지만 오빠는 무척 힘들겠어요!"

숙영이는 근심스런 표정으로 건영이를 바라봤다. 그러나 그 모습은 어둠에 묻혀 선명하지 않았다. 사방은 온통 어두웠고, 별빛은 산 위에까지 내려오지 않았다.

"……."

건영이는 숙영이의 차분한 목소리를 들으며 휴식을 느꼈다. 숙영이의 말대로 건영이는 육체보다는 마음의 피로가 과중한 상태였다.

"오빠! 좀 앉아야겠어요, 내가 자리를 가져올게요."

숙영이는 오랫동안 서 있는 건영이를 염려했지만 건영이는 아무렇지도 않게 말했다.

"서 있는 게 나아! 아니 우리 산책이나 할까?"

"……."

숙영이는 힘이 닿는 데까지 건영이를 돕고자 할 뿐이었다. 지금의 위기는 정마을 자체의 위기일 뿐 아니라 어쩌면 건영이와 숙영이마저 최후가 될지도 모르는 일이었다.

숙영이는 표정으로는 차분했지만 위기감을 피부로 느끼고 있었다. 머지않아 최후를 맞이한다면 그 순간까지 건영이와 함께 있으려고 하는 것일까?

"……."

숙영이는 건영이의 뜻에 따랐다. 건영이는 숙영이의 손을 잡고 산등성이 쪽으로 조금 걸었다. 주변은 적막했고 하늘의 별은 한결 밝아진 듯 보였다.

산길에는 가볍게 바람이 불고 있었다. 두 사람은 바람을 가슴으로 맞받으면서 언덕을 올랐다. 건영이의 마음은 점점 더 평온해졌다. 참으로 오랜만에 숙영이와 함께 하는 시간이지만 마음은 정마을이 놓인 위기에서 현실감을 느끼고 있었다.

'위기의 시간에 이토록 적막한 산길을 걷고 있다니!'

건영이는 현실의 위기와 행복감을 동시에 느꼈다. 하지만 위기보다는 행복감이 마음을 차지했다. 그리고 현재의 위기가 두 사람 사이를 파고들지는 않음을 느꼈다.

위기는 그들 밖에만 존재했다. 이러한 위기가 두 사람이 함께 있는 시간을 불안하게 만드는 것은 결코 아니었다. 어쩌면 위기가 있으므로 해서 현재의 시간이 더욱 소중하고 분명한지도 몰랐다.

다시 말해 위기라는 장벽이 두 사람을 외부로부터 차단하고 보호를 해 주는 셈이다. 지금 마을 사람들과 좀 멀리 떨어져 있으므로 건영이와 숙영이는 단둘만의 세계에 깊숙이 잠겨 있는 것이다.

두 사람은 천천히 걸었다. 좌우의 숲은 여전히 어둠 속에 침묵을 지키고 있었다. 하늘의 별은 그 두 사람의 머리 위에서 더욱 많이 빛났다.

두 사람은 잠시 멈춰 서서 하늘의 별을 바라봤다. 별들은 신비와 희망을 간직하고 있는 듯 보였다.

"……."

두 사람이 침묵을 지키는 가운데 바람도 소리 없이 지나갔다. 아래쪽으로 전개되어 있는 컴컴한 숲은 고요한 호수를 연상시켰다.

두 사람은 다시 걷기 시작했다. 길은 왼쪽으로 굽어졌다가 아래쪽으로 경사가 나타났다.

이때 숙영이가 말했다.

"오빠! 너무 멀리 가지 말아요!"

아래쪽으로 전개되어 있는 산길 저 멀리에는 괴인이 앉아 있는 것이다. 건영이도 이 점을 인식했다. 건영이는 단지 숙영이와 산책을 하고 있다는 사실만을 인식했을 뿐 방향에는 전혀 신경을 쓰지 않고 있었다.

단지 마을 사람들로부터 떨어져 있고 싶었던 것이다. 숙영이의 얼굴에 두려움이 깃들여 있는지는 주위가 어두워 얼굴 표정이 보이지 않았다. 그러나 건영이는 숙영이가 떨고 있는 것이 분명히 느껴졌다.

"음? 그만 갈까?"

건영이는 숙영이를 다정히 바라보며 물었다.

"……."

숙영이는 말없이 고개를 끄덕였다. 건영이는 숙영이의 어깨를 감싸고 오던 길을 되돌아 걸었다. 그러나 얼마 걷지 않아 다시 멈춰 섰다.

"숙영이! 여기쯤 어때? 무서워?"

건영이는 마을 사람들 있는 쪽으로 가기 싫은 듯 망설이며 물었다. 숙영이는 고개를 저으며 대답했다.

"아니에요. 무섭지는 않아요, 단지 오빠가 걱정이 돼서 그래요."

"나는 괜찮아! 조용히 있고 싶을 뿐이야!"

"저도 그래요. 높은 곳에 있어서 기분이 좋은 것 같아요."

숙영이의 웃는 모습을 보자 건영이의 마음도 상쾌해졌다.

"……"

두 사람은 높은 산 쪽을 바라보며 나란히 서 있었다. 뒤로 돌아서면 강 쪽이라서 조금 밝았지만 굳이 어두운 방향을 택한 것이다. 하지만 이쪽 방향의 하늘엔 별들이 더 많았고, 앞을 가로막고 있는 컴컴한 산은 오히려 두 사람의 마음을 편하게 해 주었다.

"숙영이!"

건영이는 숙영이를 가만히 끌어당겨 가볍게 포옹했다. 숙영이는 순순히 응해 주었다.

그런데 바로 이때였다. 건영이는 불길한 기분에 휩싸여 갑자기 고개를 들었다.

어떤 일이 발생한 것이다. 건영이는 이 뜻을 쉽게 감지했다. 괴인이 행동을 개시한 것이다. 하지만 건영이는 이를 내색하지 않았다. 불길한 기분도 지워버렸다.

행복한 순간에 찾아온 악마 같은 신호, 건영이는 악몽을 잊듯, 행복을 확인하듯, 숙영이의 몸을 더욱 강하게 끌어안았다. 그리고 얼굴을 찾아 뺨을 스쳤다. 이어 건영이는 숙영이의 입술을 갈망했다.

숙영이는 이를 받아들였다. 건영이는 꿈을 꾸듯 깊게 숙영이의 입술을 탐닉했다. 건영이의 행동은 확산되고 있었다. 숙영이의 온 몸을 더듬고 호흡은 거칠어졌다.

"……"

숙영이는 모든 것을 내맡기고 있었다. 하지만 위험한 시기에 건영이의 이 태도는 무엇일까? 단순히 남자의 욕정이었을까? 아니면 죽음이 도래해서 숙영이를 영원히 놓칠 것으로 생각한 것일까?

어쩌면 두 가지 모두일 수도 있으리라! 이제 건영이는 여인의 가장 소중한 부분을 가지려는 듯 숙영이의 둔부를 더듬고 있었다. 그러자 숙영이는 몸을 움츠렸다.

그러고는 건영이의 행동을 가볍게 제지했다.

"오빠!"

숙영이의 목소리는 애처롭고 차분했다.

"……"

건영이는 포옹을 한 채 잠시 머뭇거렸다. 숙영이의 말소리가 다시 들려왔다.

"지금은 안 돼요! 괴인이 오고 있잖아요!"

"……"

건영이의 행동은 그 즉시 멈춰졌다. 숙영이는 괴인이 온다고 말하지 않는가! 건영이는 고개를 들어 숙영이의 얼굴을 똑바로 바라봤다. 숙영이는 건영이를 달래듯 상냥한 모습을 지어 보였다.

"숙영이!"

건영이는 정신을 수습했다.

"그것을 어떻게 알았어?"

"오빠, 지금은 시간이 없어요! 정말 괴인이 오고 있지요?"

"……"

건영이는 말없이 고개를 끄덕였다. 그러자 숙영이는 건영이의 손을 이끌고 앞장서며 말했다.

"오빠, 빨리 가요."

"그래. 잠깐만!"

건영이는 숙영이를 다시 한 번 끌어당겨 깊게 포용했다.

"……."

건영이는 조용히 눈을 한 번 감았다 뜨고는 말했다.

"갈까? 어두우니 뛰지 마!"

그러나 숙영이는 건영이의 말을 못 들은 체 급히 서두르고 있었다. 그러나 정작 빨리 움직이고 있는 존재는 빗자루 괴인이었다. 괴인은 명상에 잠겨 있다가 갑자기 일어나서 추적을 시작한 것이다.

괴인은 정확히 마을 사람들이 사라진 방향으로 달리고 있었다. 그 자세는 비록 엉거주춤해 보이지만 속도는 상당했다. 보통 사람이 힘껏 달리는 정도라고 해야 할까?

그러나 괴인은 더욱 속도를 낼 수도 있으리라! 지금 괴인은 어두운 밤이건만 거리낌 없이 달리고 있었다. 길목에 나무뿌리나 바위가 막아서도 아무렇지도 않게 피했다.

그러나 괴인이 피하는 것이 아니라 괴인이 달리면 그저 위험한 물건이 피하는 듯 보였다. 괴인은 높은 곳이나 낮은 곳, 혹은 움푹 파인 구덩이도 직접 통과했다. 어쩌면 땅을 밟지 않고 달리는지도 몰랐다.

강 위를 건너올 때도 이렇게 하지 않았던가! 아무튼 괴인은 빠른 속도로 움직였다. 숙영이는 건영이의 손을 잡고 힘껏 달려 마을 사람들이 있는 곳에 도착했다. 이미 박씨가 마중 나와 있었다.

"무슨 일이니?"

박씨는 건영이를 바라보며 급히 물었다. 느낌이 심상치 않았던 모양이었다. 상황은 뻔한 것이다. 숙영이와 산책을 나갔던 건영이와 함께 뛰어오고 있다면 무엇이겠는가! 건영이는 황급히 말했다.

"괴인이 오고 있어요!"

"음? 마을 사람들에게 알려야지!"

박씨는 이렇게 말하고 즉시 돌아서려고 했다. 그러자 건영이가 불러 세웠다.

"아저씨! 잠깐만요. 소용없을 것 같아요."

"음? 소용없다니?"

"괴인이 달려오고 있어요. 점점 빨라지고 있어요!"

"……."

박씨는 말문이 막혔다.

"아저씨, 괴인이 지금 같은 속도로 계속 온다면 어차피 잡히게 돼 있어요. 어쩌면 우리가 움직이면 괴인이 더욱 빨라질 수도 있겠지요."

"……."

박씨는 이번에도 할 말을 잃었다. 괴인이 달려오고 있다면 만사는 끝장인 것이다. 마을 사람들은 그동안 휴식을 좀 취했지만 지금은 캄캄한 밤중이다. 길도 없는 산중으로 도망을 계속해 봤자 얼마나 더 갈 것인가?

박씨는 상황을 판단해 보고 암담함을 느꼈다. 박씨로서는 건영이가 어떤 대책을 세워주기만 바랄 뿐이었다. 그런데 갑자기 건영이의 얼굴이 더욱 어두워졌다.

"무슨 일이지?"

박씨는 조심스럽게 물었다.

"아저씨! 큰일 났어요!"

건영이는 공포에 질린 표정으로 말했다.

"……."

"지금 괴인의 속도가 더욱 빨라졌어요!"

건영이가 이렇게 말하는 순간 괴인은 험난한 숲 속으로 들어서고 있었다. 그러나 달리는 속도는 평지와 다름이 없었다. 괴인은 그야말로 질풍 같은 속도로 달렸다. 이 속도는 이미 범인(凡人)의 경지를 넘어서 있어 박씨가 힘껏 달릴 때의 속도와 같았다.

그렇다면 괴인의 속도는 더욱 높아질 수도 있으리라! 박씨가 비록 보통 사람에 비해 굉장한 힘을 가졌다 하더라도 괴인에 비할 바는 아니다. 건영이의 말이 이어졌다.

"아저씨! 괴인은 머지않아 이곳에 당도할 거예요! 남씨 아저씨를 불러주세요."

건영이는 분명 남씨와 어떤 의논을 하려는 것 같았다. 박씨는 급히 돌아서서 남씨를 찾으러 가려는데 남씨가 마침 저쪽에서 나타났다.

남씨는 급한 걸음으로 다가왔다.

"건영아, 무슨 일이니?"

남씨는 건영이와 박씨를 번갈아보며 물었다. 건영이가 대답했다.

"일이 크게 벌어졌어요! 괴인이 달려오고 있어요!"

"음? 달려온다고?"

"예, 무서운 속도예요. 괴인의 마음속엔 지금 분노로 가득 차 있어요."

"그래? 큰일 났군! 어떡하지?"

총명한 남씨도 건영이에게 대책을 물었다. 그러나 건영이라고 해서 특별한 방안이 있는 것은 아니었다. 건영이는 다시 어두운 얼굴로 말했다.

"아저씨, 지금 움직일 수 있겠어요?"

"글쎄. 가는 데까지 가 봐야지! 어두워서 얼마나 갈지 모르지만……."

남씨는 침울한 표정을 지었다. 그러자 건영이는 산 아래쪽을 얼핏 쳐다보고는 말했다.

"좋아요. 움직여 봐야지요. 빨리 간다는 것은 의미가 없을 거예요."

"음? 무슨 말이지?"

"예, 괴인의 속도가 워낙 빨라요."

"……"

"그래서 한 가지 방법을 생각해 봤어요."

"음? 무엇인데?"

박씨가 기대에 찬 음성으로 물었다. 그러자 건영이는 잠시 고개를 젓다가 말했다.

"서로 분리해서 피해야겠어요."

"……"

"함께 움직이다 보면 모두 당할 거예요. 일단 셋으로 나누지요."

"그래? 어떻게 나누지?"

남씨는 고개를 끄덕이며 허탈하게 물었다.

"……"

건영이는 잠시 생각하고는 말하기 시작했다.

"우선 할아버지·할머니·숙영이를 아저씨가 데리고 가세요. 방향은 저쪽 아래쪽입니다."

건영이는 박씨에게 말하면서 방향을 지시해 줬다. 건영이가 박씨에게 지정해 준 방향은 원래 가던 방향으로 괴인과 멀어지는 쪽이다.

"어디까지 가지?"

박씨는 망설이며 물었다. 건영이와 헤어지게 되는 이상 이제는 괴인이 오고 있다는 것을 알려줄 사람이 없는 것이다. 건영이는 허탈하게 웃으며 대답했다.

"가는 데까지 가 보세요. 무작정 멀리 가야 합니다. 그리고 날이 밝으면 아저씨 혼자 이곳으로 다시 와 보세요, 물론 이곳이 안전해질지는 모르겠어요. 그 전에 결판이 나겠지만 말이에요."

"음? 결판이 나다니?"

박씨는 건영이를 빤히 쳐다보며 물었다. 그러나 건영이는 명쾌한 대답을 할 수가 없었다.

"아저씨! 어서 가 보세요. 사건이 난다면 얼마 가지 않아 큰일이 벌어지겠지요!"

"사건? 알겠어! 나 먼저 떠나야겠군!"

박씨는 더 물어보려다 그만두었다. 사건이라면 참사(慘事)가 아니고 무엇이겠는가? 괴인이 달려오고 있다면 만나게 되는 시간도 멀지 않은 것이다. 어떻게 보면 도망가는 일이 큰 의미를 갖지 않을 수도 있다.

괴인은 빠를 뿐만 아니라 사람의 행방을 정확히 추적한다. 괴인에게는 밤도 없고 험난한 곳도 없다. 괴인은 눈으로 보고 발로 달리는 것이다. 지금으로써는 괴인이 한쪽을 추적하는 동안 다른 한쪽이나마 무사하길 빌 뿐이다.

누가 당할지는 모른다. 그러나 어느 쪽이든 열심히 달려주어야 다른 한쪽이 무사할 수 있다. 가까운 곳에서 잡히면 괴인은 한쪽을 처리한 후 다시 추적할 것이다. 박씨는 이러한 점을 음미하면서 잠깐 허공을 응시했다.

그러자 건영이가 숙영이 손을 잡으며 말했다.

"숙영이, 아저씨를 따라가. 내일이면 만날 수 있을 거야!"

"……"

숙영이는 말없이 고개를 끄덕였다. 내일이면 만날 수 있을 거라는 이 말은 어쩌면 다시는 만날 수 없을지도 모른다는 뜻이었다. 숙영이도 이 뜻을 알고 고개를 끄덕였을 것이다.

하지만 숙영이는 아무 말 없이 박씨를 따라 나섰다. 단지 몇 걸음 가서 뒤를 돌아봤을 뿐이다. 건영이는 다시 남씨를 향해 말했다.

"아저씨도 가세요!"

"나는 누구와 가지?"

남씨는 자기가 인솔한 사람을 물은 것이다. 피난은 셋으로 나눠서 하기로 한 것이고 사람을 선택하는 것은 건영이의 지시에 따르고자 한 것이다.

건영이가 말했다.

"나머지 모두를 데리고 가세요."

"음? 무슨 말이야! 건영이 너는?"

"저는 따로 갈 거예요!"

"혼자서?"

"예."

"……"

남씨는 잠깐 생각해 봤다. 어차피 셋으로 나눠야 하지만 건영이만 혼자 간다는 것은 아무래도 마음이 놓이지 않았다.

"글쎄. 혼자 갈 필요가 없잖아?"

남씨는 망설이며 말했다. 남씨로서는 누구든 건영이를 보호해야 한다고 생각한 것이다. 그러자 건영이는 미소를 지으며 말했다.

"아저씨, 제 걱정은 안 해도 돼요. 저는 괴인이 오는 것을 미리 알 수 있으니 잘 피할 수 있어요."

"……."

건영이의 말이 맞는 말이기는 하지만 남씨 자신이 묻는 것에 대한 대답은 아니었다. 남씨는 건영이가 혼자 움직이는 것이 이상하게 생각되어서 물은 것이었다. 건영이는 은근히 대답을 회피하고 있었다.

남씨는 다시 한 번 물었다.

"건영아, 혼자 갈 특별한 이유라도 있니?"

"예."

"내가 그 이유를 알면 안 되니?"

"별일은 아니에요. 한 가지 시험을 해 보려고 해요."

"그게 뭔데?"

남씨는 잔뜩 의심하는 표정으로 물었다. 남씨는 건영이가 모험을 할까 봐 걱정되었다.

"아저씨, 지금 자세히 말할 시간이 없어요. 저는 괴인이 이토록 집요하게 추적해 오는 이유를 알고 싶어요."

"이제 와서 어떻게 알지? 그리고 그것을 안다고 무슨 대책이 있나?"

"글쎄요. 제 생각인데 어쩌면 괴인은 저를 쫓아오는 것 같아요."

"음? 그게 무슨 뜻이야?"

"예, 그건 저…… 제가 괴인이 오는 것을 탐지하고 있다는 그 자체가 괴인을 오게 만들 수도 있다고 생각돼요."

"그래? 글쎄, 그럴 수도 있을까? 좋아, 그렇다면 어떻게 하려고?"

남씨는 자세히 물었다. 남씨 자신은 나름대로 충분히 생각할 수 있는 사람이기 때문에 혹시나 저지를 건영이의 무모한 짓을 말리려고 하는 것이다. 건영이가 어쩌면 마을 사람들 전체가 위험에 직면했을 때 희생적으로 나올 수도 있기 때문이었다.

남씨는 건영이의 이런 성격을 염려한 것이다. 건영이는 유독 혼자서 행동하겠다고 하지 않는가! 건영이는 다시 미소를 지으며 대답했다.

"아저씨, 저는 다른 방향으로 가다가 괴인이 저를 쫓아오면 저 자신을 감추려고 해요."

"음? 어떻게 감추지?"

"하하하, 아저씨, 시간이 없는데 너무 자세히 묻고 있네요. 간단히만 대답할게요. 괴인이 만일 저만을 쫓아온다면 그것은 저의 정신 파장(精神波長) 때문일 거예요. 저는 저의 정신 파장을 갑자기 없애버리려고 해요. 말하자면 절대 고요 속으로 숨는 것이지요."

"……."

남씨는 한참 동안 생각하고는 고개를 끄덕였다. 건영이의 말은 괴인이 먼 곳에 있는 마을 사람들을 계속해서 추적해 오는 것은 자신이 괴인을 감지하고 있기 때문인데, 이 말은 자신의 정신력이 너무 강해서 그것이 괴인을 자극하지 않는가 하는 것이었다.

충분히 그럴 수도 있는 일이다. 건영이가 괴인을 감지하고 있다면 괴인이라고 해서 건영이를 감지 못하리란 법은 없다. 오히려 건영이의 강한 정신 파장이 괴인을 유도할 수도 있다. 그런데 건영이의 생각은 일단 혼자 피신하다가 괴인이 건영이만을 쫓아온다면 갑자기 정신 파장을 없애겠다는 것이다.

정신 파장을 없앤다는 것은 명상에 몰입하여 고요 속에 숨어버리는 것이다. 건영이라면 충분히 그렇게 할 수 있다. 건영이는 정신력이 강한 만큼 그것을 고요하게 하는 힘도 있을 것이다. 아니 건영이는 그런 공부를 평소에 해 두었을 것이다.

마음을 고요하게 해서 자신을 통제할 수 있게 하는 것은 공부의 제일의 목표이다. 건영이가 이 일을 게을리 했을 리가 없을 것이다.

남씨는 이렇게 결론을 짓고 다시 물었다.

"건영아, 아무튼 조심해야 해."

"예, 그럼 아저씨는 어서 가세요."

"그래, 그런데 나는 어느 방향으로 떠날까?"

남씨는 마지막 지시를 건영이에게 청했다. 건영이는 담담하게 말했다.

"저쪽으로 가세요. 가급적 멀리 가고 날이 밝으면 다시 이곳에 오세요."

건영이가 지시한 방향은 큰산 아래쪽이었다. 이곳은 이제껏 피신해 온 산의 뒷면이다. 말하자면 산을 넘어 다시 내려가는 것인데 박씨가 간 방향과는 직각을 이루고 있었다.

"음? 다시 오라고?"

"예, 날이 새기 전에 상황은 끝이 날지도 몰라요. 떠나세요."

"······."

남씨는 잠깐 건영이의 얼굴을 쳐다보고는 떠나갔다. 남씨의 뇌리 속에는 건영이가 한 말, 즉 날이 새기 전에 상황이 끝날지도 모른다는 말이 맴돌았다. 이 말은 이 밤 안으로 모든 것이 끝난다는 뜻일 것이다.

괴인의 능력, 속도를 보면 충분히 그렇게 될 것이다. 건영이는 혼자 남아서 산 아래쪽을 내려다보고 있었다. 괴인은 지금 평탄한 숲을 빠져나와 경사진 곳을 오르기 시작했다. 정확히 마을 사람들이 지나간 곳이었다.

괴인의 속도는 더 빨라지지는 않았다. 그저 평지에서의 속도와 같을 뿐이었다. 이는 박씨가 질풍같이 달리는 속도였다. 괴인의 움직임은 얼핏 봐서 그리 빠른 것 같지는 않았다. 힘을 들이지 않고 쉽게 뛰어가기 때문이었다.

아니 어쩌면 괴인으로서는 천천히 걸어가는 것인지도 몰랐다. 하지만 가벼운 바람처럼 부드럽게 움직였다. 바람의 움직임은 태풍이 아니라 해도 얼마나 빠른 것이냐!

건영이는 얼굴에 근심을 가득 싣고 괴인이 오는 방향을 바라보고 있었다.

"……."

괴인은 점점 접근해 오고 있는 중이었다. 마을 사람들은 또다시 괴로운 피난길에 올랐다.

마을 사람들이 떠난 방향은 현재 두 곳이었다. 건영이는 어느 방향으로 떠날지 아직 정하지 않고 있었다. 건영이의 마음속에는 무슨 생각이 있는 것인지?

한 발 먼저 떠난 박씨는 강씨 내외와 숙영이를 데리고 개울가에 도착하였다. 다행히 길은 평탄했고 경사도 심하지 않았다. 일행은 잠시 멈춰서 개울을 바라봤다. 주변이 어두워서 개울물이 훤히 보이는 것은 아니었지만 흐르는 물소리는 또렷이 들렸다.

"……."

박씨는 개울을 건너가는 방법을 곰곰이 생각하고 있었다. 물 위로 듬성듬성 고개를 내민 돌을 밟고 건너갈 수 있는지, 아니면 발을 적시면서 건너야 하는지…….

이때 숙영이가 말을 꺼냈다.

"아저씨! 멀리 갈 필요 없어요!"

"음? 멀리 갈 필요가 없다고? 그게 무슨 말이야?"

박씨는 깜짝 놀라 반문했다. 지금처럼 위험한 상황에서 멀리 갈 필요가 없다니? 강씨 내외도 숙영이 말에 놀라서 빤히 바라보고 있었다. 숙영이의 차분한 목소리가 들려왔다.

"아저씨, 괴인과의 거리가 점점 좁혀지고 있어요. 어차피 멀리 가지 못할 거예요."

"뭐라고? 너는 괴인이 오는 것을 감지하고 있니?"

할머니가 옆에서 당황하듯 물었다. 숙영이는 천천히 고개를 끄덕이며 대답했다.

"예."

"그래? 그런데 어차피 멀리 못 가다니?"

할머니는 다시 다그쳐 물었다. 그러자 숙영이는 잠시 침묵했다.

"……"

숙영이는 괴로운 현실을 말하기 싫은 것이다. 괴인이 지금 같은 속도로 온다면 머지않아 잡힐 것이라는 뜻이다. 강노인은 이 점을 즉각 알아차리고 말했다.

"음, 그 말은 괴인이 금방 온다는 뜻이겠지! 차라리 앉아서 기다리는 게 나을 거야. 멀리 가지도 못하고 잡힐 거라면 공연히 고생할 필요가 없겠지. 안 그런가?"

강노인은 허탈하게 웃으며 박씨를 바라봤다.

"예? 하지만 가는 데까지 가 봐야지요. 건영이는 가급적 멀리 도망 가라고 했어요."

박씨는 강노인과 할머니를 번갈아 쳐다보며 말했다. 그러자 숙영이가 말했다.

"그래야겠지요. 하지만 멀리라는 말은 의미가 없어요. 괴인이 워낙 빠르니까요. 차라리 숨을 곳을 찾는 게 나을 거예요."

"음? 하지만 어디에 숨지?"

"글쎄요? 동굴이라든가, 혹은 강가 쪽이면 더욱 좋겠지요!"

"강가?"

"예, 동굴이든 강이든 어딘가에 숨어야지 무작정 간다는 것은 의미가 없어요."

"동굴은 어떻게 찾지? 동굴이 안전하다는 보장도 없고……."

박씨는 고개를 갸우뚱하며 망설였다. 숙영이가 다시 말했다.

"아저씨, 이 개울을 따라 계속 내려가면 강이 나오지 않을까요?"

"음? 그럴 수도 있겠는데……. 강을 찾아볼까?"

"그러세요. 아저씨가 할머니를 업고 먼저 내려가세요. 저는 할아버지와 계속해서 개울을 따라 내려갈게요. 갈라진 곳이 있거나 막힌 곳에 닿으면 할머니는 그 자리에서 기다리게 하시고 아저씨는 길을 찾아보고 다시 데리러 오세요."

숙영이가 이렇게 말하자 강노인이 재촉했다.

"그게 좋겠구먼, 어서 출발하게."

"예? 그러지요, 할머니."

박씨는 할머니를 업었다. 그러고는 물길을 따라 출발했다. 박씨는 밤길이었지만 제법 빠른 속도로 사라졌다.

"그럼 우리도 가 볼까?"

강노인은 숙영이와 함께 천천히 뒤따랐다. 박씨는 벌써 보이지 않았다. 두 사람은 물길을 따라 가는 데까지 가고자 할 뿐이었다.

한편 남씨와 함께 출발한 일행은 상당히 고초를 겪고 있었다. 길은 험난했고 어두웠다. 특히 이쪽 일행은 여자와 아기마저 있어서 최악의 상황이었다.

아기는 서울 청년이 업었고, 임씨 부인은 인규가 부축하였다. 남씨는 숙영이 어머니를 부축하고 있었는데, 숙영이 어머니는 현재 한쪽 발을 다친 상태였다.

정섭이는 앞장서서 길을 찾았다. 서울 청년 한 명은 전후가 끊어지지 않도록 방향을 조절해 주고 있었다.

"이쪽이에요."

선두에 서서 내려가는 정섭이는 계속해서 소리를 지르면서 움직였다. 남씨가 다소 처지면 서울 청년이 연결해 주었다. 이들 일행의 전체적인 속도는 상당히 느렸다. 괴인 쪽에서 보면 그동안 움직인 거리가 단숨에 움직일 거리밖에 되지 않는다.

하지만 이들은 사력을 다해 피신을 하고 있는 중이다. 산 위쪽에는 아직 건영이가 서 있었다. 건영이의 마음속에는 괴인이 시시각각 접근해 오는 것이 속속 감지되고 있었다.

괴인은 지금 막 마을 사람들이 처음에 정해놓은 첫 번째 피신처에 도착했다. 이곳에는 몇 가지 물건들이 남아 있었는데 괴인은 얼핏 살펴볼 뿐 관심 없이 통과했다. 괴인이 가고자 하는 곳은 오로지 마을 사람들이 있는 곳이었다.

욕정보다 더한 분노

괴인은 첫 번째 대피소를 통과하자 약간 속도를 더 높였다. 목표가 가까워졌다고 느꼈기 때문일까? 말할 것도 없이 건영이는 심정 공간을 통해서 괴인의 격한 마음을 감지하고 있었다. 괴인은 산등성이를 오르면서 눈에 살기를 띠기 시작했다. 따라서 건영이의 얼굴빛은 더욱 긴장감이 엄습해왔다. 조만간 괴인이 당도하리라!

건영이는 잠시 고개를 돌려 숙영이가 떠난 쪽을 바라봤다. 마음속으로 숙영이를 염려하는 것일까? 현재 건영이를 제외하면 이들 피난 행렬은 둘로 갈라져 있었다.

숙영이가 간 쪽은 박씨가 인솔하였거니와 박씨는 가장 몸이 강하고 빠르다. 박씨의 막강한 신체는 강노인 내외나 숙영이를 보호하는 데 큰 힘이 될 것이다. 건영이가 이러한 점을 고려해서 숙영이를 그쪽으로 보냈는지는 알 수 없다.

그러나 박씨가 아무리 강한 몸이라 해도 괴인에 비하면 너무나 보잘것없기 때문에 별다른 도움을 줄 수는 없을 것이다. 어쩌면 총명한 남씨 쪽이 더 안전하지 않을까?

물론 남씨는 몸이 약할 뿐 아니라 지형이 험난한 곳을 택해 이동해 갔다. 인원도 많았다. 건영이가 이러한 결정을 내린 데는 특별한 배경이 있을까? 건영이는 지금 남씨가 떠난 쪽을 바라보고 있었다.

괴인은 건영이의 뒤쪽 산 아래에서 질풍처럼 다가오고 있었다. 건영이는 이를 분명히 알고 있으나 아직 움직이지 않았다. 남씨 쪽이 몹시 근심이 되는 모양이었다. 총명한 남씨가 나름대로 최선을 다하겠지만 위기가 바로 눈앞에 다가와 있는 것이다.

건영이는 마음속으로 남씨의 안전을 기원했다. 이제 와서는 특별한 대책이 있을 수 없었다. 운명에 맡기고 최선을 다할 뿐이었다. 세 곳으로 갈라진 피난 행렬 중 어느 곳을 택해 추적을 할지는 알 수 없다.

단지 건영이가 남씨에 말한 대로라면 괴인은 건영이가 떠난 쪽으로 향할 것이다. 건영이의 생각은 자신의 염파 때문에 괴인이 추적해 온다는 것이다. 그러나 건영이의 생각이 맞는다고 해서 무엇이 달라질 것인가?

건영이는 분명 제3의 방향을 택해서 괴인을 유인할 것이다. 이것은 건영이가 자신을 희생해서 마을 사람들을 구하려는 것이겠지만 괴인의 그 다음 행동이 없으리라는 법이 없다. 아무튼 건영이는 자신을 희생하려고 마음먹은 것일까?

그럴지도 모른다. 이것은 총명한 남씨도 얼핏 짐작하고 염려한 바 있지만 이제 와서는 어쩔 수 없는 일이다. 건영이는 다시 숙영이가 떠난 쪽을 바라보았다. 마음속으로 멀리멀리 달아나기를 염원하였다.

이윽고 건영이도 움직였다. 건영이는 숙영이와 정반대 방향을 선택했다. 이것으로 본다면 숙영이를 특별히 염려해서 방향을 반대로 잡았을 수도 있다. 건영이는 급한 걸음으로 걷다가 마침내는 달리기 시작했다.

조금 전 숙영이와 행복한 시간을 가졌던 장소 쪽이었다. 길은 순탄했다.

잠시 후 건영이는 비탈길에 도달했다. 이제부터는 험난하고 더욱 어두운 길이었다. 건영이의 행동은 망설임이 없었다. 생각은 이미 해 두었기 때문이었다. 건영이는 신속하게 숲 속으로 내려가기 시작했다. 이때쯤 남씨 일행은 험난한 산비탈을 벗어나 편한 지역으로 내려섰다.

"여기예요. 여기 길이 있어요."

정섭이가 밝은 목소리로 소리를 질렀다. 정섭이는 현재 사태에 대해 그리 걱정하는 것 같지는 않았다. 어려서부터 항상 위험 속에 노출되어 있었기 때문일까? 거지란 언제나 위험 속에 노출되어 있기 마련이다.

하지만 거지에게는 이보다 특이한 생활이 하나 있다. 그것은 하루하루가 유달리 운수에 영향을 많이 받는 것인데 이런 점에서는 정섭이도 숙달이 되어 있었다.

정섭이는 땀을 뻘뻘 흘리면서도 눈은 반짝이며 다른 사람들의 움직임에 신경을 써주고 있었다.

"이쪽이에요. 곧장 내려오세요."

정섭이의 목소리를 들으며 일행은 한 곳으로 모였다. 먼저 내려선 사람들은 잠시나마 숨을 돌리며 기다렸다. 조금 늦게 남씨와 숙영이 어머니가 도착하자 일행은 또다시 이동을 개시했다.

이제부터는 한결 편안한 이동이었다. 방향은 건영이가 간 곳에서 멀어지는 쪽으로 여전히 정섭이가 앞장을 섰다. 일행은 일렬로 행군하고 있었으므로 남씨의 말 한 마디면 모두가 정지할 수 있었다.

하지만 지금 상황에선 무작정 걷고 볼 일이다. 운명은 괴인이 산 위에 도착하고 나서 결정되게 되어 있다. 괴인은 속도를 늦추지 않고 두 번째 지점으로 접근하고 있었다.

마을 사람들의 짐은 두 번째 지점에 그대로 방치되어 있는 상태, 한편 먼저 떠난 박씨 쪽은 새로운 국면을 맞이했다. 냇물은 점점 폭이 넓어져 갔고 갈라진 곳은 나타나지 않았다. 오히려 몇 개인가 실개울이 합류하고 있었다.

박씨는 앞길이 순탄한 이상 방향을 바꾸지 않고 최대 속도로 달렸다. 강노인과 숙영이는 천천히 뒤를 따랐다. 개울물이 한 길로만 흘러가기 때문에 길이 어긋날 염려는 없었다.

숙영이와 강노인은 무작정 전진만 하면 되었다. 앞서가는 박씨가 적당한 곳을 발견하면 할머니를 내려놓고 되돌아올 것이다. 숙영이와 강노인이 그리 오랫동안 이동하지 않은 상태에서 개울은 넓어졌다. 왼쪽에서 실개울 하나가 합류했기 때문이었다.

두 사람은 합쳐진 왼쪽의 개울은 개의치 않고 가던 길을 따라 내려갔다. 그러자 얼마 가지 않아 인기척이 나고 박씨가 나타났다. 혼자였다. 어딘가에 할머니를 내려놓고 온 모양이다. 박씨는 달려왔는데도 숨을 몰아쉬지 않고 평온한 음성으로 말했다.

"할아버지, 강으로 나갈 수 있어요. 길을 찾았어요."

"음? 그래, 잘됐구먼."

강노인의 음성은 밝았다. 강에 도달할 수 있으면 분명히 안전한 대책이 나올 것이다. 이제 문제는 괴인이 언제 이곳에 당도하느냐였다. 박씨는 숙영이를 향해 말했다.

"강가로 나가면 괜찮을 거야. 강을 건너갈 수도 있겠고, 그런데……."

박씨는 이렇게 말하며 겸연쩍은 표정을 지었다. 무엇인가 할 말이 있는 것 같았다. 숙영이는 상냥한 미소를 지었고, 박씨의 말이 이어졌다.

"숙영아! 괴인이 오는 것을 알 수 있니?"

"예."

숙영이는 어렵지 않게 대답했다. 실로 놀라운 일이 아닐 수 없었다. 건영이가 먼 곳에서 오는 사람을 감지하는 능력이 있다는 것은 그럴 수도 있겠지만 숙영이는 어떻게 그런 일이 가능할까?

"……"

강노인과 박씨는 좀 전에 이미 숙영이로부터 그런 능력이 있다는 것을 들은 바 있지만 지금 다시 확인하고 나서 비로소 실감이 난 것이다.

얼마나 놀라운 일인가. 산 속 마을에 사는 평범한 여인에게 그토록 신통한 능력이 있다니! 평범한 여인? 과연 숙영이는 평범한 여인이었을까? 결코 그럴 수만은 없을 것이다. 건영이가 사랑하는 여인이니 어쩌면 비범한 사람일 수도 있을 것이다.

박씨의 마음속에는 잠깐 이런 생각이 스쳤다. 그러나 지금은 그런 생각을 하고 있을 때가 아니었다.

박씨는 숙영이의 얼굴을 쳐다보며 물었다.

"지금 괴인이 어디쯤 오고 있니?"

박씨는 이것을 물으려고 겸연쩍어했던 것이다. 가냘픈 여인에게 끔찍한 일을 묻는 것이 괴로웠던 것일까? 숙영이가 대답했다.

"아직 멀리 떨어져 있어요. 할아버지를 업고 가세요. 저는 천천히 뒤따라갈게요."

"그래? 괜찮을까? 혼자 무섭지는 않니?"

박씨는 숙영이를 홀로 내버려둔다는 것이 마음 쓰였다. 그러나 숙영이는 미소를 지으며 가볍게 대답했다.

"무섭기는요! 할머니가 기다릴 거예요. 어서 가세요."

"글쎄, 숙영이 네가 먼저 가는 게 어떨까?"

강노인도 산중에 어린 여자를 홀로 남겨둔다는 것이 염려되었던지 이렇게 말했다. 숙영이가 다시 대답했다.

"할아버지 먼저 가세요. 저는 괴인이 오는 것을 알 수 있으니 만약의 경우 할아버지보다는 유리할 거예요."

"그런가?"

강노인이 여전히 망설이자 박씨가 결론을 맺어주었다.

"할아버지, 업히세요. 숙영이 말이 맞는 것 같아요."

"……."

강노인은 어쩔 수 없이 박씨 등에 업혔다.

"어서 가세요. 저는 괜찮으니까 강가까지 다녀오세요. 그게 빠를 거예요."

숙영이의 말은 일리가 있었다. 어차피 세 사람 모두 강가로 나가야 할 테니 한 번에 강까지 데리고 가는 게 시간이 덜 걸릴 것이다. 박씨도 그렇게 생각하고는 고개를 끄덕였다.

"금방 다녀올게. 천천히 내려오고 있어!"

박씨는 이 말을 남기고 사라졌다. 숙영이 혼자 깊은 산중에 남겨졌다. 사방은 어두웠고 물 흐르는 소리는 계속해서 들려왔다. 그러나 숙영이는 뒤따라 내려가지 않고 제자리에 섰다.

"……."

숙영이의 얼굴빛은 조금 전 강노인과 있을 때보다 한결 흐려졌다. 숙영이는 지금 자신이 처해 있는 주변 환경을 생각하고 있는 것은 아니었다.

어려서부터 깊은 산중에서 살아온 숙영이는 어두운 곳에 홀로 있다는 것이 그리 무서운 것은 아니었다. 더군다나 지금은 위기 상황이 아닌가! 숙영이가 생각하고 있는 것은 괴인과의 마주침이었다.

괴인은 이미 첫 번째 대피소를 통과하여 속도를 더욱 높이고 있었다. 이러한 급박한 상황을 숙영이는 조용히 감지했다. 숙영이의 마음속에서는 위기의 분위기가 아지랑이처럼 일고 있었다. 숙영이는 잠시 어지러움을 느끼고 나무에 기대어 섰다.

'어찌하면 좋을까?'

숙영이가 지금 상상하는 것은 마을 사람들이 괴인으로부터 당해야 할 참상이었다. 머지않아 마을 사람들은 괴인과 마주치게 될 것이다. 누가 먼저 당할지는 아무도 알 수 없었다.

건영이가 생각하기에는 괴인이 자신을 향할 것이라고 하지만, 만일 그 생각이 틀리면 어떻게 되는 것일까? 어쩌면 괴인은 사람이 가장 많은 남씨 쪽으로 향할 수도 있을 것이다.

아니면 가장 빨리 움직이고 있는 박씨 쪽일 수도 있다. 괴인의 이상한 성격으로 봐서 박씨가 멀리 떠나간 것에 대해 분개를 할지도 모르기 때문이다. 아무튼 괴인은 현재 두 번째 대피소 쪽으로 향하고 있었다. 괴인은 마을 사람들이 지나간 바로 그 길을 따르고 있었다.

괴인은 흔적을 따라가는 것일까? 마을 사람들을 만나는 것이 목적이라면 지름길도 있을 것이다. 마을 사람들은 산길을 이리저리 헤매면서 도주했기 때문에 가까운 곳도 우회해서 간 경우가 많다.

그러나 괴인은 험난한 곳을 통과할 수가 있으니 곧장 두 번째 대피소로 올 수도 있다. 아니 그보다는 지금 당장 마을 사람들의 움직임을 간파할 수 있다면, 현재 나아가고 있는 방향으로 직접 도착할 수도 있을 것이다.

괴인의 마음은 무엇일까? 괴인은 짓궂게도 두 번째 대피소로 향하는 것 같다. 이렇게 하는 것이 마을 사람들로서는 시간을 벌어주는 것이니 나쁠 것은 없다.

그런데 또 하나 모를 것은 숙영이의 마음이었다. 숙영이는 당연히 개울을 따라 내려가야 할 텐데 제자리에 서서 생각에 잠겼다. 이는 괴인의 움직임을 감지하기 위해서라고 볼 수 있을 것이다. 하지만 잠시 후 숙영이는 엉뚱한 방향으로 움직이기 시작했다.

개울의 상류 쪽으로 향했던 것이다. 숙영이는 그동안 움직여 온 방향을 거꾸로 올라가는 것이다.

"……"

숙영이의 얼굴은 잔뜩 흐려 있고, 어떤 각오를 하고 있는 것처럼 입을 꼭 다물었다.

숙영이는 있는 힘을 다해 빠른 속도로 걸었다. 이는 도망해 올 때보다 훨씬 빠른 속도로 무엇인가 단단히 생각해 둔 것이 있는 것 같았다. 숙영이가 걷고 있는 오른쪽에는 개울물이 끊임없이 흐르고 있었다.

눈앞에 펼쳐진 하늘에는 수없이 많은 별들이 반짝였다. 괴인은 이때 두 번째 대피소에 당도했다. 이와 함께 숙영이의 마음속에서도 이를 정확히 감지했다. 괴인은 멈추어 섰다. 그러고는 재빨리 사방을 살폈다.

얼굴에는 노기가 가득 찬 듯했다.

"……"

잠시 생각에 잠겨 있던 괴인은 마을 사람들이 설치해 놓은 천막 쪽으로 걸음을 옮겼다. 천막은 모두 세 개로 그 앞에는 널찍한 돗자리도 깔려 있었다. 장소는 박씨가 떠난 방향을 비스듬히 등진 곳인데,

오른쪽으로는 길이 있었다.

괴인은 천막 앞에 서서 유심히 살폈다. 그러나 안에 사람이 있는지를 살피는 것 같지는 않았다. 아마도 괴인은 산등성이를 오르는 순간 이 지역에 사람이 없다는 것을 간파했을지도 모른다.

어쩌면 이곳에 오기도 전에 알고 있었을지도 모른다. 그렇다면 괴인은 무엇 때문에 이곳으로 왔을까? 괴인의 어깨에는 빗자루가 걸려 있었다. 괴인은 천막을 노려보면서 고개를 갸우뚱했다.

이어 주변을 둘러보기도 했다. 그리고 몇 걸음 옆으로 옮겨 다시 살펴보았다. 괴인이 살피는 것은 무엇일까? 분명히 천막의 위치가 자연스러운가를 살피는 것일 것이다.

괴인은 정마을에서 박씨의 집을 살펴보다가 일격에 부셔버린 바 있다. 지금의 천막은 어떠할 것인가? 괴인은 멀리 산 쪽을 보기도 하고, 아래쪽 숲을 살피기도 했다.

그러나 괴인이 주로 살피는 것은 마을 사람들이 설치해 놓은 천막으로 괴인은 그 주변 지형, 즉 산세와 조화를 이루고 있는가를 살피고 있는 것이다.

산세와의 조화란 어떤 것일까? 단순히 천막이 놓인 위치나 경관이 좋은 곳이어야 하는가? 괴인은 다시 자리를 옮겨 천막을 위쪽으로 바라봤다. 그러더니 어떠한 결론을 얻은 듯 얼굴을 찡그렸다. 속으로 괴인의 판단 기준이 무엇인지는 모르지만, 천막은 있어야 할 자리에 있지 않은 것이 틀림없다.

괴인은 잠깐 동안 천막을 응시했다. 이어 터져 나온 기합 소리가 짧고 강인한 느낌을 주었다.

"얍――!!"

괴인의 기합 소리는 바람조차도 멈추게 한 듯, 순식간에 고요가 엄습했다. 그러나 다음에는 난폭한 소리가 사방에 퍼졌다. 천막은 날아가면서 찢어졌고, 살림살이는 나무에 부딪히며 둔탁한 소리를 내었다.

'타—닥——'

괴인은 뻗친 팔을 조용히 거두었다. 괴인이 언제 손을 뻗었는지는 옆에서 누가 보고 있었다 해도 몰랐을 것이다. 괴인은 팔을 내리고 있었는데, 기합 소리가 날 때는 펼쳐져 있었다. 이는 너무나 신속한 동작으로 그 움직임을 간파하기가 힘든 것이다.

그런데 괴인의 행동이 이상해졌다. 갑자기 평화스러운 표정을 짓더니 천막이 있는 곳으로 이동했다. 그러고는 땅바닥을 쓸기 시작하는 것이 아닌가!

이미 땅바닥은 말끔히 씻겨 나갔는데 무엇을 쓸고 있는가? 괴인의 빗자루질을 보면 오히려 주변의 흙을 흩어버리고 있었다. 이는 원래 상태를 회복시키려는 것으로 보였다.

괴인은 다시 제 모습대로 꼿꼿이 섰다. 무엇인가에 집중하는 상태였다. 분명히 마음속에서 들려오는 신호를 감별하고 있는 것이리라!

어느 쪽으로 향할 것인가!

괴인은 박씨가 떠난 방향을 응시하기 시작했다. 그러고는 의아스런 표정을 지었다. 이때쯤 숙영이는 개울가를 벗어나 산등성이를 오르고 있었다.

잠시 후면 숙영이는 괴인이 있는 곳에 당도하게 될 것이다. 도대체 숙영이는 무슨 일을 벌이려는가? 괴인은 숙영이가 오는 것을 즉시 감지했다. 이는 우선 마음속의 초공간(超空間)을 통해서이지만 숙영이가 가까워옴에 따라 신체의 감각 기관으로 이를 포착했다.

괴인의 예민한 감각은 두말할 나위가 없다. 괴인은 바람 속에서 속삭이는 소리마저 추출해 낼 수 있는 것이다. 지금 숙영이의 발자국 소리와 숨소리가 괴인의 감각에 와 닿고 있었다.

"……."

괴인은 놀란 표정을 지었다. 그것은 다가오는 사람이 특이하기 때문이었는데, 우선은 정신력이 뛰어났고 둘째는 여인이란 점이었다. 괴인은 숙영이를 직접 보지 않고도 여인이란 점을 간파했다.

괴인의 얼굴은 또다시 변하였다. 놀란 표정에서 흐뭇한 표정으로, 괴인은 무엇 때문에 흐뭇한 표정을 짓고 있는가? 숙영이는 더욱 접근해서 이제는 시야에 들어올 정도였다. 그러나 어두운 산 속에 서 있는 사람이 보통 사람 눈에 보일 수 있는 것은 아니었다.

하지만 괴인의 눈은 어둠을 뚫고 숙영이의 몸을 바라보고 있었다. 숙영이는 걸음을 멈추었다. 그러고는 괴인을 부르듯 거리낌 없이 서 있었다. 괴인은 눈을 가늘게 뜨고 숙영이를 뚫어져라 바라보았다.

괴인의 얼굴에는 미소가 번지기 시작했다. 이러한 표정은 잔인하기보다는 음흉한 것이었다.

"……."

괴인은 천천히 걸음을 옮겼다. 숙영이는 이를 바라보며 당당히 서 있었다. 이윽고 마주 바라보는 상태까지 접근, 괴인은 걸음을 멈추었다. 그러고는 숙영이의 몸을 천천히 살펴보는 듯했다. 숙영이는 가볍게 떨고 있었다.

숙영이는 어둠 속에 피어 있는 한 송이 꽃이었다. 이 꽃은 지금 위험한 괴인 앞에 무방비 상태로 노출되어 있는 것이다. 괴인의 눈에는 숙영이의 전신이 비치고 있었다. 이는 어둠 속에서도 숙영이의 옷을 뚫고 그 나신(裸身)이 보이고 있는 것이다.

괴인의 능력은 육체 속에 깃들여 있는 영혼마저 감지할 수 있다. 그러나 지금 괴인이 바라보고 있는 것은 영혼이 아니다. 영혼을 감싸고 있는 아름다운 육체였다.

"······."

괴인은 그 자리에 우뚝 서서 숙영이의 모습에 집중하였다. 그런데 괴인이 급히 다가서지 않고 있는 것은 무엇인가 골몰해 있다는 증거였다. 숙영이는 고개를 약간 외면하고 괴인의 시선을 피하였다. 어둠 속이지만 괴인이 바라보는 강렬한 시선을 느끼고 있었다.

"······."

괴인도 숙영이도 침묵을 지키고 시간은 더디게 흘러갔다. 두 사람이 서 있는 곳에 가끔 바람이 스쳐가고 있지만 묘한 긴장이 감돌고 있었다. 괴인의 마음속에는 흥분이 일고 있었다. 그러나 숙영이의 마음속에는 슬픔과 각오가 교차하고 있었다.

이와 함께 숙영이의 마음속에는 건영이의 모습이 그려지고 있었다.

'오빠! 미안해요. 괴인은 오빠를 뒤쫓을 거예요. 오빠를 죽이겠지요! 하지만 괴인이 그렇게 하도록 내버려둘 수는 없어요. 나는 오빠를 구할 거예요. 어서 멀리 도망가세요.'

숙영이는 건영이가 괴인을 유인해서 마을 사람들을 도피시키려는 것을 이미 알고 있었다. 또한 건영이는 숙영이를 살리기 위해 더욱더 괴인을 유인하려 했다.

그뿐만이 아니라 괴인이 건영이를 뒤쫓으리라는 것은 건영이 자신이 얘기한 바 있지만, 숙영이 또한 이를 확신하고 있었다. 건영이와 마찬가지로 숙영이의 정신은 괴인이 오는 것을 감지했고, 지금은 건영이에게 가려는 괴인을 붙잡고 있었다.

숙영이의 몸은 괴인이 가는 길을 멈추게 했다. 갑자기 말소리가 들려왔다. 이는 아주 작은 목소리였지만 귀에 속삭이듯 분명하게 들려왔다.

"너는 누구냐?"

괴인의 목소리였다.

숙영이는 흠칫 놀라면서 정신을 수습했다.

"⋯⋯."

숙영이는 떨리는 마음을 안정시키려고 숨을 깊이 들이마셨다. 괴인의 목소리가 다시 들려왔다.

"너는 누구냐?"

숙영이는 침착하게 대답했다.

"마을 사람이에요!"

"⋯⋯."

괴인은 숙영이의 목소리에 취한 듯 잠시 침묵했다. 그러고는 이번에는 속삭이듯 하는 것이 아니라 평범한 사람이 얘기하듯 음성을 바꾸어 공기 중에 말하였다.

괴인의 첫 마디는 선별 복화술(腹話術)로 사람의 귀에 직접 전하는 것이어서 누가 옆에 있어도 들을 수가 없는 것이다. 그런데 지금 얘기하는 것은 입으로 말하는 것이어서 누구나 들을 수 있다.

단지 지금은 옆에 아무도 없을 뿐이다. 숙영이는 괴인의 목소리를 평범히 들을 수 있어서 긴장이 다소 풀리는 것을 느낄 수 있었다. 괴인의 목소리는 다시 난폭해졌다.

"마을 사람이라고? 왜 여기 있나?"

"당신을 피해 왔어요!"

숙영이는 당당하게 대답했다. 괴인은 음흉한 미소를 지으며 다시 말했다.

"나를 피해? 왜 피하나?"

"무서워서요."

"무서워서? 무엇이 무섭나?"

"당신은 살인자이니까요."

"음? 하하하, 맞아! 나는 살인자야!"

"……."

숙영이는 고개를 약간 숙이고 침묵을 지켰다. 괴인이 다시 말했다.

"내가 무섭다면 너는 왜 도망가지 않았나?"

"당신을 만나려고요!"

"음, 나를 만나? 왜?"

괴인은 눈을 가늘게 뜨고 미소를 머금고 물었다. 숙영이는 고개를 들고 괴인을 똑바로 보면서 말했다.

"저에게 관심이 있나요?"

"뭐? 하하하, 관심이 있다. 너는 참으로 예뻐! 하하하……."

"저하고 얘기해요."

"음? 무슨 얘기?"

"저에게 관심이 있다고 했지요?"

"하하하, 그렇다니까!"

"좋아요, 협상을 하고 싶어요."

"협상이라니?"

"나를 가지세요!"

"그래? 하하하, 당연히 가져야지."

괴인은 이렇게 말하면서 한 걸음 다가섰다. 그러자 숙영이는 한 걸음 물러서며 소리쳤다.

"잠깐만요. 조건이 있어요!"

"조건? 무슨 조건 말이냐?"

"저를 갖는 대신 말이에요."

"뭐? 하하하, 알았다. 조건이 뭐냐?"

괴인은 숙영이를 귀엽다는 듯이 바라보며 물었다. 숙영이는 고개를 돌리고 있다가 다시 괴인을 바라보며 말했다.

"당신은 약속을 잘 지키나요?"

"약속? 그럼, 나를 어떻게 보는 거야?"

괴인은 이렇게 말하면서 얼굴을 찡그렸다.

"좋아요. 저를 갖고 싶지요?"

"그렇다니까? 빨리 말해!"

"얘기하겠어요. 저를 갖고 마을 사람들을 살려주세요."

"음? 그게 조건인가?"

"예."

"좋아! 그렇게 하지!"

괴인은 심각한 표정으로 고개를 끄덕이고는 한 걸음 움직였다. 그러자 숙영이가 또다시 소리쳤다.

"잠깐만요. 약속을 지키는 거죠?"

"그렇다니까."

"좋아요. 저를 갖는 대신 영원히 마을을 떠나세요. 그리고 다시는 오지 말아요."

"하하하, 약속하지. 귀여운 것!"

괴인은 미소를 지으며 한 걸음 다가왔다. 숙영이는 제자리에 서서 고개를 숙였다. 괴인은 한 걸음 더 다가와서 숙영이의 바로 앞에 섰다.

"……."

숙영이는 입을 굳게 다물었다. 괴인은 잠깐 숙영이의 숙인 모습을 보고는 엄숙히 말했다.

"옷을 벗어!"

"……."

"옷을 벗으라니까!"

괴인은 날카롭게 말했다.

"……."

숙영이는 여전히 가만히 있었다. 그러자 괴인은 얼굴을 찡그리며 차갑게 말했다.

"내 말을 안 들으면 마을 사람들을 다 죽이겠다."

"어머! 안 돼요!"

"그러니까 말을 들어! 어서 옷을 벗어! 찢어버리기 전에!"

"……."

숙영이는 고개를 돌리고 옷을 벗기 시작했다. 괴인은 이를 바라보며 잠시 기다렸다. 이윽고 상반신은 다 벗겨졌고 숙영이는 잠시 행동을 멈추었다. 그러자 괴인의 잔인한 말소리가 들려왔다.

"모두 벗어! 어서!"

"……."

숙영이는 다시 하반신을 드러내기 시작했다. 숙영이의 몸은 심하게 떨리고 있었다.

마침내 숙영이의 전신은 공기 중에 드러났다. 숙영이의 몸은 어둠 속에서 어렴풋이 빛나고 있었다. 괴인은 손을 가만히 뻗어 숙영이의 어깨를 만지기 시작했다.

숙영이는 현실을 잊고 먼 꿈을 생각하고 있었다. 숙영이는 자신이 지금 무슨 일을 당하고 있는지 잊고 싶었던 것이다. 괴인은 한 걸음 더 다가왔다. 이제는 숙영이의 몸과 맞닿은 상태였다.

괴인은 두 손으로 숙영이의 어깨를 감싸 안고 한 손을 아래로 이동 시켰다. 괴인의 손은 숙영이의 등을 타고 내려와 허리 쪽을 지났다. 이윽고 괴인은 숙영이의 둔부를 가만히 끌어당겨 자신의 몸에 밀착 시켰다.

숙영이는 이미 조금 전부터 눈을 감고 현실을 외면하고 있었다. 숙영이가 지금 생각하고 있는 것은 강가에서 건영이를 만나던 일이었다. 괴인은 나머지 한 손을 내려 자신의 옷을 챙기기 시작했다.

이는 숙영이의 육체와 자신의 육체 사이에 놓여 있는 장애물을 제거하기 위함이었다. 괴인은 그러면서도 손으로 숙영이의 둔부를 더듬고 있었다.

숙영이는 현실의 감각을 잊으려고 이를 꽉 깨물었다. 괴인의 옷이 흘러내렸다. 그러나 옷은 한 겹이 더 있었다. 괴인은 이것마저 없애려고 손을 내렸다. 그런데 바로 이 순간 괴인은 멈칫거리는 것이 아닌가!

숙영이는 이를 느끼지 못하고 있었으나 둔부를 더듬는 동작은 멈추어졌다. 그러나 여전히 숙영이의 둔부를 감싸 안고 잠시 생각하고 있는 듯했다. 지금 괴인의 마음속에는 하나의 신호가 도착하는 중이었다.

그 신호는 내면의 언어로 분명 괴인을 향해 말하고 있었다.

'당신은 무엇을 하고 있습니까?'

마음속에서 울려나오는 이 말은 괴인의 신경을 건드렸다. 공연한 방해가 나타난 것이다.

'내가 하는 일에 왜 참견인가? 너는 누구냐?'

괴인은 이렇게 말하면서 미간을 찡그렸다. 이 순간 숙영이의 둔부에 가 있던 손은 회수되었다. 이와 함께 숙영이는 감각이 현실로 돌아왔다. 괴인의 태도가 이상했기 때문이었다. 숙영이는 한 걸음 뒤로 물러섰다.

괴인의 마음속에는 대화가 전개되고 있었다.

'마을 사람입니다. 당신은 왜 저를 찾아오지 않습니까?'

"……."

괴인은 잠시 침묵했다. 중요한 작업을 방해한 놈이 누구인가를 생각하는 중이었다. 이윽고 괴인은 마음으로 말을 걸어온 놈이 누구인지를 파악했다.

괴인의 얼굴은 일그러지고 잔인한 미소가 번뜩였다. 순간 괴인은 음흉하게 말했다.

'내가 네놈을 왜 찾아가나?'

그러자 저쪽에서 즉각 대답이 나왔다.

'당신은 처음부터 나를 찾아온 것이 아닙니까?'

"……."

괴인은 잠깐 생각해 보고 그 말이 맞다고 생각했다. 당초 괴인은 건영이의 정신 파장에 이끌려 이곳에 온 것이다. 건영이를 만나서 어쩌자는 것인지에 대해서는 생각해 둔 바가 없었다. 괴인은 의아스러운 표정을 지으며 말했다.

'그렇다. 그런데 내가 왜 너를 찾아가야 하지?'

'그건 당신이 잘 압니다. 빨리 오세요.'

이 말을 듣고 괴인은 크게 분노를 나타냈다. 이러한 괴인의 감정은 초공간을 통해 건영이의 마음에 그대로 전달되었다. 건영이는 현재 땅바닥에 주저앉은 상태에서 지그시 눈을 감고 있었다.

미간은 찡그린 상태로 얼굴에는 흥건히 땀이 배어 있었다. 건영이는 고도의 집중 상태에 있었는데 몹시 힘에 겨운 모습이었다. 괴인의 목소리가 건영이의 마음속에서 파도처럼 밀려나왔다.

'나는 몰라, 네놈이 알겠지. 무엇 때문에 끼어드나?'

괴인은 이렇게 말하면서 하의를 입었다. 다시 건영이의 말소리가 들려왔다.

'당신이 지금 하고 있는 일이 무엇입니까?'

'뭐? 괘씸한 놈 같으니. 네놈이 무엇 때문에 내 일에 참견하는 거냐?'

괴인은 몸을 돌려 건영이가 떠난 쪽을 노려보고 있었다. 이때 숙영이는 가만히 옷을 집어 들어 알몸을 감싸기 시작했다. 괴인의 마음속에는 건영이의 생각이 전달되고 있었다.

'참견이라고요? 그렇다면 당신은 왜 도둑질을 합니까?'

'이놈, 내가 언제 도둑질을 했어.'

괴인은 한 걸음 내디디며 말했다. 건영이는 앉아서 꼼짝 안하고 있는 상태에서 다시 말했다.

'당신은 제가 그린 그림을 훔쳐봤지 않습니까?'

'음? 그런가? 아니야, 이놈. 길에 떨어진 것을 그냥 주웠을 뿐이야.'

'좋습니다, 그건 제가 그린 그림입니다. 당신은 그 뜻도 모르지요?'

'……'

대화는 엉뚱한 곳으로 흘러가고 있었다. 건영이는 충분히 이유가 있어서 이렇게 유도하였지만 이미 괴인은 숙영이 근방에 있다는 것을 감지하고 있었다.

물론 숙영이가 옷을 벗었다는 것까지는 알 수 없을 것이다. 하지만 괴인이 자신을 좇아오지 않고 숙영이마저 나타나지 않자 건영이는 나름대로 비상수단을 강구한 것이다.

건영이의 순간적인 판단은 숙영이가 심상치 않은 위기에 당면했다고 감지한 것이었다. 건영이의 마음에 괴인의 욕정이 감지되었기 때문이다.

괴인은 말했다.

'그 그림은 엉터리야. 이치에 맞지가 않아! 네놈이 주역을 아나?'

'뭐요? 하하하, 당신은 큰 공부를 못해 봤군요. 천지의 이치가 그 그림 속에 있습니다. 나는 역성(易聖)이예요. 당신에게 그림이 필요 없다면 돌려주세요. 당신이야말로 주역을 모르는군요! 하하하……'

건영이의 비웃음은 괴인의 마음에 여지없이 전달되었다.

'……'

괴인은 멍하니 하늘을 올려다보았다. 건영이의 말을 음미해 보고 있는 것이리라.

'이놈의 말이 과연 맞는 말일까? 자기가 역성이라고? 건방진 놈! 하긴 뭔가 알고 있긴 한가 본데…… 그림에 뜻이 있긴 있는 것일까? 글쎄?'

괴인은 고개를 갸우뚱했다. 숙영이는 이미 옷을 다 찾아 입고 괴인의 눈치를 보고 있었다. 이윽고 괴인이 분노를 나타냈다. 괴인은 갑자기 숙영이를 노려봤다. 그러고는 육성으로 말했다.

"이년! 너는 나를 속였어! 어느새 옷도 다 입었군."

"……."

"다 죽여야겠어. 네년이 가장 나빠!"

또다시 위기가 찾아왔다. 괴인은 곧 행동에 나설 것이다. 그것은 물론 살인을 의미한다. 숙영이의 몸을 가지려는 마음은 없어진 것일까? 괴인의 전신에서 살기가 분출됐다. 그러나 이보다 조금 앞서 숙영이는 재빨리 생각했다.

"제가 왜 나빠요?"

"……."

괴인은 멈칫했다. 괴인은 천진하게 얼굴 표정을 바꾸었다. 숙영이의 차분하고 아름다운 목소리가 괴인의 격정을 완화시켜 준 것일까? 물론 캄캄한 곳에서 그 모습이 보이지는 않았다. 단지 숙영이가 그렇게 느끼는 것뿐이었다. 괴인이 한결 부드러워진 음성으로 말했다.

"거짓말을 했으니까?"

숙영이는 이 말을 듣고 가볍게 미소를 지었다.

"제가요? 저는 거짓말을 안 했어요."

"뭐, 너는 내게 제안을 했잖아! 너를 갖는 대신 마을 사람들을 살려달라고……."

"그랬었지요. 그런데 그게 잘못됐나요?"

"그럼! 이 못된 것들. 약속을 해 놓고 방해를 해?"

"방해라니요? 아무도 없는데요?"

"음? 아무도 없다고…… 그래, 너는 모르지! 하지만 너는 이미 옷을 다 입었어. 나를 속인 거지?"

"아니에요, 속인 게 아니에요."

"그래? 그럼 왜 옷을 다시 입었나?"

"……"

"왜 대답을 못 해?"

숙영이는 속으로 재빨리 생각하고는 둘러댔다.

"추워서 그랬어요."

"뭐, 추워? 그런가? 그렇지만 방해하는 놈은 뭐야?"

"……"

숙영이는 영문을 몰라 잠시 속으로 궁리하였다. 괴인은 참지 못하고 다시 말했다.

"대답을 왜 안 하나? 속인 게 분명해. 다 죽여 버릴 거야."

"어머, 안 돼요. 약속했잖아요?"

"약속? 그래, 약속했었지! 하지만 네가 어긴 거야. 모두 죽일 거야."

"아니에요, 전 약속을 안 어겼어요."

"거짓말 마, 너는 옷을 입었잖아. 추워도 약속은 지켜야지!"

괴인은 이렇게 말하면서 뒤돌아 걸음을 옮기려 했다. 그야말로 살인을 하기 위해 질주를 하려는 순간이었다. 숙영이는 다급히 소리쳤다.

"잠깐만요. 옷을 다시 벗을게요. 약속을 지키세요."

숙영이는 이렇게 말하면서 급히 옷을 벗기 시작했다.

"……"

괴인은 이를 잠깐 동안 바라보고 있었다. 그러나 이미 흥미를 잃은 듯 싸늘하게 한 마디를 내뱉었다.

"이미 틀려진 약속이야. 다 죽일 수밖에……"

괴인은 이 말을 남기고 뒤돌아 달리기 시작했다. 숙영이는 소리쳤다.

"안 돼요. 돌아오세요. 저를 가지세요."

숙영이의 절규는 허공을 맴돌 뿐이었다.

풍전등화(風前燈火)

괴인은 건영이가 떠난 방향으로 향했다. 숙영이는 울면서 그 뒤를 따르기 시작했다. 한참을 걷던 괴인이 갑자기 걸음을 멈추고는 오른쪽 산 아래를 유심히 살펴보았다.

그쪽은 남씨가 내려간 방향이었다.

"……."

남씨 일행은 아직 괴인과 가까운 거리에 있었다. 이들은 최선을 다해 피신했지만 괴인에게는 건영이보다 가까운 거리에 있었다.

괴인은 다시 남씨 쪽으로 방향을 바꾸었다. 아마도 가까운 쪽부터 처리하려는 것인지도 몰랐다. 괴인은 번개같이 산 아래로 뛰어 내려갔다.

괴인의 이러한 돌발적인 움직임은 건영이에게 즉시 파악되었다. 건영이에게 전달되는 괴인의 신호는 분노와 육체적 활동, 즉 이동이었다. 욕정은 사라졌다.

'숙영이는 위기를 모면한 것일까? 혹시 정절은 지켰지만 괴인의 공격을 받아 위험에 처하지는 않았을까?'

건영이는 여전히 근심스러웠으나 괴인의 욕정이 사라진 것에 대해서는 안도감을 느꼈다.

'갑자기 괴인의 마음이 변한 것은 나의 방해 때문일까? 그런데 숙영이는 어째서 괴인과 부딪쳤을까? 그래 나를 구하려고 일부러 그랬구나, 가련한 숙영이!'

건영이는 얼굴을 찡그렸다. 그러고는 괴인에 대한 위험도 잊은 채 숙영이가 있는 방향으로 걸음을 옮겼다. 오로지 숙영이를 구하고 싶은 일념뿐이었다.

그러나 몇 걸음 가지 못하고 비틀거렸다. 그동안 정신을 너무 혹사한 것이 육체에 깊은 손상을 준 모양이었다. 건영이는 무릎을 꿇듯 앞으로 쓰러졌다. 괴인은 질주를 계속하고 있었다.

남씨 일행은 순탄한 길을 계속 내려가다가 개울을 만났다. 개울은 깊지 않았고, 별빛이 강물에 반사되어 어느 정도 밝음을 유지했다.

"개울을 건너!"

남씨가 지시를 했다. 일행은 한 치의 망설임도 없이 차례로 강을 건너가고 남씨와 숙영이 어머님만 남았다.

"발목은 좀 어때요?"

남씨는 숙영이 어머니를 부축하며 말했다.

"괜찮아요. 미안해요."

숙영이 어머니는 남씨에게 짐이 되는 것이 무척 마음에 걸렸다. 남씨는 허탈하게 웃었다. 작은 일에 민망해하는 숙영이 어머니의 마음씨보다 두 사람의 앞으로의 운명을 생각해 본 것이었다.

두 사람은 머나먼 과거, 이 세상에 오기 전에도 위태로운 사건이 있었다.

‘그 당시에는 죽음으로 끝이 났지만 이번 세상에서도 다시 똑같은 운명을 겪어야 하는가?’

얼핏 스치는 생각을 지우며 강물 속으로 들어섰다. 남씨는 오싹하는 기분이 들었지만 숙영이 어머니는 차가운 물이 발에 닿자 오히려 상쾌함을 느꼈다.

남씨가 부축을 하고 있지만 가볍게나마 땅을 짚어야 하기 때문에 발의 상처는 악화되고 있었다.

“이쪽으로 오세요.”

먼저 건너간 정섭이가 소리를 질러 길을 안내했다. 이윽고 마지막으로 남아 있던 남씨와 숙영이 어머니가 강을 건너자 모두들 한시름 놓고 잠깐 휴식을 취하였다.

개울이래 봤자 넓지도 깊지도 않은 강이지만 아마도 지역의 경계선을 확실히 구분해 주기 때문에 심적인 안도감을 느낀 것이리라. 그러나 시간이 있는 한 계속해서 앞으로 전진해야만 괴인에게서 벗어날 수 있으므로 잠깐 동안의 달콤했던 휴식을 뒤로 하고 다시 움직여야 했다.

정섭이가 다시 앞장섰다. 그리고 그 뒤를 인규와 임씨 부인이 따르고, 서울 청년들은 남씨 곁에서 보조를 맞추었다. 그런데 이때 남씨의 마음속에 불안한 느낌이 엄습해 왔다.

바로 살기(殺氣)가 느껴진 것이다.

“……”

남씨는 걸음을 멈추고 잠시 귀를 기울였다. 개울물 소리 때문에 크게 들리지는 않았지만 무슨 소리가 들리는 듯했다.

‘바람소리일까? 아니면?’

남씨는 일부러 대수롭게 생각하지 않으려고 했지만 살기와 함께 인기척을 느낀 것이다.

"무슨 일이에요?"

숙영이 어머니가 근심스레 물었다.

"글쎄요. 괴인이 왔나 봐요!"

"어머! 괴인이라 했어요? 어떻게 하지요?"

"……."

남씨는 말없이 숲 위쪽을 노려봤다. 분명 괴인이 오고 있는 것이다. 남씨의 얼굴에서 땀이 흘러내렸다. 드디어 올 것이 온 것이다. 이제 처참한 운명이 전개될 것이다. 남씨는 제자리에 우뚝 서서 정신을 집중하여 생각에 매달렸다.

"……."

숙영이 어머니와 서울 청년들은 남씨의 옆에 서서 지시를 기다렸다. 한참 후 생각을 정리한 남씨는 어두운 얼굴로 숙영이 어머니를 돌아보며 말했다.

"걱정하지 말고 계속 가세요. 나는 잠깐 강 건너 쪽을 살펴보고 올 거예요. 그리고 자네들……."

남씨는 숙영이 어머니에 이어 서울 청년들에게도 신중하게 지시를 했다.

"내 말을 잘 듣게. 지금 당장 뿔뿔이 헤어져 살 길을 찾아야 하니 앞사람에게 알려! 두 사람이 한 곳으로 가지 말게! 한 사람이라도 살아남아야 해! 내가 괴인을 저지해 볼게."

"예? 어떻게 하시려고요?"

서울 청년들은 근심스레 물었다. 그러나 남씨는 태평하게 말했다.

"어서 빨리. 나중에 만나세."

남씨는 숙영이 어머니의 손을 힘껏 잡아주고는 강으로 들어갔다. 서울 청년들은 종말이 나가왔음을 느끼며 잠시 머뭇거렸다.

나중에 만나자는 남씨의 말은 아무런 뜻이 없는 것이다. 남씨는 자신의 목숨을 바쳐 조금이나마 시간을 벌려 하는 것이므로 어쩌면 영원히 만날 수 없을지도 모른다. 서울 청년들은 고개를 숙이고 숙영이 어머니를 잡아끌며 갈 길로 뒤돌아섰다.

"아주머니, 빨리 가시지요."

"……."

숙영이 어머니는 잠깐 뒤돌아보고는 서울 청년들에게 이끌려 갔다. 남씨가 개울을 건넌 직후 마을 사람들은 각자 흩어졌다. 이제 최악의 상황으로 대살육이 시작될 것이다.

각자 멀리 흩어지고 있는 마을 사람들 중 누가 살고 누가 죽을지는 알 수 없다. 어쩌면 모두 죽을 수도 있고 또 모두 살 수도 있을 것이다. 아무튼 최선을 다할 수밖에 없다. 지금 상황에선 한 사람이라도 되도록 멀리 피신하는 것이 자신의 안전뿐 아니라 다른 사람의 안전까지 도와주는 방법이다.

괴인이 어떤 한 사람을 추적하는 동안 다른 사람들은 멀리 도망 갈 수 있기 때문이다. 마을 사람들은 처음에는 둘씩 짝지어 도망을 했지만 최종적으로는 한 사람씩 흩어졌다.

모두들 비명을 지르거나 괴로운 표정을 짓지는 않았다. 지금 같은 상황에서는 말없이 움직이는 것이 자신과 이웃에게 도움을 주는 것이다.

잠시 후 모든 사람들은 서로의 위치를 확인할 길이 없게 되었다. 그러나 단 한 사람 인규는 가던 길을 되돌아 내려오기 시작했다. 좀 전에 건넜던 강을 향해 발길을 돌렸다.

인규는 입을 꼭 다물고 비장한 각오를 하였다.

자신의 죽음을 미끼로 마을 사람들에게 시간을 주려는 생각이었다. 남씨는 인규보다 한 발 앞서 그런 각오로 개울을 건넜고 지금은 인규가 그 뒤를 따르고 있는 것이다.

인규는 남씨가 강을 건너갈 때 이미 괴인을 막기 위해 되돌아간 것임을 알고 있었다. 인규도 처음에는 곧바로 뒤따르려 했지만 그럴 경우 다른 마을 사람들도 나서겠다고 할까 봐 우선은 도망하는 것처럼 꾸민 것이다. 인규는 천천히 걸으면서 마을 사람들이 확실히 피신했는지를 확인했다.

인규는 남씨와 같이 행동할 생각은 아니었다. 만약 같이 행동한다면 괴인에게 두 사람을 일격에 처치할 수 있는 편의만 제공하는 셈이 되기 때문이다.

괴인의 잔인성에 대해서는 누구보다도 인규가 잘 알고 있지 않은가!

인규는 정마을을 떠나 서울로 갈 때 숲 속에서 최초로 괴인을 목격한 바 있다. 지금에 와서 생각해 보면 그 당시 인규가 목숨을 구할 수 있었던 것은 기적이 아닐 수 없었다.

괴인은 인규의 존재를 알면서도 살려두었다. 괴인은 움직이는 적을 먼저 처리하고 숨어 있는 적은 나중에 천천히 처리하려고 생각했었던 것 같다.

그러나 지금은 그때의 상황과는 달리 직접 괴인을 만나 죽음에 직면하려는 것이 아닌가! 인규는 죽음을 각오하고 강 앞에 섰다.

어차피 괴인이 강을 건너올 것이므로 건널 생각은 없었다. 물론 그때쯤 남씨는 죽어 있을 것이리라! 그러나 어쩔 수 없는 일이었으므로 체념을 해 인규의 안색은 오히려 편안했다. 인규는 묵묵히 강 건너편을 바라보았다. 어두운 저쪽에는 남씨가 서 있을 것이다.

인규는 괴인이 먼저 남씨를 처치하게 내버려둔 채 자신은 그 다음 희생자가 되려 했다. 그러므로 자신은 두 번째의 방어선을 구축하는 셈이었다.

그러나 방어선이 이렇게 이중으로 구성되어 있다 하더라도 괴인이 돌파하는 데는 별로 시간이 걸리지 않을 것이다.

"……"

산의 어두운 곳에는 무거운 공기가 감돌고 운명의 순간은 시시각각 다가오고 있었다. 첫 번째 방어선을 치고 있는 남씨의 지금 심정도 또한 인규와 마찬가지로 평온했다.

생을 체념하고 죽음 앞에 선 위인의 당당함이랄까. 마음에는 아무런 미련도 걸림돌도 없는 것이다. 하지만 남씨는 생각을 계속했다.

'시간을 끄는 방법은……? 괴인의 심리는 무엇일까?'

남씨는 괴인의 심리에 초점을 맞추고 궁리를 계속했다. 괴인의 심리를 알아야만 시간을 끌 수 있기 때문이었다. 괴인의 격정을 유발시켜서는 안 되며, 가급적이며 괴인을 차분하게 만들어야 했다.

남씨는 괴인의 성격을 궁리하면서 자신의 죽음을 기다리는 중이었다.

'괴인을 보자마자 옆으로 피해 도망가면? 물속에 뛰어들어 엎드리면?'

남씨의 머릿속에는 많은 상념들이 일고 있었다.

남씨는 허탈한 기분을 느끼며 고개를 가로 저었다. 이때 바로 앞 어둠 속에서 심상치 않은 바람이 일었다.

"……"

바람이 갑자기 멈춤과 동시에 엄청난 살기가 느껴졌다. 드디어 괴인이 찾아온 것이다. 죽음의 사자가 눈앞에 우뚝 선 것이다.

이 순간 숙영이 어머니의 모습이 떠올랐다. 그것은 현생의 모습은 아니었다. 전생의 아름답고 귀한 소화공주가 가련한 모습으로 남씨를 바라보고 있었다. 이때는 남씨도 속인으로서가 아니라 서선 연행(書仙然行)의 신분이었다. 남씨는 꿈을 꾸는 듯 먼 과거를 더듬고 있었다. 괴인을 상대로 시간을 끄는 일은 이미 잊은 지 오래였다.

남씨는 자신의 한심스러운 죽음을 잊기 위해 먼 과거를 떠올리고 있는 것이다. 물론 전생에도 행복한 것만은 아니었다. 전생에서도 한스러운 최후를 마쳤기 때문이었다.

'소화공주, 우리의 운명은 이런 것입니까? 먼 미래에 또다시 만날 수 있을는지? 미안하오!'

이러한 남씨의 마음은 아랑곳하지 않은 채 괴인은 지체 없이 행동을 시작했다. 괴인은 남씨 앞에 당도하자마자 극강의 기운을 끌어올려 공격을 시작했다.

괴인은 순식간에 손을 뻗어 죽음의 기운이 발출하려 했다. 남씨는 이 순간에도 긴 꿈을 꾸고 있었다. 그런데 남씨는 꿈에 한 가지 생각을 해냈다.

남씨는 괴인이 손을 뻗어 나올 순간보다 조금 더 빨리 말을 꺼냈다. 괴인은 발출되는 기운을 즉시 정지시켰다. 이는 무술이 신의 경지에 이른 자만이 가능한 순간적 회수(回手)였다.

괴인은 절체절명의 순간에 자신의 기운을 최대한 정지시킨 것이다. 이로 인해 괴인의 손에서 발출된 기운도 만(萬)에 하나정도였다. 그러나 남씨는 이 기운을 가슴에 맞고 뒤로 나가떨어졌다.

하지만 남씨의 말소리는 괴인의 귀에 생생히 남아 있었다.

"나는 태상노군의 가르침을 받고 있는 사람입니다!"

"······."

괴인은 이 말을 듣고 행동의 변화를 일으킨 것이다. 태상노군! 남씨의 이 말 한 마디가 괴인의 가슴을 강타한 것이다. 괴인은 의아스러운 표정을 지으며 남씨를 살펴봤다.

남씨는 입가에 피를 흘리고 있었다.

"······."

괴인은 이 모습을 날카롭게 흘어보고는 싸늘하게 한 마디 내뱉었다.

"그게 무슨 말인가?"

괴인은 남씨가 내뱉은 태상노군이란 말에 의심을 가득 품은 채 다시 되물었다.

괴인이 태상노군이란 단어에 주춤했다는 사실이 총명한 남씨에게 포착되었다. 하지만 왜 태상노군이란 단어에 충격을 받았는지는 알수가 없었다.

"······."

남씨는 찰나 동안 깊은 생각을 진행시켰다. 지금 괴인이 공격을 하지 않고 질문을 한 것만으로도 이미 시간을 벌고 있는 것이다. 그리고 지금부터 남씨가 대답하는 방식에 따라 더욱 시간을 벌 수도 있을 것이다.

어쩌면 태상노군이란 단어를 잘 이용한다면 괴인의 행동이 여기서 멈출 수 있을지 모른다고 남씨는 생각했다. 그가 예상했던 대로 괴인은 태상노군이란 말에 민감한 반응을 나타낸 것이다. 남씨의 계획은 일단 성공을 한 셈이므로 한 걸음 더 진행하는 일만 남았다.

남씨는 생각에 집중하며 있는 힘을 다해 천천히 일어났다. 이러한 동작이 모든 시간을 지연시키기 위한 남씨의 계획 중의 하나였다. 남씨는 괴인을 당당히 바라보며 자신 있는 투로 말했다.

"말한 그대로입니다!"

남씨는 자신이 태상노군의 가르침을 받고 있음을 다시 한 번 강조한 것이다. 이에 대해 괴인은 냉엄하게 질타를 해 왔다.

"증거를 대라! 나를 속인다면 그냥 두지 않을 것이다."

괴인의 얼굴은 일그러지고 눈에서는 강렬한 살기가 뿜어져 나왔다. 남씨는 어둠 속에서도 괴인의 눈을 바라볼 수 있었다. 괴인의 모습은 남씨를 전율시키기에 충분했다. 남씨는 온 몸이 굳고 다리가 가볍게 떨리는 것을 느꼈지만 있는 힘을 다해 버티면서 침착하게 대답했다.

"증거는 내 마음속에 있습니다."

"뭐? 마음속? 나를 놀리고 있나?"

"아닙니다. 태상노군으로부터 가르침을 받은 것을 외우겠습니다."

"……."

괴인은 표정을 바꾸면서 남씨가 외는 것을 듣고 판단하겠다는 듯 고개를 천천히 끄덕였다.

남씨는 고개를 들어 잠깐 별을 바라봤다. 하늘의 별은 숨을 죽이고 남씨의 다음 행동을 주시하고 있는 것 같았다. 괴인은 우뚝 서서 침묵을 지켰지만 재촉하는 빛이 역력했다.

'노군께서 한가히 거하며 칠언시(七言詩)를 지었나니…… 몸의 형체를 초월하고 모든 신(神)을 말하였도다. 위에는 황정(黃庭)이 있고 아래에는 관원(關元)이 있으며…… 뒤로는 유궐(幽闕)이 있고 앞으로

는 명문(命門)이 있음이다.'

남씨가 읊고 있는 글은 《황정경(黃庭經)》이었다. 남씨는 일찍이 이 세상에서는 촌장에게 이 경(經)을 얻었으며 전생에서는 직접 쓰기도 했지만 다 완성하지는 못했었다.

그 당시 옥황부의 명령으로 《황정경》 일 권을 쓰게 되었지만, 소화 공주와의 사랑으로 가혹한 운명에 휘말리게 된 것이다. 천상에서는 서선 연행의 글씨가 최고의 경지라고는 하지만 《황정경》을 옥황부에 써 올릴 복(福)은 아직 그에게 없었던 것이다.

천상에서의 서선 연행은 다시 지상에 내려와 정마을 촌장인 풍곡 선으로부터 이 《황정경》을 얻어 또다시 공부하는 중이었다. 물론 남 씨가 촌장으로부터 이 책을 얻었을 때는 《황정경》이 무엇인지도 몰랐고 자신의 숙명조차도 깨닫지 못했던 때였다.

그러나 서울로 출행하여 자신의 전생(前生)의 숙명을 깨닫고는 《황정경》과 결부된 거대한 운명의 흐름을 이해하게 되었었다.

그리고 지금 이 순간에도 괴인을 상대하는 최후의 수단으로써 《황정경》을 들고 나온 것이다. 남씨가 죽음을 앞에 두고 생각을 떠올린 것은 숙명인지도 모르겠지만 남씨 나름대로 깊은 생각에서 얻은 결과였다.

남씨는 평소 괴인에 대해 생각했었기 때문에 이 위급한 순간에 《황정경》을 떠올릴 수 있었다. 남씨는 생각에 생각을 거듭하여 다음과 같은 결론을 얻은 것이다.

괴인의 능력은 인간을 초월하여 신선에 가깝다. 그러나 신선이 왜 이처럼 잔인한 살인을 저지르는지는 알 수 없지만 한 가지는 분명했다.

신선이 되기 위한 공부, 즉 《주역》과 《황정경》을 공부했을 것이라는 생각이었다. 이 두 가지를 빼놓고는 신선이 되는 것은 결단코 없기 때문이었다.

그 중에서도 특히 《황정경》은 신선의 필독서였다. 왜냐하면 신선이 되려면 마음보다는 육체의 단련이 우선이었으며, 완전한 육체의 단련은 《황정경》을 통하지 않고는 있을 수 없기 때문이었다.

《황정경》은 태상노군이 우주의 모든 신선을 위해 만든 것이다. 이 책은 신선들의 세계에서도 가장 고귀하게 여기는 것이므로 괴인도 이 책을 공부했으리라는 생각이었다.

그리고 괴인이 정말 신선이라면 태상노군을 신성시할 것이 틀림없으므로 남씨는 절체절명의 순간에 태상노군의 가르침을 받는 사람이라고 외치게 된 것이다.

그러나 남씨의 이 말은 거짓이 아니었다. 남씨는 촌장을 통해 《황정경》을 접하였고 나름대로 열심히 공부하였으며, 전생에는 그야말로 최상의 공부를 해 왔던 것이다.

물론 태상노군에게 직접 배운 것은 아니지만, 그분이 만든 책으로 공부하므로 태상노군의 가르침을 받는 사람이라는 말은 틀린 것이 아니었다.

남씨의 읊조리는 낭랑한 소리는 살벌한 밤공기에 평화를 공급하였다.

'여간(廬間)으로 호흡하며 단전으로 들어가…… 옥지(玉池)의 맑은 물로 영근(靈根)을 적시느니…… 살펴서 닦으면 장구할 것이리라.'

괴인은 남씨를 정면으로 응시하며 경문에 귀를 기울였다. 괴인은 남씨가 《황정경》을 알고 있다는 것은 의심할 바 없었다.

괴인은 가끔씩 만족한 표정을 지었다.

남씨의 읊조림은 계속됐다.

'관원(關元)에 드나드는 기운은 합(闔)하고…… 그윽한 밀처(密處)에 쌓여 높게 빼어났네. 단전 가운데 기운으로 그것을 기를지니……'

남씨의 목소리는 더욱 안정되어 가고 있었다.

괴인이 경문 읊는 소리에 귀를 기울이고 있는 동안에도 시간은 흐르고 있었다. 이 시간은 마을 사람들이 더 멀리 도주하는 데 쓰일 것이다.

남씨는 오직 경문 읊는 데에만 충실할 뿐 경문을 다 읊고나서의 운명은 알 길이 없었다. 경문은 상당히 길기 때문에 시간도 충분히 벌 수 있다. 남씨는 시간을 벌고 있다는 안도감과 자신의 경문 읊는 소리에 스스로 동화되어 마음이 더욱 안정되어 갔다.

그런데 갑자기 냉정하고 예리한 검으로 물건을 베어버리는 듯한 날카롭기 그지없는 괴인의 음성이 남씨의 음성을 여지없이 갈라놓았다.

"멈춰라!"

괴인의 음성은 평화로운 밤공기를 얼어붙도록 만들었다.

"……."

남씨는 자기도 모르게 말문이 막히고 온 몸이 굳어졌다. 그러나 정신만은 맑게 유지하면서 괴인의 태도를 살폈다. 괴인의 얼굴은 냉소적인 모습으로 변해 있었다.

그러고는 차가운 음성으로 말했다.

"잘도 외는군.《황정경》은 어디서 구했나?"

괴인은 남씨가 단순히《황정경》을 외울 뿐 태상노군의 가르침 운운한 것은 당치 않는다는 듯 말했다.

"……."

남씨는 잠시 생각에 잠겼지만 잠시 후 추상같은 괴인의 호령이 떨어졌다.

"묻고 있질 않나? 괘씸한 것 같으니!"

괴인은 얼굴을 찡그리며 눈에 살기를 품었다. 남씨는 급히 대답했다.

"촌장님으로부터《황정경》을 얻었습니다."

"촌장? 어디 있는데?"

"지금은 안 계십니다. 상계로 가셨습니다."

"뭐, 상계라고? 이놈 나를 놀리는군!"

"아닙니다. 진실입니다."

"증거가 있나?"

"……."

남씨는 할 말을 잊었다. 촌장이 상계로 갔는지도 정확히 알 수 없던 남씨는 그저 시간을 끌기 위해 무의식적으로 대답했을 뿐이었다.

괴인의 차가운 음성이 다시 들려왔다.

"거짓말을 했군! 그렇다면 용서할 수 없지."

괴인은 눈을 한 번 깜박였다. 공격을 가하려는 순간이다. 남씨가 다시 다급하게 말했다.

"잠깐만요!"

남씨의 말에 괴인은 주춤하여 반문했다.

"무엇인가?"

"예,《황정경》을 마저 다 외우겠습니다."

남씨는 어떻게 해서든지 시간을 끌기 위해 적당히 둘러댔다. 만일 남씨의 요구대로《황정경》을 다 외울 수 있게 된다면 시간을 더욱 벌 수 있게 된다. 그러나 괴인은 남씨의 이 계획을 알아챈 듯 말려들지 않았다.

"이놈! 경문 몇 줄 외운다고 태상노군을 끌어대? 뜻이나 알고 있나?"

"예, 알고 있습니다. 물어보십시오."

남씨는 쉽게 대답했지만 죽음이 다가오고 있다는 것을 느끼고 있었다. 사실 남씨는 아직 《황정경》의 뜻을 파악하지 못하고 있었다. 단지 촌장이 남겨준 책이기 때문에 가끔 외워본 것뿐이었다.

남씨는 경문의 뜻보다는 글씨를 공부하는 데 《황정경》을 사용했었다. 물론 한문을 많이 알고 있으므로 나름대로 적당히 해석해 볼 수 있겠지만 그 해석이 전혀 당치 않다는 것을 남씨 자신은 잘 알고 있었다.

《황정경》은 인체의 비기(秘機)와 관련 있는 단어들로 가득차 있기 때문에 단순한 문장이 아니기 때문이었다. 아무튼 괴인이 다시 질문을 해 왔으므로 남씨의 계획은 성공적인 것만은 틀림없었다.

괴인은 음성을 가다듬어 다시 물었다. 제법 다정한 음성이었다.

"뜻을 안다고? 좋아, 물어보지!"

"……."

남씨는 숨을 죽이고 기다렸다. 이제 대답을 못 하면 당장 죽임을 당하는 순간이었다.

"황정(黃庭)이 뭔가?"

"황금의 뜰입니다. 인체에서 가장 중요한 곳이지요."

남씨는 나름대로 최선을 다해 둘러댔다. 첫 마디는 한문을 그대로 번역하여 말하였지만 인체에서 가장 중요한 곳이라는 대답은 《황정경》이 인체의 수련을 목표로 한다면 당연히 황정이 가장 중요하고 인체의 어느 한 곳을 지칭할 것이기 때문이었다.

아무튼 첫 번째 질문은 그렇게 통과하였고 괴인은 다시 질문을 해왔다.

"황정은 어디 있나?"

"관원 바로 위에 있습니다."

이 대답 역시 《황정경》 문구를 그대로 말한 것뿐이었지만 듣기에 따라서는 그럴 듯하였다. 《황정경》 원문에 이런 말이 있다.

'위에는 황정이 있고 아래에는 관원이 있으며……'

이 문장을 잘못 해석하여 위쪽, 즉 머리 쪽이라 했다면 남씨는 그 자리에서 숨이 끊어졌을 것이다. 황정과 관원은 모두 몸의 아래쪽에 있기 때문이다. 황정은 양신장(兩腎臟) 사이에 있다.

물론 남씨는 이 사실을 모르고 있었지만 이번에도 무사히 넘어갔다.

"뭐? 당연한 소릴! 좋아, 한 가지만 더 묻겠다!"

괴인은 대수롭지 않은 듯 말했지만 목소리는 더욱 부드러워졌다. 남씨의 대답에 만족하는 듯했다. 두 번은 운 좋게 넘어갔을 뿐 다시 괴인의 물음에 답해야만 이 두려운 현실에서 벗어날 수 있게 되는 것이다.

이 한 번의 물음에 제대로 대답하면 태상노군의 가르침을 받는 사람으로 인정하게 되어 괴인은 곱게 물러갈 것이므로 상황은 크게 희망적이었다.

남씨는 잔뜩 긴장했지만 괴인은 한가한 음성으로 물었다.

"여간(廬間)으로 호흡한다고 했는데, 여간이 무엇인고?"

"……"

남씨는 할 말을 잃었다. 둘러댈 말이 생각나지 않았다. 《황정경》에 쓰여 있어서 외웠을 뿐이고, 여러 차례 글로 써 봤을 뿐인 남씨에게 여간(廬間)이란 말은 전혀 생소했다.

괴인은 재촉을 하듯 남씨를 노려봤다.

"……."

남씨는 여전히 침묵을 지키며 모든 것이 끝났음을 생각했다. 이 순간 괴인의 얼굴은 냉소적으로 변하기 시작했다.

"나를 희롱했군! 고약한 놈!"

이 분노의 한 마디에 남씨는 눈을 감고 말았다. 이제 곧 괴인의 강렬한 공력(功力)이 발출될 것이므로 남씨의 목숨은 풍전등화와도 같은 상태였다. 괴인은 남씨 쪽으로 한 발 다가갔다. 그러나 남씨의 몸은 이미 굳어져 한 발짝도 움직일 수가 없었다.

괴인은 소리 없이 다가왔다. 그리고 남씨의 복부를 노려봤다. 이윽고 손을 뻗으려는 순간, 마음속에 부담이 발생했다. 무슨 소리가 들려왔기 때문이었다.

"당신은 비겁합니다!"

"……."

"당신은 비겁합니다. 당장 중지하세요."

"……."

괴인은 얼굴을 찡그리며 갑자기 왼쪽으로 고개를 돌렸다. 마음속에서 들려오는 소리는 여전했다.

"당신은 비겁합니다."

"뭐? 이놈, 내가 비겁하다고? 괘씸한 놈 같으니라고. 내가 왜 비겁해 이놈!"

괴인은 이 말을 마음속으로부터 먼 곳으로 전달하면서 육성으로도 내뱉었다. 분노가 극에 달한 것이다. 괴인의 절규는 남씨의 귀에도 들려왔다. 그러나 남씨는 미동도 하지 않고 서 있었다.

괴인의 마음속에 또다시 은밀한 신호가 도착했다.

"당신은 도둑질을 했습니다. 비겁합니다."

"허허, 이놈 봐라! 이까짓 것 때문에 그래? 에잇!"

괴인은 품속에서 무엇인가를 꺼내 산산이 찢어버렸다. 건영이가 땅바닥에 펴놓았던 그림이었다.

다시 건영이의 염파(念波)가 도달했다.

"부끄럽습니까?"

"이놈, 무슨 소릴 하는 거야?"

"나를 왜 못 찾아옵니까? 두렵습니까?"

"허어, 이놈…… 기다려, 우선 여기서 할 일이 있어!"

괴인은 냉엄하게 미소 지으며 남씨를 바라봤다. 남씨를 먼저 처치하겠다는 태도가 분명했다. 그러나 행동에 옮기기 전에 건영이가 다시 방해했다.

이상하게도 건영이의 말은 현재 상황에 적절한 것이었다. 이것은 건영이가 먼 곳에 있어도 최대한 의식을 집중하여 위기의 상황을 사실 그대로 읽고 있기 때문일 것이다.

건영이의 염파는 괴인의 심중을 울렸다.

"거기서 하는 일은 나쁜 일입니다. 그렇지 않나요?"

"그렇다면 네놈이 무슨 참견이냐?"

"참견은 당신이 했습니다."

"뭐라고? 내가 참견하다니?"

"당신은 공연히 우리 마을에 왔습니다."

"……"

괴인은 잠시 멈칫했다. 괴인의 이러한 심적 상태는 건영이에게 즉각 인지되었다. 건영이는 틈을 주지 않고 말했다.

"당신은 주역을 아시나요?"

건영이의 이 말은 엉뚱한 것이었지만 대화의 순리를 따질 수가 없는 상황이었다. 건영이는 어떻게 하든 괴인을 자기에게 끌어들이려고 했다. 괴인은 잠시 남씨를 잊은 듯 산언덕 쪽을 향해 말했다.

"뭐, 이놈 괘씸한 놈…… 네가 무얼 안다고!"

"하하, 당신은 주역을 잘 몰라요. 그렇지요?"

"이놈, 무슨 말이냐? 네가 감히 주역을 논하다니! 너는 도대체 누구냐?"

"저는 이 마을 사람입니다. 그리고 역성이에요. 당신의 공부는 하찮은 수준입니다."

"……"

괴인은 잠시 침묵을 지켰지만 건영이는 계속했다.

"와서 확인해 보세요. 그 종이 가지고 있지요?"

"음? 그 종이? 찢어버렸네."

괴인은 심정이 다소 가라앉은 듯 차분히 말했다.

"당신 마음에 있겠군요! 제 그림을 당신이 훔쳤어요. 뜻이나 알면 좋겠는데……"

"이놈, 그 그림은 엉터리야."

괴인은 벼락같이 소리를 질렀다. 하지만 건영이는 지지 않고 말했다.

"당신은 그림의 뜻을 모릅니다. 당신의 공부는 잘못되었습니다. 저는 역성이니까요!"

건영이의 염파 속에는 조소와 자신감이 뒤섞여 있었다. 괴인은 건영이의 자신감에 유의했다.

'저 강렬한 파장, 이놈은 도대체 누구야? 정말 역성일까?'

괴인은 건영이의 정신력에 끌리듯 한 걸음 앞으로 나섰다. 이때 건영이의 음성이 다시 들려왔다.

"제게로 오세요. 늦으면 저는 가 버릴 겁니다."

"……"

건영이는 모든 의식 활동을 정지시켰다. 이와 동시에 괴인의 마음속에는 신호가 끊기고 고요가 엄습했다. 죽음보다 더한 고요!

건영이는 갑자기 사라진 것이다. 더 이상 건영이의 염파는 감지할 수 없었다. 괴인은 크게 동요했다.

"……"

갑자기 세상이 조용해지고 말았다. 괴인은 처음부터 건영이를 만나기 전에 마을 사람들을 먼저 휩쓸어 버리려고 했던 것이다. 건영이를 찾는 것은 언제나 가능했기 때문이었다.

건영이의 염파는 너무나 강렬하여 처음부터 괴인의 호기심을 자극했으며 어디를 가든지 찾을 수 있었다. 그런데 지금 그 강렬한 염파가 갑자기 자취를 감춘 것이다.

"……"

괴인이 지금 느끼는 것은 건영이가 절대적인 고요에 휩싸여 있다는 사실이었다. 그동안 그토록 생생하고 강렬하던 염파가 갑자기 사라지고 나자 괴인은 감당할 수 없는 고요를 느낀 것이다.

'이토록 고요하다니! 갑자기 어떻게 된 거야? 죽었다 해도 이럴 수

는 없을 텐데…….'

괴인은 공포를 느꼈다. 이어서 직접 만나보아야 된다고 생각했다. 그런데 이제는 건영이로부터 전해져 오는 염파가 끊겼으므로 자신의 감각에 의지해서 건영이를 찾아야 할 판이었다. 하지만 그것은 결코 큰 문제가 아니었다.

괴인은 일단 산등성이로 올라가기 시작했다. 남씨는 이를 바라보고 있었지만 의식은 몽롱한 상태로 괴인이 사라짐과 동시에 그 자리에 주저앉고 말았다.

남씨는 고도의 긴장으로 탈진 상태였지만 주저앉아서 호흡을 가다듬었다. 한시바삐 기운을 회복하기 위함이었다. 비록 괴인이 떠났다 해도 아직 상황이 다 끝난 것은 아니기 때문이었다.

괴인이 언제 다시 나타날지 모르므로 잠시 쉬다가 힘겹게 일어났다. 이때 바로 등 뒤에서 인기척과 함께 사람의 목소리가 들렸다.

"아저씨!"

"……."

돌아보니 인규였다. 인규는 강 건너에서 기다리다가 궁금증을 못이겨 남씨를 찾아 나선 것이었다. 현재는 위기가 물러간 상태였으며 남씨도 이미 정신을 수습하고 있었다.

"인규구나! 마을 사람들은?"

"예, 각자 흩어졌어요. 괴인은 갔나요?"

"음, 일단은 떠나갔어. 다시 올지도 모르니 마을 사람들을 찾아보자."

"예."

남씨와 인규는 다시 개울을 건넜다.

당신은 주역을 얼마나 압니까?

이때쯤 괴인은 상등성이의 두 번째 대피소에 도달했다.

"……."

괴인은 잠시 주변을 두리번거렸지만 이내 고개를 돌려 방향을 잡았다. 산등성이 위쪽은 건영이가 간 곳이었다. 괴인은 주변을 자세히 살피며 천천히 걸었다. 사람의 흔적을 찾는 것이었다.

지금은 캄캄한 밤이며 땅에는 발자국조차 없었고, 게다가 바람마저 불고 있었는데, 괴인은 조심스럽게 바닥을 살폈다. 그러더니 무엇인가 흔적을 발견한 듯 걸음이 다소 빨라졌다. 괴인은 얼마 전에 지나간 사람의 흔적을 초능력으로 손쉽게 찾아낸 것이다.

그러나 건영이의 염파가 끊긴 상태이므로 감각에 의지해서 건영이를 뒤쫓을 수밖에 없었다. 하지만 그것이 그리 불편하지는 않은지 걸음걸이가 점점 더 빨라지기 시작했다.

이즈음 반대 방향으로 피신해 갔던 박씨는 강노인 내외를 안전한 곳에 내려놓고 다시 숙영이가 기다리고 있을 강가로 돌아왔다.

"……."

박씨는 숙영이가 없는 것에 크게 당황하면서 주변을 살펴봤다. 사방은 캄캄하고 흐르는 물소리는 쉬지 않고 들려왔을 뿐 숙영이는 그 어디에도 없었다. 박씨의 감각은 괴인만큼은 되지 않아도 그래도 보통 사람보다는 탐지 능력이 뛰어났다.

박씨는 자연의 소리와 상반되는 소리, 즉 인기척을 감지하려고 온 정신을 집중했다. 그러나 주변에는 아무런 인기척이 없었다. 일단은 근처에 숙영이가 없는 것으로 판명되었다. 박씨는 급히 강가를 벗어나 주변을 둘러봤다.

"……"

숲 속은 적막했고 통로가 막혀 있었으므로 숲 속으로 갈 수도 없고 갈 리도 없었다. 누군가가 숙영이를 강제로 데려간 것이 아니라면 숙영이는 강가에 있어야 했고, 만일 시간을 단축하기 위해 강을 따라 내려갔다면 쉽게 발견할 수 있었을 것이다. 숙영이는 침착하고 총명하므로 일부러 강가를 이탈하지도 않았을 것이라고 박씨는 생각했다.

그렇다면 결론은 한 가지밖에 없었다. 숙영이는 강을 거슬러 올라간 것이다.

박씨는 여기에서 그럴듯한 결론을 끄집어내었다. 숙영이가 건영이를 찾아갔을지도 모른다고 생각한 것이다. 여인의 마음이란 수시로 변해서 약속이 어려운 존재이므로 숙영이 또한 기다리다가 마음이 변해서 어디론가 떠나간 것이리라! 그곳은 건영이가 있는 곳일 가능성이 가장 많았다.

이렇게 확신하던 박씨는 갑자기 얼굴을 찡그렸다.

'이런! 내가 무엇을 하고 있었던 거야? 건영이를 보호하지 않고! 큰일 났군!'

박씨는 이런 생각을 하며 급히 움직이기 시작했다. 건영이를 보호하는 일은 촌장이 특별히 당부한 것이고 목숨까지도 바쳐서 절대적으로 지켜야 할 일이 아닌가!

이런 일을 박씨는 이제야 생각해 낸 것이다. 이는 중대한 사명을 저버린 것이 아닐 수 없었다.

박씨는 속도를 최대한 높였다. 설사 괴인을 만난다 해도 그것이 문제가 아니라 우선은 건영이를 찾아서 보호해야 하는 것이다. 박씨가 건영이를 괴인으로부터 보호하지 못한다 할지라도 자신이 먼저 목숨을 바쳐야 한다고 생각했다.

물론 위급한 상황에 건영이의 지시에 따라 강씨 내외와 숙영이를 데리고 떠났지만 이는 잘못된 것이라고 박씨는 자신을 심하게 질책하면서 두 번째 대피소 쪽으로 질주했다.

박씨는 산언덕 위쪽 하늘에 별들이 애처롭게 반짝이는 것을 올려다보며 괴인과 건영이의 모습을 떠올렸다. 박씨는 입을 꼭 다물고 최대의 속력으로 치달았다.

박씨는 어둠 속에서도 장애물을 피할 수 있었다. 박씨는 어느새 두 번째 대피소 근처에 이르러 일단 정지했다. 이곳은 마을 사람들이 있었던 곳이기에 잠시 살피려는 것이었다.

박씨는 제일 먼저 이곳을 떠났기 때문에 건영이가 피하는 것을 보지 못했었다.

"……."

박씨는 근심스레 주변을 살폈다.

'천막이 모두 어디 갔지? 마을 사람들이 가져간 것은 아닐 텐데…….'

박씨는 그 자리에서 몇 가지 물건을 발견했다. 그것은 취사도구였는데 나무에 부딪혀 다 못 쓰게 되어 여기저기 나뒹굴었다. 이어 천막도 발견되었다. 천막은 하나만 온전했고 나머지는 모두 찢어져 조각나 있었다. 애써 하나씩 찢은 듯 보였다. 그 외에 그릇이나 담요·돗자리 등도 모두 산산이 흩어지고 파손되어 있었다. 박씨는 혹시 사람의 시체라도 있지 않을까 생각하고 주위를 세심히 살펴봤다.

다행히 시체나 핏자국은 보이지 않았다. 천막이나 여러 물건이 어지러이 널려 있는 것은 괴인의 짓으로 마을 사람들이 모두 피신한 후에 일어난 일인 것 같았다.

박씨는 다시 고개를 들어 방향을 살폈다. 건영이가 어디로 갔는지 박씨로서는 감지할 능력이 없었다. 이럴 때 인간은 느낌이란 것에 의지할 수밖에 없게 되고 주변을 살피면서 그럴듯한 경우를 먼저 생각하게 된다.

박씨는 건영이가 떠나간 곳이 산등성이 위쪽이라는 느낌을 받았다. 박씨의 이 생각은 정확히 들어맞았으며 또한 괴인이 건영이를 추적해 간 곳이기도 했다.

박씨는 달리기 시작했다.

이때쯤 괴인은 평탄한 길을 벗어나 산의 오른쪽 험한 길로 내려서고 있었다. 하지만 속도가 느려진 것은 아니었다. 괴인은 여전한 속도로 산비탈 숲 속을 내려갔다.

이제 목표에 가까워지고 있었다. 괴인의 감각 속에는 이미 건영이의 존재가 포착된 것이다. 이는 느낌도 아니고 초공간에서 들려오는 신호도 아니었다. 괴인은 평상의 능력으로 어둠 속에서 정확히 건영이를 찾아낸 것이다.

건영이는 바위처럼 앉아 있었다.

“……”

괴인은 일단 걸음을 멈추었다. 목표물에 당도한 이상 일단은 경계를 해야 했지만 괴인은 주변에 아무런 위험도 없다는 것을 즉시 감지했다.

주변은 적막할 뿐 인간의 흔적은 느껴지지 않았다. 건영이는 괴인의 맞은편에 앉아 있었다. 그러나 생명체의 징후는 느껴지지 않았다. 그저 눈으로 봐서 사람임을 알 수 있을 뿐이었다.

괴인은 천천히 걸어서 건영이에게로 접근하기 시작했다. 건영이가 앉아 있는 뒤쪽으로는 수림이 깊게 감싸고 있었다.

하늘은 조금씩 밝아졌다. 어느덧 밤이 다 지나가고 있는 것이다.

괴인은 건영이를 의심스럽게 바라보며 소리 없이 접근했다. 속도는 더욱 느려졌다.

“……”

건영이는 생명이 없는 하나의 무심한 물체 바로 그것이었다. 건영이의 주위는 죽음보다도 더 고요했다. 괴인도 이를 느끼고 있었다.

'저토록 고요하다니! 깊은 평정을 이루고 있구나! 저놈은 대체 누굴까?'

괴인은 건영이의 자세와 그 내면에서 나오는, 즉 아무것도 느낄 수 없는 허무, 그 자체를 느끼면서 한 걸음 더 다가섰다.

“……”

괴인은 잠시 앞에 있는 저 물건은 사람이고 저놈은 사사건건 자신의 일을 방해한 놈이라고 생각했다.

'스스로를 역성이라고 말하기도 하는 저놈을 어떻게 할까? 일격에 처치해 버리나?'

그러나 괴인의 마음속에는 건영이에 대한 흥미가 크게 일어나고 있었다. 그냥 죽여 버리기에는 너무 아까웠다. 저토록 깊은 고요와 평정은 신선이나 가능한 경지이었다.

건영이는 자신이 그렸다는 그림에 자연의 비밀이 있다고 말했으며 마음을 다스리는 능력으로 보아 그리 허튼 소리 같지는 않았으므로 괴인의 혼란은 잠시 계속되었다.

이윽고 결정이 선 듯 괴인은 행동을 개시했다. 그 행동은 우선 건영이를 깨우는 것이었다.

"일어나라! 내가 왔어!"

괴인은 육성과 마음의 소리를 동시에 발출했다. 그러자 건영이의 눈은 소리 없이 열렸다. 드디어 명상 상태를 풀고 평상심으로 돌아온 것이다. 이와 함께 강렬한 건영이의 정신 파장이 괴인의 심정 공간에 도달했다.

눈앞에 보이는 모습과는 별개의 기운인 것이다. 건영이는 자리에서 일어나 평화스런 모습으로 괴인을 바라봤다.

"……."

괴인은 건영이의 모습을 보며 잠시 주춤했다. 그러나 속으로는 깊은 생각을 진행시키고 있었다.

'지극히 평화스러운 모습! 저놈의 정체는 무엇일까? 역성? 글쎄? 그런데 저놈의 무한한 고요는 어디서 비롯된 것일까? 대단해! 선인의 경지에 들어서 있군!'

괴인이 이런 생각을 하는 동안에도 건영이의 평화스런 모습은 변치 않고 있었다. 괴인은 생각을 계속했다.

'저놈의 정체를 캐봐야겠어. 무엇을 먼저 알아볼까? 그렇지! 그림에 뜻이 있다고 했지. 어디 보자.'

괴인은 이렇게 생각하고는 서두를 꺼냈다. 음성은 추호도 흔들림이 없는 육성으로 나타냈다.

"너는 누구냐?"

건영이는 괴인의 음성에서 안정감과 분노, 그리고 도전 등을 느꼈다. 음성 자체에는 평화스러움은 없고 강인한 힘이 실려 있어 듣는 데 어려움이 있었다.

큰 목소리는 아니었지만 내재하는 엄청난 기운이 있어 가슴에 거센 파도가 와 닿는 느낌이었다. 그러나 건영이는 최대한 몸을 지탱하면서 침착하게 대답했다.

"마을 사람입니다."

"마을 사람이라고? 이름이 뭐냐?"

"최건영입니다."

"어디서 왔나?"

"서울에서 왔습니다."

"서울에서? 그 전엔 어디 있었나?"

"먼 곳에 있었습니다."

"먼 곳이라니?"

"아주 먼 곳입니다."

"어딘데?"

"옥성(玉星)이라는 곳입니다."

"뭐? 옥성? 이놈! 거짓말 마라!"

"거짓말이 아닙니다. 저는 이 우주 밖에서 왔습니다."

"허허, 이놈 봐라! 대단히 둘러대는군! 그곳이 얼마나 먼데, 이놈아!"

"알고 있습니다. 그래도 저는 그곳에서 왔습니다."

"……."

괴인은 고개를 갸우뚱하며 잠시 생각했다. 그러고는 다시 말했다. 목소리는 다소 부드러워졌다.

"좋아, 이곳에는 왜 왔나?"

"저도 모르겠습니다. 태어나 보니 이 세계였습니다."

"음? 그래, 그럴 테지. 아직 생사를 못 벗어난 속인이군!"

괴인은 이렇게 말하면서 경멸의 표정을 지었다.

"……."

건영이는 괴인의 마음을 읽고 있었다. 그러나 조금도 동요하지 않고 고요를 유지했다. 얼굴도 여전히 평화스런 모습이었다. 괴인은 다소 날카롭게 물었다.

"이런 산골에서 무엇을 하나?"

"공부를 합니다."

"무슨 공부인데?"

"주역입니다."

"음? 그렇지! 주역을 안다고 했지?"

"아는 정도가 아닙니다."

"뭐라고? 무슨 뜻인가?"

괴인의 얼굴이 찡그려졌다. 그러나 건영이는 미소를 지으며 대답했다.

"말 그대로입니다. 당신도 주역을 압니까?"

"허, 이놈 봐라! 괘씸한 놈!"

괴인의 얼굴에 잠깐 살기가 스쳤다가 다시 사라졌다. 이때 괴인의 마음속에 한 가지 방침이 세워졌다.

'이놈이 뭐가 있긴 있어! 주역을 안다고? 속인이 알면 얼마나 안다

고! 하긴, 저 평정을 이룬 것을 보면 대단한 놈이야! 하지만 엉터리 소리를 하면 가만둘 수 없지.'

괴인은 억지로 화를 참으면서 다시 대화를 시작했다.

"너는 주역을 어떻게 알았나?"

"태어나기 전입니다."

"그래? 그건 쉬운 일이 아닐 텐데……."

"글쎄요, 당신은 주역을 얼마나 압니까?"

"뭐? 이놈! 건방진 소리 마라."

"미안합니다, 하지만 제 판단으로 당신의 공부는 원숙한 경지에 들어서려면 아직 멀었다는 느낌이 듭니다."

"……."

괴인은 얼굴을 찡그리며 잠깐 하늘을 쳐다봤다. 어처구니가 없지만 생각을 해 보는 것이리라! 하늘은 점점 밝아오고 있었다. 괴인은 잔인한 미소를 지으며 다시 말했다.

"좋아, 우선은 네놈 말부터 들어보자. 하지만 엉터리 소리를 하면 네놈과 마을 사람들을 다 죽일 거야! 말해 봐!"

"무엇을 말입니까?"

"음? 그림부터 시작하지!"

괴인은 못내 그림의 내용이 궁금한가 보았다. 건영이는 가볍게 미소를 지으며 말했다.

"좋아요! 당신은 그림의 뜻을 모르지요?"

건영이의 말은 상대를 깔보는 것이었다. 하지만 건영이가 너무 자신 있게 말하는 바람에 괴인은 그만 기세가 눌리고 있었다. 건영이의 말 속에는 그만큼 확신과 진실이 들어 있기 때문이었다.

그리고 이러한 능력을 파악할 수 있는 힘은 신선이나 가능한 일이었다. 괴인은 건영이의 말에 무엇인가 실체가 있음을 파악했다. 그런데 괴인의 마음속에는 언제나 분노의 소용돌이가 있었다.

그 원인은 알 수가 없었다. 어쩌면 괴인 자신도 분노의 원인을 알수 없을지도 모른다. 단지 그 분노가 원인이 되어서 공연한 살인을 자행하는 등 난폭해지는 것이 틀림없었다.

지금 이 순간에도 괴인의 마음속에는 분노의 태풍이 맴돌고 있었다. 그것이 언제 폭발할지는 알 수 없다. 단지 지금은 건영이에 대한 궁금증, 그리고 주역에 대한 탐구심 때문에 그나마 안정이 유지되고 있었다.

모든 상황이 다 위기의 순간이다. 괴인은 건영이의 조소 섞인 말투에 인내심을 발휘하며 대답을 해 주었다.

"그림에 뜻이 있나? 내가 보기엔 엉터리 같은데!"

괴인의 이 말에 대해 건영이는 갑자기 음성을 바꾸며 말했다. 이 음성 속에는 확신과 긍지가 들어 있었다.

"역시 당신은 주역 공부가 얕아요! 비록 신선이라고는 하지만……."

"뭐, 내가 신선이라고? 허허, 이놈 쓸데없는 소리는 마라. 어서 그림얘기를 해 봐!"

"좋습니다. 당신이 폭력을 휘두르지만 않는다면 저는 얘기를 할 겁니다."

건영이는 다시 평화스런 모습으로 바꾸면서 천천히 말을 이어 나갔다.

"하늘은 위에 있고, 땅은 아래에 있습니다. 저와 당신이 지금 땅에 의지하고 있으니 땅에서부터 얘기를 하겠습니다."

"……."

괴인은 마음속으로 생각하며 귀를 기울이고 건영이는 계속 말했다.

"……이는 천지자연의 원리를 얘기하기 위함입니다. 땅은 음(陰)의 근원입니다. 즉 음의 극(極)입니다. 이것을 주역에서는 곤(坤)이라고 말하고 삼 획(三劃)으로 표현합니다. ……삼(三)이라는 숫자는 극기를 나타내지요. 아무튼 땅에 기운이 일어나려면 하늘로부터 기운을 받아야 합니다……."

건영이의 음성은 추호도 거리낌이 없었다. 괴인도 건영이의 음성에 진리가 함유되어 있음을 느끼고 있었다.

건영이는 일정한 음성으로 계속했다.

"하늘은 위에 있는 까닭에 그 기운도 위로부터 옵니다. 이 기운이 땅에 닿아서 땅을 일으킵니다. 이것을 간(艮)이라 하거니와 사물 중에는 산(山)이 이것과 같은 의미가 있습니다. 간이라는 것은 하늘의 기운, 즉 양(陽)이 위에 있고 그 아래에는 땅의 기운이 중첩되어 있습니다. 이는 양기(陽氣)가 아직 음의 기운 속으로 파고들지 못했기 때문입니다. 그런데 이것이 변하면 감(坎)이 됩니다. 이는 위에 있는 기운이 음(陰) 속으로 파고들었다는 뜻이지요. 감은 험난과 혼돈입니다. 사물이 완성되어 가는 과정이지요. 자연의 사물 중에는 물이 이와 같은 뜻이 있지요. 감은 위쪽과 아래쪽이 음입니다. 가운데는 양입니다. 파고들었다는 뜻이지요. 이제 다음 단계를 살펴보기로 하지요."

건영이는 이렇게 얘기하고는 괴인을 쏘아봤다. 지금부터가 중요한 순간인 것이다. 건영이가 그려놓은 그림은 다음 단계부터 의미가 있기 때문이다.

그동안은 음극(陰極)인 땅에서부터 양기가 자라나는 과정으로 '선천 팔괘도(先天八卦圖)'와 일치한다. 그런데 건영이의 그림은 다음 단계부터 달라져 있는 것이다.

괴인이 처음 건영이의 그림을 보고 엉터리라고 한 대목도 이 부분이었다. 괴인이 그림에 관심을 가졌던 것은 한적한 산중에 뜻밖의 그림, 즉 주역의 괘상도(卦象圖)가 있었기 때문이었고 그림 자체의 내용은 아니었다.

아무튼 산중에서 주운 종이에 괴인이 평소 공부하던 주역의 괘상이 있어서 흥미를 가졌던 것이고, 내용을 살펴보니 뜻밖의 그림이었던 것이다.

물론 괴인은 처음에 그림이 잘못된 것이라고 생각했으나 그림 자체가 정성스럽게 그려져 있어 아깝게 여겼었다. 그리고 혹시나 다른 뜻이 있지 않을까 잠깐 궁리를 했었다. 그림은 괴인이 볼 때 잘못된 것으로 보였지만 심상치 않은 부분도 있기 때문이었다.

그것은 하늘 바로 아래 바람이 그려져 있는 것이었는데 이는 '선천팔괘도'와 다를 뿐 아니라 산과 바람이 서로 대응하며 바라보는 것이 눈에 띄었던 것이다. 산과 바람이 바라보는 것은 확실히 뜻이 있었다.

이뿐이라면 별로 신경을 안 썼을 수도 있지만 우레와 연못이 또한 바라보고 있는 것과 함께 생각하면 심상치가 않았다. 이외에 땅과 하늘, 물과 불은 부동괘(不動卦)로 선천도(先天圖)나 후천도(後天圖)가 서로 바라보고 있었다.

건영이의 그림도 이 부분은 마찬가지였지만 동괘(動卦), 즉 우레(震:☳)·연못(兌:☱)·산(艮:☶)·바람(巽:☴) 등은 선천도나 후천도 어느 것과도 같지 않았다. 건영이의 그림은 엉터리인 듯 보였지만 심상치 않은 부분이 섞여 있었던 것이다.

물론 괴인은 신선의 육감으로 그림을 보는 순간부터 진리가 포함되어 있다는 것을 느꼈기 때문에, 그림은 일단 괴인의 품으로 옮겨졌었다. 이에 대해 건영이는 괴인에게 남의 그림을 훔쳤다고 말했고, 괴인은 이를 찢어버리면서 이곳까지 흘러오게 된 것이다.

이제 문제는 건영이가 전개하는 이론이 괴인의 생각에 부합되는가였다. 그리고 또한 건영이의 이론이 진실이라면 이를 모르고 있는 괴인을 어떻게 설득해야 하는지가 문제였다.

괴인은 건영이가 잠시 말을 중단하자 더욱 긴장했다. 건영이는 이제 막 괴인이 궁금해 하는 부분을 얘기하려는 중이기 때문이었다. 괴인은 건영이를 재촉하는 의미로 고개를 약간 움직였다. 그러나 건영이를 쏘아보지는 않았다.

혹시 건영이가 위축감을 느껴 얘기를 중단하지나 않을까 하는 우려 때문이었다. 괴인은 그림에 대해 상당히 열심이었다.

건영이의 음성이 차분히 들려왔다.

"문제는 감(坎:☵)이 무엇으로 변하느냐입니다. 그것은 간단합니다. 감의 성질은 아래로 쌓이는 것입니다. 감이 쌓이면 태(兌:☱)가 됩니다. 자연 사물로 표현하면 물이 쌓여 연못이 된다는 뜻이지요. 따라서 감 다음은 태가 됩니다."

건영이는 여기까지 말하고는 괴인을 슬쩍 바라봤다. 괴인이 자신의 말에 수긍하는가를 살펴보려는 것이었다. 그런데 바로 이때 괴인은 손을 들어 제지했다.

"잠깐!"

괴인은 다소 날카롭게 말하면서 얼굴은 냉소적으로 변했다. 건영이는 괴인의 태도를 미리 예측한 듯 다음 말을 기다렸다.

"감이 변하면 손(巽:☴)이 된다. 감의 위쪽에 있는 음기에 또다시 양기가 침투하여 전체적으로는 손이 되질 않는가? 태라는 것은 손의 구조 속에 있는 양기 두 개가 깊숙이 침투한 것이다. 어째서 감이 변해 낭상에 태가 되는가?"

괴인은 진지하게 말했다. 그러나 마음속에는 서서히 격정이 일고 있었다. 건영이는 괴인의 이러한 마음을 즉각 감지했다. 일종의 위기였다.

괴인이 전개하는 논리는 일반적인 것이며 기존의 이론이었다. 하지만 건영이의 이론은 이와는 현격히 다른 것이었다. 이는 상당히 미묘한 것으로 격한 괴인에게 차분히 설명하기가 쉽지 않은 것이었다.

건영이는 난감하게 여기면서 최선을 다하기로 마음먹었다. 건영이의 차분한 음성이 다시 들리기 시작했다.

"땅이 모이면 산이 됩니다. 그래서 땅 위에 산을 배치합니다. 물이 모이면 연못이 됩니다. 그래서 물 위에 연못을 배치합니다. 물론 모인 물은 흘러서 바람 같은 것, 즉 손이 되지만 그 전에 반드시 모이게 됩니다. 간단히 말해서 그렇지만 더 정밀하게 이론을 전개할 수도 있지요. 하지만 당신의 급한 마음으로는 이해될 것 같지가 않군요."

"음? 내 마음이 급하다고? 내 마음을 말하지 말게. 정밀한 논리란 무엇인가?"

"예, 할 수 없이 말해 드리지요. 천지자연의 법칙은 양이 올라가고 음은 내려갑니다. 감에서 아래에 있는 음이 내려가면 그 자리에 양이 축적하게 돼 있지 않습니까? 다시 감을 보세요. 그것에 양이 파고들면 태가 되지 어떻게 손이 됩니까? 흩어지기 전에 모이는 법입니다. 태는 모여 있는 것인 반면 손은 흩어지는 것이지요. 다시 말씀 드리지만 땅에서 양기가 자라나는 순서는 산·물·연못입니다. 이는 각 괘(卦)의 양기 수준을 순차적으로 배치한 것입니다. 왜 이해를 못 합니까?"

건영이는 다소 짜증 섞인 말투로 항의했다. 그러자 괴인은 멈칫하면서 허공을 잠깐 응시했다. 그리고는 천천히 말했다.

"음 좋아, 생각해 보지. 그런데 '선천 팔괘도'는 어째서 감 위에 손으로 되어 있는가? 옛 성인이 말한 논리를 네가 몰랐다는 뜻인가?"

괴인의 질문은 날카로웠다. 건영이는 잠깐 미소를 짓고 진지하게 대답했다.

"선천도는 손에서 곤으로 가는 논리를 전개했습니다. 여기서는 손 아래 감이 있습니다. 이것은 감 위에 손이 있다는 뜻과는 다른 것입니다. 자연의 흐름은 시간을 바꾸어도 거꾸로 진행하지 않습니다. 손에서 출발하면 손의 양기는 분산의 뜻이 아니라 음 속으로 파고들려는 축적(蓄積)입니다. 마침내 파고든 것이 감이지요. 감은 양기가 파고든 최초의 상태입니다. 물론 손에서 파고든 것이지요. 그런데 선천도와는 달리 저의 그림은 땅에서부터 역(逆)으로 전개한 것입니다. 흐름을 반대로 한 것이지요. 이렇게 되면 들어온 순서의 역으로 나가는 것은 아닙니다. 사물은 겉이 변하는 동안 안도 변합니다. 이는 상하가 비대칭이기 때문입니다. 선천도와 저의 그림이 다른 이유는 바로 이 때문이지요. 두 그림은 서로 가리키는 바가 다릅니다. 저의 그림은 땅과 하늘에 근원을 두고 순차적으로 변하는 사물을 표시한 것이지요. 이는 천지자연의 본래 뜻입니다. 이것이 아니면 주역은 이해할 수가 없어요. 저의 말에 수긍이 가지 않는다면 공부를 더해야 할 겁니다. 저는 여기까지만 말하겠습니다."

"……"

괴인은 다시 허공을 바라봤다. 아마도 마음속으로는 깊은 생각을 진행시키고 있으리라. 건영이가 전개한 논리는 아주 정밀한 것이기에 괴인은 이를 마음속으로 그려내고 있는 것이다.

건영이는 잠시 기다렸다. 하늘은 더욱 밝아져 서서히 새벽이 다가왔다. 괴인은 계속해서 골똘히 생각을 진행시켰다.

"……."

자신의 논리가 마음에 들면 괴인이 물러날 것인지 건영이는 무척 초조했다. 그러나 주역의 논리와 괴인의 행동은 별개일 수도 있고, 또한 자신의 주역 강의를 듣고도 난폭해질 수 있을 것이다.

단지 건영이가 바라는 것은 귀중한 이론을 들려준 만큼 이를 고맙게 여겨 더 이상 마을 사람들을 해치지 말았으면 하는 바람뿐이었다.

드디어 괴인의 태도가 변하고 있었다. 건영이는 이를 즉각 감지했다.

괴인의 정신에 혼란이 오고 있었다. 이는 논리에 대한 결론이 나지 않은 채 정신의 피로가 닥쳐온 것이리라! 괴인의 얼굴은 찡그려지고 눈에는 살기가 번뜩였다. 건영이가 감지한 괴인의 감정은 분노였다. 그리고 걷잡을 수 없는 정신의 소용돌이!

괴인은 스스로를 자제할 수 없는 상태였다. 이제 곧 행동이 발출될 순간이었다. 그 행동은 물론 살인을 의미한다. 건영이는 살기를 느끼며 체념한 듯 조용히 눈을 감았다. 마음을 평화롭게 가졌다. 순간 숙영이의 모습이 떠오르며 가슴에 슬픔이 엄습해 왔다. 괴인의 몸에서는 은밀히 기운이 발생해서 손으로 이동했다.

이제 한 순간이면 괴인의 손놀림과 함께 건영이의 몸은 이 세상에서 사라지게 될 것이다. 그런데 바로 이때였다. 건영이는 얼굴에 차가움을 느꼈다. 물방울이 와 닿는 느낌이었다.

어느새 비가 떨어지고 있었다.

'후드득——'

비가 내리기 시작했다. 그러자 괴인은 기운을 거두고 급히 움직였다.

'휙──'

건영이는 조용히 눈을 떴다. 괴인은 이미 자취를 감추고 없었다.

"······."

건영이는 말없이 고개를 끄덕였다. 괴인은 비를 싫어해서 어디론가 피신한 것이다. 괴인이 비를 싫어하리라는 것은 예전에 이미 분석해낸 바 있었다. 그런데 오늘 절체절명의 순간에 비가 내려 건영이를 구한 것이다.

'쏴아──'

빗방울이 굵어짐과 함께 새벽도 찾아오고 있었다.

건영이는 비를 그대로 맞으면서 잠시 동안 괴인이 사라진 쪽을 응시했다. 괴인은 어느새 산 언덕을 넘어서고 있었다. 건영이의 마음속에는 이러한 괴인의 행동이 확실히 감지되었다.

괴인은 질풍처럼 사라지는 중이었다. 그 속도는 괴인의 최대 속도인 것 같았다. 괴인은 그야말로 다급하게 최선을 다해 비를 피하고 있는 것이다.

괴인은 고개를 숙인 채로 어디론가 비를 피할 수 있는 곳으로 사라져 갔다. 굵은 빗발이 한동안 계속되었다.

'쏴아──'

건영이의 몸은 이미 비에 흠뻑 젖어 빗물이 흘러내리고 있었다. 날은 더욱 밝아오고 주변의 나무들도 보이기 시작했다. 건영이는 비를 피할 생각은 하지 않고 힘겹게 산언덕 쪽을 향해 움직였다.

이때쯤 박씨는 산등성이에 도달해서 주위를 살피고 있었다. 빗방울은 갑자기 약해졌다.

"……."

박씨는 건영이가 갔음직한 방향을 잠깐 생각해 보고는 곧바로 결론을 내렸다. 왼쪽은 처음에 마을 사람들이 온 방향으로 괴인이 추격해 왔던 쪽이며, 앞쪽은 멀리 정마을이 있는 방향이지만 절벽으로 끊겨 있었다.

그렇다면 방향은 오른쪽 길밖에 없었다. 박씨는 즉시 오른쪽 언덕 아래로 행동을 개시했다. 비는 더욱 가늘어졌다. 이로 인해 박씨의 청각은 더욱 효과를 발휘하기 시작했다.

얼마 가지 않아 인기척을 느낀 박씨는 순간적으로 괴인을 생각했지만 망설이지 않았다. 괴인이 있는 곳이라면 바로 건영이가 있을 것이기 때문이었다.

박씨는 순식간에 인기척의 발생지로 이동했다. 그러고는 건영이를 발견했다. 건영이는 지친 몸을 이끌고 겨우 움직이고 있었다.

"건영아!"

박씨는 큰 소리로 부르면서 다가갔다.

"……."

건영이는 박씨를 말없이 바라보며 가볍게 놀랐다.

'박씨가 오다니! 숙영이는?'

건영이는 순간적으로 숙영이를 떠올렸다.

"괴인은?"

"갔어요. 숙영이는요?"

"음? 숙영이? 저…… 어디 있을까?"

박씨는 망설이며 대답했다.

"빨리 찾아보세요. 아니 나하고 같이 가요."

"그래, 내게 업혀라."

박씨는 건영이를 등에 업고 다시 언덕으로 올라왔다.

"저쪽으로 가세요."

건영이는 등에 업힌 채로 방향을 지시했고 박씨는 말없이 그에 따랐다. 건영이는 눈을 가늘게 뜨고 마음속으로 신호를 찾고 있었다. 숙영이의 정신 파장! 숙영이는 근처의 산길을 헤매고 있었다.

건영이의 심정 공간 내에서는 이러한 숙영이의 존재가 감지되었다.

"저쪽으로 가지요."

건영이는 다시 한 번 지시했다. 주변은 온통 환해지고 있었다. 비도 어느새 그쳤다. 산은 생기와 평화의 기운을 되찾았고 위기는 일단 물러간 것 같았다.

건영이의 마음은 아직 근심에서 완전히 벗어난 것은 아니지만 한시름 놓고 휴식을 취할 수 있었다. 순간, 박씨는 인기척을 감지했다. 숙영이가 틀림없을 것이다.

"내려주세요."

건영이는 숙영이가 근처에 왔음을 느끼고 박씨의 등에서 내렸다. 이제 급히 움직일 필요는 없었다. 지금부터 할 일은 마을 사람들을 한데 모으고 휴식을 취하는 것뿐이었다. 그러고는 또다시 대책을 세워야 했다.

괴인이 완전히 물러가거나 제거될 때까지는 위기는 항상 있기 때문이다. 하지만 지금은 그런 것을 생각할 겨를이 없었다. 그나마 괴인이 물러간 것을 고맙게 생각해야 했다.

현재는 비가 그친 상태이므로 괴인이 또다시 출현할 수도 있었다. 일단은 휴식을 취하고 산길에서 마을 사람들이 다치지나 않았나 피해를 점검해야 했다.

건영이를 내려놓은 박씨는 혼자 숙영이가 있는 곳에 나타났다. 숙영이는 막연히 걷다가 박씨를 만났다.

"숙영이!"

"아저씨!"

"다친 데는 없니?"

박씨는 숙영이의 지친 모습을 보고 근심스레 물었다.

"저는 괜찮아요. 오빠가 걱정이에요!"

"하하하, 건영이는 괜찮아. 바로 위에 있어, 가지."

"어머! 오빠가 무사해요? 괴인은요?"

"물러갔나 봐. 걸을 수 있니?"

"그럼요. 어서 가요."

숙영이는 당장에 밝은 모습을 회복하고 박씨를 뒤따라 올라갔다. 잠시 후 두 연인은 만났다.

"숙영이!"

"오빠!"

숙영이는 한 걸음 다가갔다. 건영이는 숙영이의 손을 잡으며 걱정스레 물었다.

"몸은 괜찮니? 괴인을 만났지?"

"……."

숙영이는 건영이의 물음에 대답 없이 외면하였다. 건영이는 초조한 듯 다시 물었다.

"괜찮아? 무슨 일이 있었니?"

"……."

숙영이는 여전히 말이 없었다. 하지만 고개를 가로 저어 아무 일 없음을 분명히 밝혔다. 그러고는 눈물을 주르륵 흘렸다. 숙영이는 괴인과 만났던 순간이 못내 괴로운가 보았다.

"어디 다친 데는 없어?"

영문을 모르는 박씨가 다시 묻자 건영이가 대신 대답했다.

"다친 데는 없어요. 어서 올라가요."

"그래, 올라가지."

박씨는 건영이의 얼굴이 심각해지는 것을 보고는 급히 발걸음을 돌렸다. 건영이는 숙영이가 당했을 모욕에 대해 얘기하고 싶지 않은 것뿐이었다. 건영이는 숙영이의 손을 꼭 잡고 박씨의 뒤를 따라 올라갔다.

숙영이가 무사하다는 것이 건영이에게는 무엇보다도 다행이었다. 숙영이는 살아서 건영이를 만나게 된 것에 행복을 느끼고 있었다. 햇빛이 두 사람을 밝게 비춰주었다.

잠시 후 세 사람은 산등성이에 올랐다. 두 번째 대피소로 돌아온 것이다. 박씨는 즉시 불을 피우고 건영이에게 다음 행동을 물었다.

"마을 사람들을 찾아볼까?"

"예, 할아버지는 어떻게 됐나요?"

"응, 강변에 모셔놨어."

"그런가요! 그럼 남씨 아저씨부터 찾아보세요."

"그러지, 여기 꼼짝 말고 있어야 해!"

박씨는 건영이를 향해 굳게 당부하고는 산 아래를 향해 사라졌다. 건영이와 숙영이는 불을 쪼이며 편안히 휴식을 취하였다.

"……"

두 사람은 서로 말이 없었다. 다급한 위기, 그야말로 숨 쉴 사이 없는 위기가 한 차례 지나간 지금 현실감을 되찾는 데 시간이 걸릴 것이었다. 산상에는 평화의 기운이 감돌고 있었다. 지난밤의 악몽은 느껴지지 않았다.

한가하게 내리쪼이는 햇빛은 세계가 여전함을 말해 주고 있었다. 숨 가쁘게 다가왔던 위기는 운명이었을까? 그렇다면 그 운명은 완전히 물러간 것일까?

건영이는 평화스런 정마을에 괴인이 출현한 것은 운명이라고 생각했다. 이유를 확실히 아는 것은 아니지만 그것이 운명이란 느낌이 들었다.

아직도 그 위험한 운명은 도사리고 있는 것이다. 그 악랄한 운명이 어떠한 형태로 또다시 고개를 들지는 알 수 없었다. 단지 그 위기의 운명 중에 죽음을 모면할 수 있었던 것은 우연이었다.

숙영이가 자신의 몸으로 괴인을 막아섰던 것은 깊은 생각과 처절한 용기였다. 남씨도 마찬가지였다. 남씨는 위기의 순간에 태상노군을 거명하고 《황정경》을 외워서 괴인을 혼란시켰다.

그 이전에 마을 사람들을 위해 남씨 자신을 희생시키려고 나선 것은 진정 용기와 사랑이었다. 건영이도 주역의 논쟁을 일으켜 괴인과 대결했다. 하지만 최후의 순간 비가 쏟아진 것은 우연이 아니고 무엇이란 말인가.

비는 잠깐 동안만 내렸다. 지나가던 구름이 우연히 비를 조금 뿌렸을 뿐이었지만 결과적으로는 건영이의 목숨을 구한 것이 되었다.

'우연이란 도대체 무엇일까? 이것 또한 운명이라고 해야 하는 것일까?'

건영이는 고개를 저었다. 세계는 자유스럽게 열려 있어 운명의 봉우리 사이에는 자유, 즉 미정(未定)의 바다가 있는 것이다.

인간의 운명과 천지자연의 흐름은 이미 정해져 있는 부분과 그렇지 않은 부분이 있다. 여기에서 바뀔 수 없도록 절대적으로 정해진 것을 숙명이라고 말한다. 즉, 운명보다 크게 정해져 있는 것은 숙명이다.

그리고 운명보다 적게 정해져 있는 것은 경향(傾向)이라 하고, 그 이하는 우연이라고 할 것이다. 우연을 미리 알 수는 없을까? 경향이라는 것은 생각으로 알 수 있다.

특히 남씨처럼 슬기가 있는 사람은 변화의 미래를 잘 예측할 수 있다. 하지만 우연이라는 것은 어떨까? 이는 그 누구도 알 수 없다. 그렇기 때문에 우연이라고 말한다.

곰곰이 생각해서 알 수 있는 것은 필연이지 우연은 아니다. 건영이는 지금 우연을 알고자 하는 것이다. 가까운 장래에 어떠한 사건이 찾아올는지.

이것은 필연적 생각으로도 알 수 없고, 예정된 운명으로도 알 수가 없다. 건영이는 괴인의 출현, 그리고 정마을의 위기가 운명임을 막연히 느끼지만 그 결말은 알 수가 없었다.

더구나 지금부터 어떠한 행동을 취해야 하는지조차도 알 수가 없었다. 현재 건영이의 심정 공간에 괴인은 느껴지지 않았다. 괴인은 일단 먼 지역으로 이동한 것 같았다.

그 먼 지역이라는 곳이 충분히 멀다면 완전히 사라졌다고도 할 수 있지만 그것까지는 건영이도 알 수가 없었다. 건영이가 비록 신통한 힘으로 괴인의 마음을 읽고 그 존재를 감지할 수는 있지만 그 영역은 한정되어 있는 것이다.

그것은 고작해야 정마을 근처의 산야 범위 내였다. 물론 지금 당장은 그 범위 내에 괴인은 존재하지 않았다. 그러나 앞으로의 행동 방침이 문제였다.

건영이는 조용히 일어나 잠시 등을 돌리고 마음으로는 절대의 세계에 몰입했다. 눈은 어느새 감겨져 있었다. 옆에서 숙영이는 이를 보고만 있었다.

순간 건영이의 정신은 순수한 의심덩어리로 변했다. 점을 치려는 것이다. 건영이는 넓고 넓은 천지와 하나가 되어버렸다. 이제 천지는 스스로 묻고 스스로 답을 내린다. 건영이는 다시 평상으로 돌아왔다. 그러고는 눈을 뜨는 순간 하나의 괘상이 떠올랐다. 천지가 의문에 대한 답을 내려준 것이었다.

괘상은 수천수(水天需:☵☰)였다. 천지는 건영이의 물음, 즉 미래의 결과에 대해 수천수라는 형상을 예시해 주었다.

그에 대한 해석은 평상심으로 할 수 있는 것이다. 건영이는 다시 모닥불가에 앉았다.

"오빠!"

숙영이가 나지막하게 부르며 건영이를 측은하게 바라봤다. 건영이는 다정한 미소를 지어 보였다. 숙영이가 다시 말했다.

"점을 쳤군요? 그렇지요?"

"그래! 어떻게 알았지?"

"예, 오빠의 감정이 갑자기 사라져서 그렇게 생각했어요!"

"호, 대단하군. 숙영이는 나의 감정을 느낄 수 있나 보지?"

건영이는 숙영이를 사랑스럽고 또한 존경스럽게 바라봤다. 숙영이가 대답했다.

"예, 어젯밤부터 그런 능력이 생겼나 봐요."

"그래? 그거 좋은 일이군!"

건영이는 밝게 웃으며 말했다. 그러나 숙영이는 고개를 저었다.

"글쎄요. 모르는 것이 더 좋을 것 같은데…… 아무튼 점괘는 무엇
이지요?"

숙영이는 화제를 바꾸었다. 순간 건영이의 얼굴빛이 약간 어두워졌
다. 점괘가 나쁘게 나온 것이다. 건영이는 고개를 돌려 흩어진 물건
들을 얼핏 보고는 말했다.

"점괘는 수천수야. 기다려야 한다는 뜻이야. 위험은 사라지지 않았
어!"

"……"

숙영이는 입을 꼭 다물고 고개를 끄덕였다. 점괘가 그렇게 나왔다
면 할 수 없는 것이다. 기다릴 운명이라면 기다릴 수밖에…… 위험이
다시 들이닥친다 하더라도 어쩔 수 없으리라!

숙영이는 미소를 지으며 상냥하게 말했다.

"오빠, 우리 다른 얘기해요. 불빛이 참 좋지요?"

건영이도 미소를 지으며 고개를 끄덕였다. 미래 일이 수천수로 정
해진 이상 달리 생각할 것이 없었다. 현재의 시간을 느끼며 살아야
하는 것이다.

지금은 편안하고 행복하다. 장래에 무슨 일이 발생하건 말건 지금
은 사랑하는 두 사람이 마주 앉아 있는 것이다. 두 사람 사이에 있는
불길은 아름답게 타오르며 수많은 감정을 일으키고 있었다.

건영이는 조용히 나무토막 하나를 불길에 얹어놓았다. 이 순간 인
기척이 나고 박씨가 도착했다. 박씨는 온화한 얼굴에 미소를 머금고
있었다.

"모두들 무사해. 지금 이쪽으로 오고 있어."

건영이와 숙영이는 서로 바라보며 미소를 지었다. 박씨는 다시 산 아래쪽으로 내려갔다. 길을 안내하기 위함이었다. 박씨는 건영이가 걱정이 되어서 한 걸음 먼저 와본 것이었다.

일행은 잠시 후면 나타날 것이다. 그동안 남씨는 인규와 함께 마을 사람들을 찾아두어 박씨를 쉽게 만날 수 있었던 것이다. 남씨는 비가 내리고 날이 밝자 마을 사람들을 대동하여 대피소 쪽으로 향해 오고 있었다.

비가 오면 괴인이 물러갈 것이라는 것을 남씨는 알고 있었다. 그리고 날이 밝으면 돌아오라는 건영이의 지시도 있었던 것이다. 드디어 남씨 일행이 도착했다.

"……"

건영이는 말없는 미소로써 남씨를 맞이했고, 모두들 불가에 둘러앉았다. 하지만 박씨는 다시 강가로 달려갔다. 이번에는 강노인 내외를 데려오기 위해서였다. 태양은 점점 높이 뜨고 있었다.

잠시 휴식을 취하고 난 후 남씨는 건영이를 한쪽으로 불러서 물었다.

"이제 어떻게 하지?"

건영이에게 남씨는 앞으로의 행동 방침을 묻는 것이었다. 정마을로 돌아갈 것인지, 이곳에 그냥 남아 있어야 하는지, 아니면 더 먼 곳으로 도피를 해야 하는지…….

건영이는 미소를 지으며 대답했다.

"이곳에 있어야 해요. 수천수 괘가 나왔어요."

그 말에 남씨도 미소를 지으며 고개를 끄덕였다. 그간 극적으로 죽음의 위기를 넘겼기 때문에 다시 어떠한 일이 닥친다하더라도 운명에 맡길 각오가 되어 있는 것이다. 또한 건영이의 점괘가 수천수라면 기다려야 할 수밖에 없었다.

수천수는 앞에 험난한 길이 있어 기다려야 한다는 것을 가르쳤다. 급히 나서면 위험이 초래될 수 있다는 뜻이었다.

"자, 그럼…… 수습해야겠군. 얘들아."

남씨는 서울 청년들과 복구 작업을 시작했다. 찢어진 천막을 모으고 도구들을 챙겼다. 그리고 쓸 수 있는 것을 간추리는 등, 마을 사람들은 크게 상심하지 않고 묵묵히 움직였다.

이제 정마을의 위기는 장기적인 대치 국면으로 접어들었다. 멀리 하늘의 구름은 한가로이 떠 있었고, 시간은 쉬지 않고 흐르고 있었다.

악몽 뒤에 찾아온 귀인

온 우주에서 비길 데 없는 권위가 있고 행복한 곳인 옥황 천계도 역시 자연의 흐름 속에 그 운명을 맡겨 놓고 있었다. 현재 옥황부 최고의 정밀 기구인 안심총은 그 어느 때보다 활기를 띠기 시작했다.

안심총의 대선관인 측시선은 옥황시 외곽에 자리 잡고 있는 안심총 비상 본부에 나와 있었다. 집무실은 본관과 조금 떨어져 있는 별채, 측시선은 이곳에서 수시로 들어오는 모든 정보에 즉각적으로 접하는 중이었다.

측시선의 이와 같은 행동은 평상시와는 조금 다른 태도인데, 실은 그만한 이유가 있었다. 지금 측시선은 험난한 운명의 고개를 넘고 있는 중이기 때문이었다.

그것은 도전이었다. 바로 운명을 바꾸려는 도전인 것이다. 측시선은 옥황부 공식 복관(卜官)으로부터 운명의 예언을 받은바 있는데, 그 괘상은 수산건이었다.

이 괘는 체포·구금 등 최악의 상황을 나타내는 것으로 목숨마저 위태로운 것이다. 이는 최악의 상황이 아닐 수 없었다. 원래 선인들은 자신의 미래를 어느 정도 알 수 있는데, 그 한계 내에서 알 수 없을 땐 점(占)에 의지하게 된다.

그런데 점괘에 의해 나타난 일은 우연도 포함되어 그만큼 정확도가 컸다. 숙명처럼 확실히 결정되어 있기 때문이다. 이것을 바꾸기란 사실상 불가능한 일이다.

그러나 측시선은 점괘에 나타난 자신의 운명을 그대로 받아들이기란 너무 아쉬운 것이었으므로 그 운명에서 벗어나기 위해 혼신의 힘을 기울이고 있었다.

신선이든 인간이든 자신에게 다가오는 불행을 알게 되었을 때 가능이나 불가능을 생각하지 않고 그것을 막아보려는 것은, 불행한 운명은 무작정 피하고 싶은 마음에서 비롯될 것이다.

물론 측시선 같은 천상의 대도인은 속계의 인간처럼 분수를 저버리는 행동은 하지 않는다. 측시선에게는 곡정선의 인정어린 가르침이 있었던 것이다.

'천지자연의 현상이란 모르면 예정된 그대로 흘러가는 법이지만 만약 그 현상을 깨달았다면 그 순간부터는 변화의 소지가 많습니다. 당신은 안심총의 대선관이니 그 힘이 막대할 것입니다……'

곡정선의 이 말은 지금도 측시선의 마음속에 살아서 움직였다. 측시선은 평소 존경하는 곡정선의 자세한 가르침에 감사하였다.

'성실한 마음을 가지고 슬기롭게 대처해야 합니다. 악운의 원인을 점검하십시오. 특히 하계 쪽에서 소식이 올 수도 있습니다. 남선부 쪽입니다……'

측시선은 곡정선의 이 말에 크게 기대를 걸고 있었다. 측시선이 이곳 안심총 비상 본부에 나온 지는 얼마 되지 않았지만 그동안 수많은 보고를 접했고, 그 중 아직 이렇다 할 내용은 들어오지 않고 있었다.

측시선은 약간 초조한 기분을 느끼며 후원으로 걸어 나갔다. 그곳에는 조그마한 연못이 있는데, 측시선은 이러한 연못을 좋아했다.

'여전히 한가로울 뿐이야!'

측시선이 잠깐 생각에 잠긴 중에 인기척이 들려왔다. 후원까지 보고를 하러 오는 것은 긴급한 사항이 아니면 반가운 소식이 틀림없을 것이므로 측시선은 즉시 반응을 나타냈다.

보고를 하러 온 선인은 안심총의 분석관인 원회선이었다.

"남선부에서 소식입니다. 순회선이 직접 왔습니다."

원회선의 목소리는 밝았다. 남선부에서 소식이 왔다면 긴급할 뿐 아니라 반가운 소식이 틀림없으리라 생각한 측시선은 태연히 말했다.

"순회선이 왔다고? 전음(傳音)으로 하지 않고?"

"예, 미묘한 사안이라 직접 보고하겠답니다. 신족을 운행해 왔기 때문에 시간은 걸리지 않았다고 합니다."

"그런가? 어서 데려오게."

"집무실 안에 와 있습니다."

"……."

측시선은 즉시 집무실 안으로 들어갔다. 안에서 기다리던 순회선이 선 채로 두 손을 맞잡아 보였다.

"음, 거기 앉게. 중요한 일인가?"

측시선은 부드럽게 자리를 권했다.

"예, 보고를 드리겠습니다."

순회선은 자리에 앉자마자 당당하고 묵직한 음성으로 말하기 시작했다.

"저는 은저산 영역에서 남선부, 그리고 동화궁 지역을 책임지고 있습니다. 먼저 은저산 근처의 일을 말씀 드리자면 그쪽 방면에서 심상치 않은 움직임이 포착되었습니다."

"……."

측시선은 상대방의 신중성을 환기시키는 반면 자신의 권위를 내세우기 위해서도 종종 상대방의 말을 막고 반문하는 성품이었지만 지금은 순회선의 말을 가로채지 않았다.

"바로 염라대왕이셨습니다. 그 어른께서는 여러 곳에 출현하여 소지선의 행방을 탐문했습니다. 소지선은 곳곳에 흔적을 남겼고, 염라대왕께서는 그것을 탐문했던 것입니다. 아시다시피 소지선은 속계로 피신했고, 인연의 늪에서 한바탕 소란을 일으켰습니다. 이 사실을 염라대왕께서도 알게 되셨던 것입니다. 그 후 그분은 사라지셨지만 방향이 탐지되었습니다. 바로 남선부 쪽입니다. 일반적인 생각으로도 알 수 있는 것이겠지만 그 어른께서는 소지선을 뒤쫓기 위해 인연의 늪에 출현하고 계셨습니다."

"음? 사실인가?"

"틀림없습니다. 저는 인연의 늪 근처의 선녀군(仙女軍) 일대를 만나 탐문해 봤습니다. 그들은 그때 마음속에 염라대왕이 떠올랐답니다. 여러 선녀들이 각각 그런 생각이 들었다면 분명히 염라대왕께서 지나간 것이 아닐까요? 염라대왕께서는 급히 신족으로 움직이면서 보안을 소홀히 하셨겠지요. 특히 선녀군이 지나갈 것은 미처 생각지 못했을 겁니다. 선녀들은 감정과 혼령 자체가 여인이라서 염라대왕 같으신 분의 정신 파장에는 아주 민감합니다."

"그렇겠군!"

측시선은 미소를 지으며 고개를 끄덕였다. 순회선이 다시 말을 계속했다.

"저는 선녀들의 마음속에 염라대왕이 떠오른 것에 상당히 의미 있다고 보고 조금 더 조사를 해 보았습니다. 먼저 인연의 늪을 통과해서 동화궁 쪽 통로를 조사해 봤습니다. 현재 그곳은 대규모 군대가 포진하고 있습니다. 아무리 염라대왕이라 하실지라도 그 경계망을 쉽사리 통과하시지는 못할 겁니다. 염라대왕의 명행보(冥行步)는 넓은 곳에서는 흔적을 남기시지 않습니다만 좁은 곳에서는 흔적이 남습니다. 빨리 움직이시고자 할 때는 더구나 그렇지요. 그리고 특히 대군의 경계망이 압축되어 있는 곳이라면 흔적을 남기시게 마련입니다."

"그렇군. 흔적이 나타났나?"

"아닙니다, 그 일대에는 어떠한 흔적 내지 정신 감응이 없었습니다."

"음? 무슨 뜻인가?"

측시선은 의아스러운 표정을 지었다. 순회선의 처음 설명은 염라대왕이 대군의 경계망에 포착될 것이라고 말하지 않았나! 이에 대해 원회선이 끼어들었다.

"동화궁 쪽 통로에서 아무런 흔적이 발견되지 않았다면 가실 곳은 한 곳뿐입니다."

"음? 한 곳뿐이라니?"

"바로 속계입니다."

"뭐? 속계?"

측시선은 크게 놀라고 말았다. 염라대왕 같으신 분이 속계로 내려가시다니! 이는 우주가 있은 이래 한 번도 없었던 일이었다. 아니 도저히 있을 것 같지 않은 일이었다.

원회선은 허공을 쳐다보며 비웃는 듯한 표정을 짓고는 다시 말했다.

"선녀들의 집단 정신 감응은 틀림없이 의미가 있습니다. 즉 염라대왕의 출현이십니다. 염라대왕께서는 소지선을 추적하시기 위해 인연의 늪으로 출행했습니다. 현재 소지선의 행방은 우리도 모르고 있습니다. 염라대왕께서도 마찬가지이실 것입니다. 그래서 염라대왕께서는 소지선의 흔적 내지 도피 단서를 찾으시기 위해 근처에 출현하셨습니다. 동화궁 쪽이 아니라면 속계뿐입니다."

"음, 그럴 수도 있겠군. 자네 생각은 어떤가?"

측시선은 심각한 표정을 지으며 순회선을 향해 물었다. 순회선은 미소를 지으며 대답했다.

"저의 생각도 분석관과 같습니다. 실은 저도 그곳을 조사해 봤습니다."

"음? 인연의 늪 말인가?"

"예, 속계 쪽에 흔적이 나타났습니다. 그리고 그곳 경비대 선인들에게도 유사 감응 현상이 있었습니다."

"……"

"그 당시 경비 선인들은 상당히 방심하고 있었습니다. 여러 선인들이 하나같이 말입니다."

"허, 그런 일이……."

측시선은 고개를 가로 저었다. 순회선의 말이 이어졌다.

"강제 현상입니다. 그들은 경지가 얕아서 우연과 필연을 감별하지 못합니다. 염라대왕께서는 그들이 헤이해지도록 의식을 방해했습니다. 그곳 선인들의 정신이 혼탁해지도록 감정공간을 조절했습니다."

"그럴듯하군!"

측시선은 미소를 지으며 말했다. 그러자 원회선이 큰 소리로 끼어들었다.

"대선관님, 이러고 있을 때가 아니지 않습니까?"

"음? 그렇군! 어서 조치하게."

"예, 얘기를 더 나누십시오."

원회선은 즉각 일어나 집무실을 떠났다. 잠시 후 전음에 의해 남선부에는 긴급 명령이 떨어졌다. 내용은 인연의 늪을 봉쇄하고 염라대왕이 출현할 때에는 측시선의 긴급 면회를 요청해 둘 것 등이고 이외에도 긴급 요원을 파견했다.

긴급 요원은 인연의 늪에 대기하고 추후 측시선의 명령을 받아 속계로 파견될 수도 있는 것이다. 이들 선인은 옥황부 안심총 소속 긴급 출행선(出行仙)들로 안심총의 비상 체제 돌입과 함께 이곳 본부에 대기 중이었던 것이다.

긴급 출행선들은 속속 인연의 늪을 향해 떠나갔다. 이로부터 얼마되지 않아 남선부에서는 동화궁 쪽의 대군을 돌려 인연의 늪을 완전히 봉쇄했다. 이런 정도라면 염라대왕을 제지하기까지는 못한다 하더라도 최소한 선인들이 직접 배견하여 측시선의 면회 신청을 전달할 수 있을 것이다.

원회선은 긴급 조치를 마치고 다시 집무실로 돌아왔다.

"작전 지시를 내렸습니다. 대선관님도 출행하셔야지요?"

원회선은 단도직입적으로 시원하게 말했다. 이러한 것이 원회선의 장점으로 매사에 신속하고 정확했다. 측시선은 즉시 일어났다. 그리고 순회선을 향해 말했다.

"수고했네, 나는 남선부로 갈 테니 그쪽으로 연락하게."

"예, 그럼."

순회선은 인사를 하고는 먼저 집무실을 나갔다. 뒤이어 측시선과 원회선도 집무실을 나섰다.

이제 운명 개선 작전은 하계로 향하기 시작했다. 측시선은 염라대왕을 만나기 위해 직접 남선부로 가려는 것이다. 이에는 상당한 결단력이 필요했다. 현재 옥황부에서 가장 중요한 업무가 기다리고 있기 때문이었다. 그것은 내일로 다가온 옥황상제의 평허선공 접견 행사였다. 그러한 행사에는 당연히 옥황부 고위 선관이 참여해야 하는 것이 마땅하지만 측시선은 이에 불참할 것을 이미 결심해 두었다.

그렇다고 해서 옥황부의 덕률(德律)을 어기는 것은 아니다. 단지 안심총 대선관으로서 옥황상제의 경호 문제 등을 신경 써야 하는 것뿐이다. 원래 옥황상제 경호의 직접 책임은 경호총이라는 기관이 따로 있지만 평허선공을 상대로 하는 옥황상제 경호에는 안심총에서도 방관할 수만은 없었다.

물론 평허선공이 옥황상제에 대해 적대감을 가지고 있다는 증거는 없다. 사실 적대감을 가질 리도 없는 것이다. 이는 옥황상제의 권위에 의해서 그렇다는 것이 아니라 평허선공 자체의 인격에 의한 것이다.

우주의 대덕(大德)이 공연한 짓거리를 할 리는 만무하다. 단지 현재는 옥황상제에 대한 4급 비상 경호령이 내려져 있는 상태이다. 4급 정도의 경호령이라면 엄밀히 말해 긴장 국면은 아니다. 이런 정도의 국면이라면 안심총 대선관이 행사에 부재해도 크게 문제될 것은 없다. 원래 안심총 대선관은 의전(儀典) 선관이 아니다. 그리고 현재 평허선공과 측시선과의 거북한 관계를 생각해 보면 오히려 측시선이 행사에 불참하는 것이 좋을 수도 있다.

측시선은 이러저러한 이유 등을 예의 점검한 후 하계행을 결심하게 된 것이다. 그런데 측시선의 이번 하계 출행은 무엇보다도 자신의 운명 개척이었다. 하기야 염라대왕과 평허선공의 문제에 끼어드는 것은 옥황부의 중요 사안이 틀림없다.

하계로 떠나기에 앞서 측시선은 잠깐 안심총 지휘 본부에 들러 뒷일을 당부했다.

"잠깐 다녀오겠네. 행사에 참석 못 하는 것은 유감이지만 할 수 없지. 경호총과 협조를 하게."

"예, 어서 다녀오십시오. 염라대왕께서 떠나가시면 낭패가 아닙니까?"

부관은 믿음직스럽게 대답했다.

"그럼."

측시선은 밖으로 나왔다. 그러고는 즉시 자취를 감추었다. 긴급을 다투는 상황이라 신족을 운행한 것이다. 남선부에 당도하기까지는 그렇게 많은 시간이 걸리지는 않을 것이다. 그리고 속계의 출구는 이미 봉쇄되어 있었다.

이러한 상태에서 지금 속계에 내려가 있는 염라대왕, 즉 앞서의 그림자선은 아직 덕유산 영역에 있었다. 덕유산은 한곡선부가 있는 곳으로 며칠 전 이곳에서는 능인과 좌설이 극적인 상황을 맞이하고 현재는 평상을 찾아가고 있었다.

능인과 좌설은 염라대왕의 도움으로 이미 선인의 경지를 이룩했고, 그 경지의 정착을 위해 며칠간을 명상 상태에 몰입해 있었다. 인간의 능력을 완전히 벗어나 선인의 지경에 안착(安着)하는 초월 명상은 훌륭하게 성취된 것이다.

이제 선인이 된 능인과 좌설은 거의 동시에 눈을 떴다. 동굴 벽에

서려 있던 상서로운 생명의 기운은 말끔히 사라졌다.

"능인!"

좌설이 며칠 만에 처음으로 말을 꺼냈다.

"......."

능인은 잠시 침묵했다. 능인의 얼굴에는 한없는 평화가 감돌고 있었다. 좌설이 다시 말했다.

"능인, 자네는 죽지 않았군!"

"음, 우리는 다시 태어났어. 고휴 스승님께서 무한한 은혜를 베풀어 주신 덕이지."

"그런 것 같군. 그런데 고휴 스승님은 어디로 가셨을까? 인사를 올려야 하겠는데……."

좌설과 능인은 아직 자신들이 급변하여 선인의 지경에 이른 이유를 잘 모르고 있었다. 이들은 혼마 강리와의 필사적인 대결을 치르고 생명이 위태로웠었다.

특히 능인은 회복이 불가능한 상태였고, 좌설만이 고휴선의 도움으로 겨우 목숨을 건진바 있었다. 그런데 며칠이 지난 지금 뜻밖에 초월적인 결과를 이룩한 것이다.

생각해 보면 전혀 현실감이 들지 않는 꿈만 같은 일이었다. 능인의 경우 아직도 꿈이 아닐까 생각하는 중이었다.

'분명 생시이군! 내가 이렇게 살아 있다니. 그것도 선인으로 말일세……'

능인은 경건한 미소를 지었다. 좌설이 다시 말했다.

"능인, 이제 일어나 볼까. 고휴 스승님을 찾아봐야지!"

"음, 그래야겠어. 시간이 한참 지났을 테지?"

능인은 동굴을 둘러보며 한가하게 물었다. 좌설은 미소를 지으며 대답했다.

"며칠은 되었을 거야. 일단 나가보지!"

좌설과 능인은 동시에 자리에서 일어났다. 며칠 전 이 자리에 왔을 때는 조용히 죽음을 맞이하기 위해서였다. 그러나 지금 이들이 다시 일어났을 때는 생사를 초월한 선인으로 바뀌어 있었다.

두 선인은 일어나면서 지극한 행복을 느꼈다. 이제 무한한 세계가 이들 앞에 놓여 있는 것이다. 두 선인은 일어나서 첫걸음을 옮겼다. 이는 선인으로서의 첫걸음인 것이다.

"......"

두 선인은 말없이 동굴 밖으로 나왔다. 순간 찬란한 햇빛이 전면에서 비춰졌다. 두 선인은 눈을 지그시 감으면서 미소로 이를 맞이했다. 세계는 여전히 존재하고 있었다. 앞으로도 영원히 그러할 것이다.

이와 함께 두 선인의 앞날도 무궁할 것이리라!

두 선인은 잠시 동안 발아래에 전개되어 있는 구름바다를 바라보고 있었다. 언제나 그윽하고 평화로운 구름, 한곡 선부의 아름다움은 두 선인의 출현과 함께 극치를 이루었다.

"......"

두 선인은 한동안 서서 저마다의 생각 속에 잠겨 있었다. 새로 태어난 세상의 감회는 무한했다. 그 느낌을 일일이 말할 수는 없었다. 그저 묵묵히 세상을 바라보는 것으로 마음을 다 표현할 뿐이다.

한참 만에 좌설이 말했다.

"능인, 우리 지리산으로 가 볼까?"

좌설이 말한 지리산에는 고휴선이 사는 천소(天所)가 있었다. 지금

두 선인은 자신들에게 영원한 생을 이룩해 준 고휴선에게 감사의 인사를 올리려는 것이다.

능인은 고개를 끄덕이며 대답했다.

"좋아! 당장 출발하지!"

두 선인은 한곡 선부의 출구가 나 있는 오른쪽으로 몇 걸음 옮기었다. 좌설이 앞장서서 비약하려는 자세를 취했지만 이내 멈추고 말았다. 인기척이 났기 때문이었다.

순간 좌설과 능인의 마음속에는 고휴선의 느낌이 떠올랐다. 이에 이들은 한 걸음 물러나 고휴선을 기다렸다. 그러자 고휴선이 절벽 위쪽에서 서서히 내려왔다.

능인과 좌설은 즉시 무릎을 꿇었다.

"인사를 올립니다."

"허허, 자네들 무사하군. 대단해, 천지신명의 도움이야!"

고휴선은 능인과 좌설을 인자하게 바라보며 연신 고개를 끄덕였다. 두 선인은 무릎을 꿇은 채로 다시 말했다.

"큰 은혜에 감사드립니다."

"잠깐, 말하지 말고 있게."

고휴선은 미소를 지으며 말을 막았다.

"……"

두 선인은 영문을 몰라 잠시 어리둥절했다. 그러자 고휴선의 말이 다시 들려왔다.

"내가 먼저 말하지. 큰 은혜는 나로 비롯된 것이 아니네. 나는 그저 간청만 했을 뿐이지."

"예? 무슨 말씀이신지요?"

"우선 일어나게. 안으로 들어가서 얘기하지."

"……."

좌설과 능인은 천천히 일어났다.

"어서 들어가지. 밖에서 말하기가 황송하네."

고휴선은 먼저 동굴로 들어섰으므로 두 선인도 뒤를 따를 수밖에 없었다. 밖에서 말하기가 황송하다는 고휴선의 말은 심상치 않았다.

두 선인은 알 수 없는 표정을 지으며 동굴로 들어섰다.

"우선 앉게. 할 얘기가 있네."

고휴선은 뒤따라 들어온 좌설과 능인에게 자리를 권했다.

"……."

이제 세 선인은 마주 앉았다. 한때는 인간과 선인으로서 마주 본 적이 있었지만 지금은 그때와 너무나 다른 상황인 것이다. 고휴선은 미소를 머금고 말하기 시작했다.

"자네들의 성취를 축하하네. 하늘의 도움과 자네들의 노력 덕분이 겠지. 앞으로 더욱 노력해야 할 것이야."

"……."

좌설과 능인은 말없이 고개를 깊게 숙여 보였다.

"자네들은 과분한 은혜를 입었어! 만 년에 얻어질 커다란 축복이 지. 그분이 누군지 알겠나?"

"……."

"평등왕일세!"

"예? 염라대왕 말씀이신가요?"

좌설은 크게 놀라며 물었다.

"그렇다네. 그 어른께서 자네들의 한없는 짐을 벗겨주셨네. 이보다 더한 은혜는 없을 것이야!"

"그렇군요. 감사의 인사를 올려야 하지 않겠습니까?"

능인이 조심스럽게 물었다. 그러자 고휴선은 인자한 미소를 지으며 고개를 가로 저었다.

"안 될 일이지. 그렇게 높은 분을 자네들이 어찌 뵐 수 있겠나? 항상 마음속으로 감사하며 살아가게. 자네들이 더 큰 복을 쌓는다면 언젠가 인사를 드릴 날이 있을지도 모르겠지!"

"예, 명심하겠습니다."

능인은 경건하게 대답했다. 염라대왕이라면 지극히 높은 분으로 경지가 낮은 선인으로서는 우러러보기조차 힘들 것이다. 고휴선이 다시 말했다.

"그 일은 그리 알고…… 능인 자네는 할 일이 있네."

"……."

"자네는 나와 같이 정마을로 가세. 건영이란 아이를 만나야 겠네."

"건영이를 어인 일로 만나시는지요?"

"허허, 우주의 인연은 불가사의하네. 염라대왕께서 그 아이를 만날 일이 있어! 자네가 이렇게 살게 된 것도 그 아이 덕분이라네!"

"예?"

능인은 영문을 몰라 하며 고휴선을 빤히 바라봤다. 고휴선은 고개를 끄덕이고는 좌설을 향해 말했다.

"자네는 치악산으로 돌아가게. 앞으로 49일간 더 정진을 하게. 선명(仙命)을 키우는 일이 쉽지는 않아."

"예, 명심하겠습니다. 49일 이후에는 어떻게 해야 합니까?"

좌설은 두 손을 맞잡고 고개를 숙이며 물었다. 좌설은 이제 갓 선인으로 태어난 직후라서 모든 것이 생소하기만 했다. 좌설은 지금 자신의 스승인 풍곡선이 없는 마당이라서 고휴선에게 매달렸다.

고휴선은 인자한 음성으로 대답해 주었다.

"되는 대로 살아가게. 하던 일이 있으면 그 일을 계속해야겠지!"

"예? 하던 일이란 무엇입니까?"

"허허, 그만 가 보게."

고휴선은 손을 들어 좌설을 일으켰다.

"……"

좌설은 무엇인가 마음에 아쉬움이 남아 잠시 망설이고 있었다. 그러자 고휴선이 다시 말했다.

"어서 떠나게. 나도 바쁘네."

"예, 그럼. 물러가겠습니다."

좌설은 일어나서 다시 큰절을 올렸다. 그리고 능인을 잠깐 쳐다보고는 동굴을 떠났다. 능인은 미소를 지으며 떠나가는 좌설의 뒷모습을 바라보았다.

고휴선은 잠시 기다리고 있다가 조용히 말했다.

"우리도 떠나야겠네."

"예, 염라대왕께서는 어디 계신지요?"

"그것은 알 필요 없네. 자넨 건영이만 불러내 주면 되는 것이야!"

고휴선은 엄숙하게 말했다. 고휴선의 말은 염라대왕은 어딘가에서 뒤를 따를 것이니 개의치 말라는 뜻이었다. 이 말은 능인 같은 선인은 염라대왕을 만날 수 없다는 것을 새삼 강조한 것이다.

능인은 이를 알고 급히 사죄했다.

"아, 예 죄송합니다. 그럼 떠나시지요."

고휴와 능인은 천천히 동굴을 나섰다. 두 선인은 동굴의 위쪽 절벽을 향해 즉시 비상했다.

한곡 선부의 이러한 움직임은 덕유산 영역 어딘가에 있을 염라대왕에게 포착되었을 것이다. 그러나 고휴선은 이런 것을 염두에 두지 않고 자신의 갈 길만 재촉했다.

비록 대낮이지만 산의 정상과 험한 쪽을 골라서 움직이는 까닭에 사람에게 노출될 염려는 없었다. 만일 주변에 사람이 존재한다면 고휴선이 먼저 감지할 것이리라.

한 발 앞서 안내를 하고 있는 능인은 자신이 새롭게 태어나, 눈앞에 전개되는 산야를 생소한 기분으로 바라보고 있었다. 능인은 일단 태백산 쪽으로 방향을 잡았다.

이제 거대한 운명의 바람은 정마을을 향해 흘러가기 시작했다. 현재 정마을은 완전히 비어 있는 상태로 모든 주민들은 도피 중이었다. 지금 마을 사람들은 한 차례 가혹한 위기를 넘기고 다소 편안한 시기를 맞이하고 있었다.

괴인과 사투를 벌였던 악몽의 밤은 이틀이나 지났다. 건영이는 가끔씩 정마을 쪽을 바라보며 대책에 부심했다. 하지만 기다림 외에는 다른 대책이 없었다. 아니 기다림마저 위험스럽지 않기를 바랄 뿐이었다.

'마을에 무사히 돌아갈 수 있을까? 괴인은 지금 어디에 있을까? 언제쯤 다시 나타나게 될까? 나타난다면? 대책이 없어!'

건영이는 상념이 끊이지 않았다. 그러나 마을 사람들은 속편히 지내고 있었다. 숙식 등 고생이 많았지만 마음만은 아직 꺾이지 않고 있는 것이다. 주변의 정경만으로 따진다면 피난 생활 같지가 않았다.

오히려 한가히 선경(仙境)에 소요(逍遙)하는 것 같았다. 날씨는 아주 화창했다. 햇빛도 피난처 근방을 평화롭게 비치고 있었다.

시간이 어느 정도나 되었는지는 알 수가 없었다. 아무러면 어떠랴! 지금 이들에게는 현재만 있고 미래는 없는 것이다.

"술을 가져올까?"

할머니가 건영이를 보고 태평하게 말했다. 건영이는 허탈하게 웃으며 고개를 저었다. 건영이로서는 괴인을 조금이라도 자극하기 싫었기 때문이었다. 지금 상황에서는 어떠한 변화도 두려웠다.

사실 시간 시간이 긴장 국면이 아닐 수 없다. 언제까지 이렇게 지내야 할 것인가? 어차피 식량이 떨어지게 되면 정마을로 돌아가거나 특별한 조치가 필요할 것이다.

다행히 지금은 며칠 정도의 식량이 비축되어 있다. 산상의 생활은 특별한 것이 없었다. 땔감을 준비하고, 물가에 내려가거나 산책하는 것 등이 고작이었다.

하지만 마을 사람들의 이러한 행동을 보노라면 진지한 면이 있었다. 이들은 주어진 조건에 충실한 아주 착한 인간이었던 것이다. 시간은 어느덧 저녁때가 가까워지고 있었다.

'오늘은 무사히 지내려나? 머지않아 어두워질 텐데……'

건영이는 마을 사람들을 돌아보며 걱정을 하였다. 밤이 되면 괴인에 대한 공포는 더욱 커지게 된다. 물론 괴인의 움직임을 파악하는 데는 밤이든 낮이든 상관없다.

건영이가 느낌으로 이를 파악하고 있기 때문이었다. 다만 도피를 하는 데 있어서는 낮이 유리할 뿐이다. 추적하는 괴인에게는 밤과 낮의 구별이 없을 것이지만.

건영이는 지금 일부러 숙영이와 동떨어져 앉아 있었다. 위험한 시기에 사랑하는 사람을 위해 아무것도 해 줄 것이 없기 때문이었다.

숙영이의 얼굴은 맑고 아름다웠다. 가끔씩 마음속의 근심이 겉으로 나타나지만 그런 때일지라도 아름다움을 잃지 않는다.

오히려 여인이란 애처로워 보일 때가 더욱 아름다운 것이 아닐까! 그런데 건영이의 얼굴이 갑자기 어두워졌다. 그것을 제일 먼저 파악한 사람은 숙영이었다. 숙영이의 마음속에도 불길한 기분이 와 닿았기 때문이었다.

다음으로 남씨도 건영이의 얼굴을 살펴 그 기분을 파악했다. 남씨가 건영이의 기분을 파악한 것은 남씨 특유의 예리한 관찰력 때문인지 아니면 남씨도 숙영이처럼 불길한 기분을 느꼈는지는 모른다.

이외에 마을 사람 누구도 건영이의 기분을 파악한 사람은 없었다. 건영이는 태연하게 자리에서 일어났다. 현재 심상치 않은 일이 벌어지고 있는 것이 틀림없었다.

건영이는 산책이라도 하듯 천천히 산 위쪽을 향해 걸어갔다. 잠시 후 남씨도 묵묵히 일어났다. 건영이와 대화를 나누기 위함이었다. 하지만 건영이의 행동과는 전혀 연관성이 없어 보였다.

남씨의 이 행동은 마을 사람들을 놀라지 않게 하려는 것이었다. 그러나 숙영이는 마음속으로 무엇인가를 강하게 느끼고 있었다. 그것은 살기와 공포·어두움 등으로 표현 못 할 아주 불길한 느낌이었다.

그리고 그 힘은 너무나 강렬했다. 모든 산과 들을 뒤덮는 천지에 가득 찬 기운이었다. 숙영이는 자기도 모르게 몸이 오싹 떨려오는 것을 느꼈다. 마을 사람들은 아무것도 느끼지 못하고 여전히 한가한 시간을 보내고 있었다.

단지 임씨의 갓난아이가 울음을 터뜨렸을 뿐이었다. 임씨부인은 아기를 달래려고 강가로 내려갔다. 숙영이는 제자리에 앉아서 건영이가 서 있는 쪽을 바라보았다. 건영이 뒤에는 남씨가 천천히 그를 향해 걷고 있었다.

건영이는 천천히 사방을 둘러보았다. 얼굴에는 의아심과 공포가 가득 서려 있었다.

'기운이 이처럼 강렬하다니! 이 엄청난 기운은 과연 무엇일까? 죽음? 공포? 파괴? 종잡을 수가 없군! 온 세상을 덮고 있는 것 같애!'

건영이는 얼굴을 찡그리며 고개를 갸우뚱했다. 건영이가 지금 느끼고 있는 기운은 갑자기 다가온 것으로 그 강도가 표현할 수 없을 만큼 엄청났다. 이는 필경 괴인이 발출하는 기운이 아니었다. 괴인의 기운은 지금 온 천지를 덮고 있는 이 기운에 비하면 너무나 미약했다. 아니 미약 정도로 표현하는 것조차 과분했다.

그뿐만 아니라 지금의 기운은 얼마 전 정마을 뒷산을 온통 뒤덮었던 살기보다 천 배나 만 배나 더한 기운이었다. 이 기운은 특별한 방향도 없었다. 하늘 전체를 덮고 땅에서 솟아나는 듯 느껴졌다. 혹은 사방에서 물밀듯이 몰려오고 있는 것 같았다. 아니 특별히 이곳으로 밀려드는 기운은 아니었다. 그저 허공이 제자리에 존재하듯 근원적인 곳에 자리 잡고 있는 것이다. 이는 태풍이 불고 소낙비가 올 때보다 더욱 세차게 온 세계를 덮고 있었다.

건영이는 이 힘을 견디기가 어려워 현기증을 느꼈다. 그런데 건영이보다 더한 현기증을 느끼고, 또한 극한의 공포를 느낀 존재가 있었다. 그는 바로 괴인으로 아주 먼 곳에서 이를 느끼고 있었던 것이다.

괴인은 정마을 멀리 떠나 강 건너편에 있었는데도 이를 느꼈다. 암울한 기운은 한도 없었다. 드디어 괴인은 도망치기 시작했다. 괴인의 얼굴은 공포로 일그러졌다.

괴인은 이러한 엄청난 기운을 그 길고 긴 세월을 통해서 처음 느껴 본 것이었다. 자연의 경이는 끝이 없었다.

'도대체 이와 같이 무한하고 불길한 이 기운은 어디서 오는 것일까?'

괴인은 온 몸과 뼛속, 그리고 영혼 깊숙한 부분까지 죽음의 기운이 스며드는 것을 느꼈다. 이는 초월적인 힘을 가진 괴인조차 도무지 감당할 수 없는 것이었다. 괴인은 초능력을 발휘하여 최대한 멀리 도피하였다.

하지만 기운의 강도는 전혀 약해지지 않았다. 괴인은 몸과 마음에서 심한 고통과 불길한 죽음의 그림자를 느꼈다.

괴인은 평생 처음 겪는 무한히 사악한 기운에 진저리를 치면서 또 하나의 산을 넘었다.

괴인은 얼핏 뒤를 돌아보았다. 무엇인가 끊임없이 추적해 오는 느낌이 들었던 것이다. 하지만 추적은 없었다. 이윽고 기운도 한계가 있는 듯 점점 약해지고 있는 것이 분명했다.

그러나 괴인은 더욱 힘껏 달렸다. 이는 바람의 속도를 능가한 것으로 사람의 눈에는 보이지 않는다. 괴인의 얼굴에는 땀방울도 맺혀 있었다. 그리고 괴인의 영혼은 이보다 더욱 지쳐 있었다.

사악한 기운에 대해서는 생각하기조차 싫었다. 괴인은 공포와 피로에 지친 모습으로 어디론가 사라졌다. 분명 방향은 정마을로부터 멀리 멀어지는 쪽일 것이다. 건영이는 괴인이 사라져가는 것을 모르고 있었다.

지금 그러한 것을 생각할 겨를이 없었다. 건영이는 땅에 주저앉아 토하고 있었다. 멀지 않은 곳에 앉아 있던 숙영이는 조용히 쓰러졌다. 마음속에 느껴지는 한없이 사악하고 불길한 기운을 감당하기 어려웠던 것이다.

"어머! 숙영아!"

옆에 있던 그녀의 어머니가 급히 부축했다. 숙영이는 평온한 얼굴로 기절한 상태였다. 마을 사람들은 침착하게 대처했다. 피로로 인해 기절했다고 생각한 마을 사람들은 물과 편안히 누울 자리를 마련했다.

남씨는 건영이를 부축하였다. 남씨 자신도 약간의 피로와 불길한 기운을 느끼고 있었지만 현재 온 천지를 덮고 있는 기운을 느끼지는 못하는 것 같았다. 마을 사람들은 아무런 느낌도 느끼지 못했다.

건영이는 머리를 쥐어튼 채 고통을 이기고 있었다. 그러나 얼마 가지 않아 평온을 되찾았다. 갑자기 기운이 사라진 것이다. 이와 함께 세상에는 다시 생기가 찾아왔다. 이는 마치 깊은 구름 속에 갇혔던 태양이 갑자기 그 구름을 헤치고 나와 빛을 뿌리는 듯한 느낌이었다.

건영이는 영문을 몰랐지만 몸과 마음이 편해지는 것에 다행함을 느꼈다.

"……."

남씨는 건영이의 모습을 조심스럽게 살폈다.

"아저씨!"

건영이는 허탈한 미소를 지으며 말했다.

"무언가 느끼시지 않았어요? 엄청난 일이 있었어요!"

"……."

남씨는 영문을 몰랐다. 하기야 건영이도 방금 전 일어났던 현상을 종잡을 수 없었다. 자연의 현상은 이토록 기이한 것인지, 아니면 선인을 능가하는 초월적인 존재가 출현했던 것인지, 그러나 건영이는 고개를 갸우뚱하며 이를 부정했다. 신선이라 해도 이토록 강한 기운을 천지에 뿌릴 수는 없기 때문일 것이다. 얼마 전 정마을 뒷산에 수많은 선인들이 살기를 뿜고 있을 때도 지금과는 비교될 수 없는 것이었다.

그 당시의 기운은 산을 위축시키고 바람마저 숨을 죽일 듯한 기운이었는데도 말이다. 건영이는 잠깐 먼 하늘을 바라보고 미소를 지었다. 방금 전의 현상은 두고두고 연구해 볼 일이다.

괴인이 다시 출현하는 것이 아니었기 때문에 무엇보다 다행함을 느꼈다.

"괴인이 왔었니?"

건영이는 고개를 저었다.

"그럼 몸이 불편하니?"

남씨가 다시 물었다. 건영이는 일어나면서 대답했다.

"아니에요, 이젠 다 됐어요. 단지 이상한 일이 있었을 뿐이에요."

"……"

남씨가 건영이의 말뜻을 잘 몰라서 잠깐 생각 중이었는데 또다시 건영이의 표정이 바뀌었다.

"……"

남씨가 걱정스레 건영이를 바라보았지만 이번에는 고통이 아니라 환희의 표정이었다. 건영이는 혼자 중얼거렸다.

"아니! 능인 할아버지께서 오셨나? 틀림없어!"

"음? 능인 할아버지께서 오셨다고?"

남씨도 환한 표정을 지으며 되묻자 건영이는 고개를 끄덕이며 대답했다.

"예, 능인 할아버지께서 오셨나 봐요! 그래요, 저쪽인 것 같은데……."

건영이는 남씨를 빤히 쳐다보며 언덕 위쪽을 가리켰다. 남씨는 환한 미소를 지으며 다시 고개를 끄덕였고 건영이는 멀리 정마을이 있는 방향이며 절벽이 가로막혀 있는 곳으로 달려갔다.

건영이는 절벽을 향해 곧장 뛰어갔다. 앞쪽이 비록 절벽이라 해도 능인 할아버지가 오는 데는 아무런 지장이 없을 것이었다. 이윽고 절벽 앞에 선 건영이는 잠시 숨을 안정시켰다.

하늘은 훤히 트여 있고 구름 한 점 보이지 않았다. 그야말로 드넓은 하늘로 희망이 내려오는 곳이었다. 건영이는 하늘을 보며 미소를 지었다.

건영이의 마음은 저 맑은 하늘처럼 탁 트여 있었다. 쉴 사이 없이 닥쳤던 위기는 물러갔고 풀 수 없었던 근심은 사라졌다.

이제 바람도 평화롭게 불고, 건영이는 바람 부는 방향을 바라보았다. 바람은 절벽의 허공에서 불어왔고 이와 함께 더욱 시원한 존재가 불쑥 나타났다.

세상의 사물 중에 바람보다 시원한 것은 무엇일까? 그것은 바로 사람의 덕(德)일 것이다. 덕은 모든 것을 소통시키는 것이니 어찌 시원하지 않을 것인가!

지금 그 덕을 소유한 능인이 출현한 것이다. 능인은 절벽을 타고 바람처럼 상승했다. 건영이가 마중 나와 있는 것을 이미 감지하고 있었다. 인자한 능인의 얼굴에 미소가 서려 있었고 눈은 더욱 그윽해져 무한한 섭리를 간직하고 있었다. 건영이가 먼저 인사를 건넸다.

"능인 할아버지! 저예요, 안녕하셨어요!"

"오, 건영이구나! 허허허."

능인은 인자한 미소를 지으며 건영이 앞으로 다가왔다.

"……."

건영이는 그 깊은 눈을 반짝이며 서 있었다.

"그간 잘 지냈나? 아니, 저런! 고생을 했구나!"

능인은 미소를 보이다가 갑자기 걱정스런 표정을 지었다. 능인의 예리한 관찰력은 건영이가 당했던 고초를 꿰뚫어보고 있는 것이다. 건영이는 미소를 지으며 대답했다.

"이젠 괜찮아요. 할아버지께서도 어려운 일을 당하셨지요?"

건영이도 그동안 능인이 큰 어려움 속에 지냈다는 것을 알고 있었다. 능인은 남산에서 혼마 강리와 필사적인 대결을 하던 중 건영이의 신호를 감지했고, 그 직후 생사의 고비를 헤매다가 이제야 나타난 것이다.

능인은 계면쩍은 표정을 지었다.

"그렇지, 그래. 건영이가 나를 찾고 있다는 것은 잘 알고 있었는데……."

"할아버지, 이렇게 다시 만나 뵙게 되어 기뻐요. 마을 사람들을 보시겠어요?"

건영이는 능인의 말을 막으며 천진하게 물었다. 건영이는 지난일은 벌써 이해되었다는 뜻이었다. 능인도 이를 알고 미소를 지으며 대답했다.

"그럼, 허허허. 마을 사람들이 모두 이곳에 있나?"

"예, 피난을 왔어요!"

"저런! 다친 사람은 없고?"

능인은 근심스레 물었다. 건영이는 밝게 미소를 지으며 대답했다.

"모두들 무사해요. 내려가 보실래요?"

능인은 미소로 고개를 끄덕였고 건영이가 앞장을 섰다. 두 위인(偉人)은 천천히 언덕을 내려왔다. 이들은 둘 다 죽음의 위기를 모면하고 극적으로 만난 것이다.

지금 신선과 역성이 걸어가는 길에는 어떠한 걱정도 있을 턱이 없었다. 드넓은 산야가 모두 평화를 느끼고 있는 것이다. 마을 사람들도 남씨로부터 능인 할아버지가 온다는 것을 듣고 있었다.

이는 무척 기쁜 소식으로 괴인의 재출현 등 일체의 불안이 해소되는 것이다. 물론 능인 할아버지 자체가 마을 사람들이 모두 좋아하는 귀인이었다. 능인은 호랑이가 출현했을 때를 비롯해서 건영이가 절벽에 떨어졌을 때, 그리고 남씨가 서울에 출행했을 때 등 번번이 마을 사람들을 구한 바 있었다.

그러나 이번 괴인이 출현했을 때에는 시기를 놓쳤지만 아무도 다친 사람이 없는 마당에 아쉬울 것은 하나도 없었다. 그저 능인이 마을을 방문했다는 것이 기쁠 뿐이었다.

마을 사람들의 환영이 시작되었다. 먼저 나타난 정섭이는 남씨에게 능인 할아버지가 올 것이라는 소식을 듣자마자 언덕을 향해 달려 내려왔다.

능인과 건영이는 한가롭게 걸어오고 있었다.

"할아버지!"

정섭이는 능인에게 무작정 달려들었다.

"허허, 정섭이구나! 잘 지냈니?"

능인은 정섭이의 어깨를 감싸주며 그간의 안부를 물었다. 정섭이는 능인을 올려다보며 미소로 대답했다.

"그럼요. 항상 잘 지내요!"

이 말에 건영이는 속으로 웃었다. 정섭이는 현재 피난 중인 것마저 잊은 듯 천진한 표정이었다. 이제 평화로운 산책길은 세 사람이 동행하게 되었다.

맑은 하늘은 조금씩 어두워지고 있었다. 저녁으로 저물어가고 있는 것이다. 그러나 해가 져도 걱정할 사람은 없었다. 능인이 등장한 이상 괴인쯤은 방어할 수 있으리라!

그런데 이것은 마을 사람들의 생각일 뿐 어쩌면 괴인의 능력이 능인의 그것을 넘어서 있을지도 모른다. 아무튼 지금은 그것이 문제가 아니었다. 마을 사람들에게는 피난 중에 큰 경사가 난 것이다.

그리고 피난 생활도 이제 끝이 난 것이 아닐까? 건영이는 그럴 것이라는 확신이 서 있었다. 능인이 방문했는데도 괴인이 또 나타나는 것은 왠지 자연스럽지가 못하다고 생각했다.

천지의 운행은 기묘하기는 하지만 그토록 부자연스럽지는 않다. 건영이는 주역의 도를 공부하는 사람으로서 천지의 성질을 잘 알고 있었다.

자연 현상, 특히 인간이 어우러진 세계에서는 지나친 일은 발생하지 않는 법이다. 물론 인간의 생각에 지나쳐 보이는 일도 주역의 관점에서 보면 아주 자연스러울 때가 있다.

그것은 인간의 마음에 따라 다르게 보인다. 자연스럽지 않은 마음으로 보면 자연스러운 것도 자연스럽지 않게 보이는 법이다.

마음을 자연스럽게 갖는 것, 이는 천지의 운행과 그 정(情)을 함께 하는 것이다. 오늘날 외딴 산중에서 일어났던 격렬한 사건 속에서도 건영이는 천지의 운행이 하나의 절도를 넘어서고 있는 것임을 충분히 느끼고 있었다.

운명은 또 하나의 자연스런 방향으로 전환하고 있는 것이다. 지금 무심한 자연 속을 걷고 있는 세 사람은 천지의 흐름에 자신을 내맡기고 있었다.

역성 정우와 염라대왕

산야의 바람은 가볍게 세 사람을 스쳐가고 있었다. 저 아래쪽에서 마을 사람들의 말소리가 들려왔다. 정섭이가 먼저 달려갔다. 능인이 왔다는 것을 알리기 위해서였다.

이때 능인이 건영이를 가만히 불렀다.

"건영이!"

"……."

"건영이는 잠시 다녀올 곳이 있어. 혼자 내려가 봐."

"예?"

건영이는 의아스럽게 생각했지만 걱정스러워하지는 않았다. 능인 같은 사람이 지시해 주는 일에 무리가 있을 수 없기 때문이었다. 능인은 부드럽게 말했다.

"손님이 오셨어, 촌장님의 도반(道伴)이신 고휴 스승님이시지."

"고휴 스승님이라고요? 그분이 저를요?"

"음, 그분은 더 귀한 분을 모시고 오셨지. 아주 높으신 분이야!"

"그래요? 그런 분이 저 같은 사람을 왜 찾아왔을까요?"

"글쎄, 가보면 알겠지. 절벽 쪽으로 가 봐. 고휴 스승님이 안내를 하실 거야."

"......."

건영이는 잠시 생각에 잠겼다. 얼마 전에도 촌장님의 도반인 한곡선이 천상의 소지선을 안내해 온 바가 있었다.

'이번엔 누구실까? 지난번처럼 높은 분이실까?'

건영이는 상당히 흥미를 느꼈다. 천상의 높은 분들이 자신을 찾아오는 것은 나름대로 이유가 있겠지만 건영이로서도 견문을 넓히는 좋은 기회가 되는 것이었다.

공부를 하는 사람이 귀인을 만난다는 것처럼 복된 일은 없다. 그로써 인연을 쌓고 공부가 향상되기 때문이었다. 건영이는 자신도 모르게 미소를 지었다.

"다녀올게요. 할아버지는 오래 계실 거지요?"

"그러마, 염려 말고 다녀와라."

능인은 건영이를 대견스럽게 바라보고는 혼자 내려갔다. 건영이는 오던 길로 방향을 되돌려 천천히 올라갔다. 바람은 위쪽에서 내려오고 있었다. 건영이는 바람을 흠뻑 맞으면서 몸과 마음을 가다듬었다.

이제 좀 있으면 천하에 귀한 분을 만나 어떤 이야기를 하게 될 것이라고 건영이는 생각했다. 지난번에도 그랬지만 이번에도 별 차이가 없을 것 같았다. 어쩌면 지난번 사건과 연관된 일이 아닐까?

건영이의 눈이 잠시 날카롭게 변했다. 날은 점점 어두워지고 있었다. 건영이는 잠깐 하늘을 올려다보았는데 아직 별이 나타나려면 시간이 더 있어야 한다.

건영이의 마음은 매우 안정되어 있었다. 한 차례 위기를 통해 정신은 더욱 굳건해진 것이다. 그뿐이 아니었다. 건영이는 절체절명의 위기 속에서 자신의 숙명을 꿰뚫은 것이다.

이는 영혼의 모든 힘을 끌어내 괴인과 대적한 결과인데 전생의 자기를 발견하고 합일한 것이다. 이제 건영이는 전생의 정우와 하나가 되었다.

역성 정우!

그러나 모든 것이 완전하지는 않았다. 하지만 위기의 순간 자신의 능력이 폭발적으로 증가하고 마침내 자신의 영혼이 바로 정우의 그것임을 깨닫게 된 것이다.

그러나 그것을 차분히 음미할 시간은 없었다. 괴인은 건영이와 숙영이, 그리고 마을 사람 모두를 죽음의 위기까지 숨 가쁘게 몰아넣은 것이다. 다행히 마을 사람들은 모두 무사했다.

그뿐 아니라 건영이는 괴인의 출현으로 인해 엄청난 향상을 이룩했다. 이 점에 있어서는 건영이가 이를 자각할 시간은 없었다.

뒤이어 원인 모를 살기가 천지에 가득 찼었고, 곧바로 능인이 출현했다. 능인의 출현은 물론 휴식을 주었지만 또다시 긴장할 일이 생긴 것이다.

'나쁜 일은 분명 아닐 것이다. 오히려 또 하나의 중대한 계기를 마련하게 되는 것일까?'

건영이는 약간은 설레면서 절벽 가에 이르렀다. 아직 건영이의 마음속에는 어떠한 신호도 잡히지 않았다.

상대방이 무한한 평정을 이룩하여 어떠한 요동도 일으키지 않기 때문인지 아니면 자신의 탐지 능력이 미숙하기 때문인지 알 수 없었다.

"……"

잠시 시간은 흘렀다. 건영이는 편안히 땅에 걸터앉았다. 이윽고 건영이의 마음속 깊은 곳에 조용한 파장이 와 닿았다. 이는 호수 위에 불어오는 가벼운 바람과 같았지만 호수보다 더 고요한 건영이의 마음이 이를 감지한 것이다.

건영이는 이와 함께 상대방이 지극히 선하고 생기가 충만한 존재인 것도 감지했다. 지난번 한곡선을 만났을 때의 느낌과도 같았다. 건영이는 자리에서 일어나 옷깃을 여미었다.

잠시 후 고휴선이 나타났다.

고휴선은 절벽의 왼쪽 숲에서 걸어 나왔다.

"……."

건영이는 정중히 서서 바라보았다. 고휴선이 먼저 말을 걸어왔다.

"얘야, 나를 기다렸니?"

고휴선의 목소리에는 다정함과 깊은 평정이 서려 있었다. 건영이는 상쾌한 기분을 느끼면서 대답했다.

"예, 오신다는 얘기를 들었습니다. 우선 인사를 받으시지요."

건영이는 즉시 무릎을 꿇어 큰절을 올렸다.

"허허허, 착한 사람이구로구먼. 내가 오히려 신세를 지러 왔는데……."

고휴선은 고개를 천천히 끄덕이고는 건영이의 모습을 유심히 살펴봤다.

"……."

건영이는 일어나서 다시 제자리에 섰다.

'오, 과연 대단하군! 역성이라…… 이 아이 주변에는 거대한 운명이 있어! 도대체 무슨 인연일까? 염라대왕께서도 찾아오실 정도라니!'

건영이를 살펴본 고휴선은 잠시 생각에 잠긴 후 다시 건영이를 향해 말했다.

"얘야, 우리는 장소를 바꿔야 한단다. 아주 귀한 어른을 만나기 위해서야."

"누구신데요?"

"음, 염라대왕이신데 들어본 적이 있니?"

"예? 염라대왕이라 하셨나요? 지옥의 왕이시라던데……."

건영이는 깜짝 놀라는 한편 고개를 갸우뚱했다.

'염라대왕이라면 지옥을 다스리고 온 우주의 죄인을 관장하는 무서운 분이 아니신가! 이런 분이 찾아오신 것은 혹시 나에게 특별히 문책할 일이 있는 것은 아니실까?'

건영이가 잠깐 이런 생각을 할 때 고휴선이 인자한 미소를 지으며 말했다.

"걱정할 일은 없단다. 단지, 지난번에 다녀가셨던 분에 대해 물으실 것 같구나."

"소지선이란 분 말씀이신가요?"

"그래, 그 외에도 몇 가지 물으시겠지!"

"그런가요? 제가 대답하지 않으면 어떻게 되나요?"

건영이는 자신이 심문을 당하는 것인지, 혹은 강요를 당하는 것인지를 물었다. 상대방이 염라대왕이라면 심문을 할 수도 있고 강요도 할 수 있었다.

고휴선이 다시 미소를 지으며 말했다.

"허허, 그분은 강요할 분이 아니시란다. 더군다나 건영이가 심문받을 일은 없어. 단지 내 생각으로는 그분을 도와드리는 게 좋을 것 같구나."

"왜지요?"

건영이는 의아스러운 표정을 지으며 반문했다.

"음, 그분께서는 능인에게 도움을 주셨어. 그러니 건영이도 그분을 도와줘서 나쁠 것이 없지."

"능인 할아버지에게요?"

건영이는 얼굴이 환해졌다.

"그분께서 능인의 목숨을 구해주셨지. 그리고 좀 전에 마을을 노리는 괴인도 쫓아주신 것 같더구나. 물론 일부러 그런 것은 아니시지만……."

"예? 괴인이라고요? 그렇다면 좀 전의 거대한 살기는 그분에게서 나왔나요?"

"그렇지. 그분께서는 어느 곳이든지 정식으로 출행하실 때는 먼저 거대한 살기를 분출하신단다."

"그래요? 그분께서는 왜 그런 살기를 분출시키시지요?"

"음, 그것은 예방 조치일 뿐이야. 그분께서는 누구든 접근하는 것을 싫어하시기 때문에 그런 기운을 뿜어내시는 것이지!"

"그렇군요. 그런데 어쩜 그렇게 강하실 수가 있을까요?"

건영이는 좀 전에 온 산야를 메웠던 기운을 되새기며 물었다. 고휴선은 크게 웃으며 대답했다.

"허허, 그분의 능력은 무한대야. 나도 다 상상할 수가 없지. 그건 그렇고, 그분을 만나보겠니?"

"예, 당연히 만나야지요. 은인이신데요!"

"그래 좋군! 가 볼까?"

"……."

건영이는 미소를 지으며 고개를 끄덕였다. 고휴선은 한 발 다가오며 다시 말했다.

"내가 데려가지, 무서우면 눈을 감고 있거라."

"예?"

건영이가 궁금한 표정을 짓자 고휴선이 건영이를 가볍게 들어 안았다. 건영이는 자기도 모르는 사이에 몸이 떠올라 고휴선의 팔에 안기고 이어서 두 사람은 절벽 쪽으로 날아올랐다.

방향은 정마을과 비스듬한 쪽으로 높은 산이 막혀 있는 곳이었다.

"……."

건영이는 눈을 감지 않았지만 지나치는 산야를 바라볼 틈도 없이 땅에 내려앉았다. 건너편 산의 절벽 쪽이었다. 고휴선은 건영이를 가볍게 내려놓으며 말했다.

"이곳에서 기다리게. 그분께서 곧 오실 거야!"

"저 혼자 기다려요?"

"음, 나는 건영이와 함께 그분을 볼 수는 없어. 그분께서는 금방 나타나실 거야."

"……."

고휴선은 사라졌다. 혼자 남은 건영이는 절벽 위로 난 길을 천천히 걸으며 기다렸다. 사방은 이미 어두워졌지만 건영이에게는 어떠한 두려움도 없었다.

지금 자신이 만나고자 하는 존재는 신선보다도 높고 무한대의 능력을 가진 존재이다. 주변에 상서롭지 못한 것이 있거나 혹은 위험한 존재가 있다면 벌써 퇴치되었을 것이다.

염라대왕은 이미 이 지역에 당도하자마자 굉장한 기운을 살포하여 괴인이나 잡귀 등을 멀리 쫓아버린 것이다. 건영이는 그 광경을 생각하며 잠시 미소를 지었다.

이는 인간 생활에서 흔히 볼 수 있는 소독이나 살균과도 많이 닮아 있었기 때문이었다.

'염라대왕께서는 깨끗함을 좋아하시는 분일까?'

건영이는 막연히 염라대왕의 모습을 그려보았다.

'머지않아 그분께서 나타나실 것이다! 살기를 뿜으시며 나타나실까? 온화한 모습으로 나타나실까?'

지금 산야의 기운은 아주 평화롭다. 건영이는 어두컴컴한 산에서 이러한 기분을 느끼고 있었다.

하늘에 최초의 별이 나타났다. 건영이는 그쪽을 바라보며 혼자 반가움을 표시했다. 밤하늘의 별들은 언제나 그에게 친근한 존재였고, 또한 희망이었다. 또 하나의 별이 보였다. 그것 역시 아름답고 신비했다.

별은 언제나 상서로워서 적대감을 갖는 법이 없었다. 시간은 한가롭게 흘러갔다. 건영이는 누구를 특별히 기다리는 기분을 갖지 않고 스스로 자연 속에 소요(逍遙)했다.

밤하늘에는 별이 점점 더 많아지더니 이윽고 헤아릴 수조차 없게 되었다. 드넓은 하늘에 저토록 많은 별들이 있다니! 저 많은 별들은 모두 친근한 이웃이고 인간에게 축복을 내려주고 있었다.

건영이는 반짝이는 별들의 신비 속에 잠시 휴식을 취하고 있었다.

"……"

사방은 조용했다. 갑자기 더욱 조용해졌다. 건영이는 순간적으로 염라대왕이 나타났다는 것을 감지했다. 염라대왕은 벌써 전부터 건영이를 관찰하고 있었을 것이다.

건영이는 그렇게 짐작하였다. 하지만 조금도 위축되지 않았다. 오히려 한없이 솟아나는 의지와 함께 평정을 유지하였다. 건영이는 마음의 평정에 있어서 신선에 견주어도 조금의 손색이 없었다.

이는 괴인도 뼈저리게 실감하였는데, 평정에 의해서 얻어지는 고요의 힘은 운명도 안정시키는 효과가 있다. 모든 액운은 평정을 잃는 데서부터 시작된다. 그리고 평정이 유지되는 한 액운이 전개되어도 최소한으로 그치게 된다.

지금 건영이의 마음은 태산처럼 안정되어 있었다. 이는 우주의 대단한 인물과 대면하기 위한 준비라고도 할 수 있는데 어느 면에 있어서는 대결의 의미도 있기 때문이었다.

물론 대결이라고 해서 적대감을 갖는 것은 아니었다. 단지 그토록 높은 인물 앞에서 훌륭한 자세를 견지하고 싶은 것이었다. 사실 사람의 고하(高下)는 인격으로 평가되는 것이지 여타의 능력은 아닌 것이다.

그리고 인격이 있는 사람은 누구를 만나도 평안할 수 있는 법이다. 설마 염라대왕을 만나는 것이 액운일 리야 있겠는가! 건영이는 경건하고 흥미로운 마음으로 기다렸다.

'염라대왕은 과연 어떤 분이실까?'

"……."

숲 속에서 인기척이 느껴졌다. 그런데 그것은 어떤 소리를 내는 것이 아니라 오히려 소리를 없애는 기척이었다. 원래 고요했던 숲은 더욱 고요해졌다. 건영이는 그쪽을 바라보았다.

그러자 숲 속에서 불쑥 한 사람이 나타났다. 아주 평범하게 느껴지는 사람이었다. 바로 염라대왕으로 어떠한 위세도 없이 평화롭게 보였다. 건영이는 편안한 미소를 지었다. 염라대왕도 미소를 짓는 것 같았다.

어둠 속이라서 그 모습을 볼 수는 없어도 염라대왕의 친근한 마음은 충분히 느낄 수 있었다. 건영이가 먼저 말을 건넸다.

"어서 오십시오, 기다리고 있었습니다."

"……."

염라대왕은 잠시 미소만 짓고 있었다. 그러자 건영이가 다시 말했다.

"인사를 올리겠습니다. 하늘의 예법을 모르니까 인간의 예법으로 하겠습니다."

건영이는 이렇게 말하면서 무릎을 꿇고 큰절을 한 번 올렸다. 그러고는 그 상태에서 염라대왕을 바라보았다.

"허허. 착한 사람, 어서 일어나거라."

염라대왕은 한 걸음 앞으로 나서면서 인자하게 말했다. 건영이는 자리에서 일어나 경건한 자세로 섰다.

염라대왕이 말했다.

"우리 저쪽에 가서 앉을까?"

염라대왕은 전망이 훤히 트여 있는 절벽 가를 가리켰다.

"예, 그러시지요."

건영이는 앞장서서 절벽 가의 평탄한 곳을 찾았다. 이어 두 사람은 절벽 허공 쪽을 향해 나란히 앉았다.

역성과 염라대왕!

광대한 우주에서 운명이란 참으로 신비하다 하지 않을 수 없었다. 두 사람의 만남이 과연 예정되어 있었는지 건영이는 전혀 생각해 둔 바가 없었다.

건영이는 단지 갑자기 자신을 찾아온 우주의 거인인 염라대왕을 맞이하여 최선의 마음가짐을 유지하려는 것뿐이었다. 그러나 염라대왕은 언젠가부터 건영이와 만나게 될 것을 깨닫고 있었다.

운명이란 언제 만들어지고 왜 만들어지는 것인지는 알 길이 없다. 염라대왕은 단지 운명의 흐름을 타고 자신의 뜻을 성취하고자 할 따름이었다.

"……"

건영이와 염라대왕은 잠깐 하늘의 무수한 별을 바라보았다. 건영이는 마음을 안정시키고 있었지만 묘한 환희가 일었다. 이는 우주의 귀인과 상면하게 된 천복(天福)을 음미하고 있기 때문일 것이리라!

염라대왕은 평온한 음성으로 말했다.

"속계는 참으로 아름답군! 별들이 저렇게 많다니!"

건영이는 미소를 지으며 반문했다.

"어른께서 계신 곳은 별들이 없나요?"

"허허, 내가 있는 곳은 지옥이야. 온 세상에서 가장 음산한 곳이지!"

"예, 그렇군요! 하지만 천상에는 아름다운 곳이 많겠지요?"

"그럼, 천상은 온갖 아름다움이 모여 있는 곳이야. 그건 그렇고……."

염라대왕은 화제를 돌려 용건을 밝히려 했다.

"……"

건영이는 평온한 기분으로 기다렸다.

"나는 얘기를 나누려고 먼 길을 찾아왔네만 정우의 마음은 불편함이 없는지?"

염라대왕은 건영이를 정우라고 호칭하면서 겸허한 자세로 대화를 청했다. 건영이는 미소를 지었다. 이 미소에는 많은 뜻이 담겨 있는 것으로 첫째는 자신을 정우라 불러준 것에 대한 감명이었다.

정우!

건영이는 자신이 정우였다는 사실을 바로 어제 깨달았을 뿐이었다. 그런데 염라대왕은 이미 건영이가 정우라는 것을 알고 있는 것이다. 그렇지만 무엇으로 불리든 무슨 상관이 있겠는가. 건영이가 정우이고 정우가 건영이일 뿐이다. 그리고 건영이가 미소 지은 또 하나의 이유는 염라대왕에 대한 고마움이었다.

그것은 염라대왕이 능인을 살려준 것인데, 이러한 은인과 대화를 나누는 것은 오히려 건영이의 영광이었다.

건영이는 정중히 말했다.

"불편함이라니요? 제가 부족하여 어른의 높으신 뜻에 부응하지 못할까 염려될 뿐입니다."

"고맙군. 그럼 우선 한 가지를 묻겠네."

염라대왕은 미소를 짓고는 다시 말을 이었다.

"이곳에 소지선이 다녀갔다는데?"

염라대왕은 뻔한 것을 형식적으로 묻기 시작했지만 건영이는 진지하게 대답했다.

"예, 다녀가셨습니다."

"무슨 일로 다녀갔나?"

"점을 치고, 갈 길을 물으셨습니다."

"점? 허허, 역성에게 점괘를 물었군! 그래 무엇이 나왔나?"

염라대왕은 상당히 재미있다는 표정을 지으며 물었다. 당연히 그럴 것이 역성 정우는 우주 최대의 학자이므로 이러한 사람에게 점을 친다는 것은 괘의 당위성 외에도 커다란 기념으로 생각될 수도 있을 것이다.

건영이는 이러한 염라대왕의 마음을 모르는 체 평온하게 대답했다.

"뇌천대장(雷天大壯)이었습니다."

"음, 겨우 탈출했겠군!"

염라대왕 정도라면 주역에 관해 달인에 해당되는 존재이다. 뇌천대장은 역성 정우가 소지선의 다급한 운명에 대해 뽑아준 괘상으로, 하괘에 가득 찬 양의 기운이 거칠게 위로 분출되고, 상괘는 우레를 이루고 있다.

이는 험난한 탈출을 의미한다. 건영이는 고개를 끄덕이며 대답했다.

"그렇습니다, 고초가 심하셨을 것입니다."

"그랬을 테지, 하여간 탈출을 했으니 다행이군!"

"……"

건영이는 속으로 수긍했고 염라대왕은 다시 물었다.

"소지선이 도피할 곳을 알려줬나?"

이것은 핵심적인 질문이었다. 염라대왕이 하게에 내려온 첫째 이유는 소지선의 행방을 탐문하는 것이었다. 현재 소지선은 자취를 감춘 것으로 봐서 일단 도피에 성공한 듯 보였다.

건영이는 염라대왕의 질문에 조심스럽게 대답했다.

"예!"

건영이는 대답하기에 앞서 자신의 마음을 이미 혼돈 속에 가두어 놓았다. 혹시 염라대왕이 마음을 읽어서 비밀을 감지할지도 모른다고 생각했기 때문이었다.

건영이가 자신의 마음을 단속하기로 작정했다면 그것은 어느 누구도 알아낼 수 없을 것이다. 건영이는 무한한 평정으로 마음의 자취를 완전히 없애버린 것이다. 그러나 건영이가 이렇게까지 하지 않아도 마음을 들킬 염려는 없었다.

염라대왕이 건영이의 마음을 몰래 살펴볼 리도 없고, 더구나 사람의 마음은 감정을 읽을 수 있을 뿐이지 지난날 남에게 말한 내용을 구체적으로 알 수는 없는 법이다.

염라대왕은 다시 물었다.

"어디로 보냈나?"

드디어 노골적인 탐문이 표출된 것이다. 비록 염라대왕의 묻는 태도가 부드럽기는 했지만 질문은 상당히 날카롭고 위엄이 서려 있어 약간의 긴장이 감돌았다.

온 우주에 염라대왕의 질문에 대답을 기피할 존재는 없을 것이다. 그러나 건영이는 이를 간단히 회피해 버렸다.

"말씀 드릴 수 없습니다!"

"……."

염라대왕은 자신의 권위가 통하지 않는다는 생각에 잠깐 미소를 지었다.

하지만 엄포를 놓을 생각은 없었다. 또한 그것이 건영이에게 통하지도 않을 것이기 때문이었다. 그러나 만일 상대가 다른 선인들이었다면 염라대왕은 대단한 문초를 행했을 것이다. 아니 문초까지 할 것도 없이 그저 염라대왕이 물으면 대답해야 했을 것이다. 그러나 지금은 상황이 크게 달랐다. 상대는 역성 정우이고, 협력 관계에 있는 인물인 것이었다.

염라대왕은 부드러운 목소리로 다시 물었다.

"왜 대답할 수 없는가? 해를 끼치지도 않을 텐데……."

건영이가 대답했다.

"일부러 해를 끼치지는 않을 것임은 잘 알고 있습니다. 하지만 어른께서는 무엇 때문에 소지선의 행방을 그토록 아시려고 하십니까?"

"그를 보호하려고 하네."

염라대왕은 건영이를 달래듯이 말했다. 그러자 건영이는 진지하게 반문했다.

"무엇으로부터 보호하시는 것입니까?"

"음? 허허, 평허선공이란 분이지! 아주 강적이야!"

염라대왕은 진지한 건영이의 태도를 보고 웃었지만 건영이는 더욱 진지해졌다.

"숨은 사람을 찾아서 보호하시겠다는 것입니까?"

건영이는 염라대왕 쪽을 흘끗 보며 물었지만 염라대왕은 먼 허공을 바라보며 대답했다.

"그런 셈이지."

"어떻게 보호하실 건데요?"

"더욱 안전한 곳으로 데려가야지. 더 먼 곳으로 피신시킬 것이야."

"당치 않은 말씀이십니다. 이미 숨어 있는데 굳이 다시 찾아놓고 또다시 감추려 하실 필요가 뭐 있겠습니까?"

건영이의 태도는 단호했다. 염라대왕은 잠시 망설이다가 천천히 말했다.

"평허선공은 분명히 소지선을 찾아낼 거야. 대단한 분이거든. 빨리 안전한 곳으로 데려가야 해. 그러니……."

"잠깐만요, 제가 묻겠습니다."

건영이는 일단 염라대왕의 말을 막았다.

"……."

염라대왕은 하던 말을 멈추고 건영이의 말을 기다렸다. 염라대왕의 이러한 태도는 건영이를 최대한 존중하는 자세였다.

"방금, 어르신께서는 평허선공이란 분이 대단하신 분이라고 말씀하셨습니다. 무슨 뜻인지요?"

"음? 모든 면에서 그렇지. 인격이나 능력, 특히 생각의 깊이는 실로 무한하다고 볼 수 있네. 온 세상에서 감당할 사람이 없을 거야!"

"그렇습니까? 그분의 능력을 어르신과 비교하신다면 어떠하실는지요?"

"무어? 허허, 글쎄…… 나를 버금가겠지. 아니 나보다 나은지도 모르겠네. 그걸 왜 묻나?"

염라대왕은 갑작스런 질문에 멋쩍어하면서 건영이의 의도를 물었다.

"결국 어르신께서 그분 못지않다는 뜻이겠군요! 그렇다면 한 가지 제안을 하겠습니다."

"……"

"어르신께서 직접 소지선을 찾아보시지요. 제게 묻지 말고 말입니다."

"그게 무슨 소린가? 나는 소지선을 빨리 찾아서 보호하려는 데 시간을 허비하다니……"

"아닙니다! 저는……"

건영이는 또다시 염라대왕의 말을 막았다.

"……"

염라대왕은 이번에도 경청하는 자세를 취했다.

"시간을 허비한다고 생각하지 않습니다. 어르신께서 소지선을 찾으실 수 없다면 평허선공께서도 소지선을 찾으실 수 없을 것 같은데요!"

"……"

염라대왕은 잠시 생각하고는 자신 없는 투로 말했다.

"글쎄! 그 말이 맞겠지. 내가 못 찾는 사람을 평허선공이라고 해서 찾을 수는 없을 거야. 하지만 만약의 경우를 생각해서……."

건영이는 고개를 저으며 무언(無言)으로 염라대왕의 말을 제지했다.

"외람되지만 제가 말씀 드리겠습니다. 어른께서는 소지선의 보호에 한 번 실패하셨습니다. 그래서 소지선께서는 대단히 위태로우셨습니다. 지금은 일단 피신해 있습니다. 어르신께서도 쉽게 찾으실 수 없도록 말입니다. 물론 앞으로 어떻게 될지 알 수 없겠지요. 만약의 경우란 어느 것에나 있게 마련입니다. 설사 어르신께서 소지선을 다시 피신시키신다 해도 말입니다. 이미 한 번 경험하셨지 않습니까?"

건영이는 염라대왕이 소지선의 보호에 실패한 점을 단호하게 지적했다. 염라대왕은 고개를 천천히 끄덕여 수긍했다. 그러고는 친근한 음성으로 말했다.

"잘 알겠네! 끝내 소지선의 행방을 나에게 알려줄 수 없다는 말이군!"

"그렇습니다. 소지선과 어르신을 위해서입니다."

"음? 나를 위해서라니?"

"예, 어르신께선 한 번 실패하셨습니다. 또다시 실패하신다면 그것은 동기야 어떻든 간에 소지선을 해치시는 결과가 됩니다. 그렇지 않은가요?"

"허허, 그렇군. 알겠네! 소지선이 안전하기만 바라야지!"

염라대왕은 건영이의 말을 수긍하면서도 무엇인가 아쉬움이 남은 것 같았다. 건영이도 이러한 염라대왕의 마음을 알고 있는 듯 염라대왕을 밝게 쳐다보며 말했다.

"저도 그렇습니다, 그러니 이렇게 하면 어떻겠습니까?"

"……"

"어르신께서 소지선을 찾아보십시오!"

"음? 무슨 뜻인가?"

"예, 시험을 한 번 해 보자는 뜻입니다. 제가 소지선을 피신시킨 것은 생각에 의한 결과였습니다. 아직 제가 말한 곳에 소지선께서 당도하셨는지는 모릅니다. 단지 제 생각에 의해 피신하셨으니 어르신께서도 생각으로 소지선이 간 곳을 알아내신다면 평허선공께서도 결국 찾으실 수 있지 않겠습니까?"

"그럴 테지, 하지만 내가 찾는다면?"

염라대왕은 건영이를 쳐다보며 물었다. 건영이는 미소를 지으며 대답했다.

"그렇다면 무엇을 걱정하십니까? 소지선을 찾으신다면 어르신께서 피신시키시면 되는 것이 아닙니까?"

"그렇군! 내가 생각으로 찾지 못한다면 평허선공도 생각으로 찾지 못한다! 바로 그말이렷다!"

"그렇습니다."

건영이는 고개를 끄덕이며 대답했다.

"허허, 잘 알겠네. 하지만 자네는 참 재미있어!"

염라대왕은 흐뭇한 미소를 지었다.

"……."

건영이는 염라대왕이 말한 뜻을 잘 몰랐다. 재미있다는 이 말에는 상당히 깊은 뜻이 있었다. 건영이는 묘하게도 염라대왕과 평허선공을 경쟁시키고 있지 않은가!

그렇지 않아도 염라대왕은 현재 평허선공과 경합을 벌이고 있는 중이었다. 건영이가 그 상태를 더욱 부추겼으니 어찌 재미있지 않을 것인가! 하지만 염라대왕의 이러한 기분을 건영이가 알고 있는 것은 아니었다.

건영이는 그저 평허선공을 염라대왕과 비교해서 말했을 뿐이었다. 건영이의 말은 평허선공이 소지선을 찾을까 봐 걱정이라면 염라대왕이 평허선공의 입장이 되어서 찾아보라는 뜻이었다. 즉 '찾을 테면 찾아보라. 아마도 찾을 수 없을 것이다'라는 뜻이 아니겠는가! 건영이의 지금 모습은 천진해 보였지만 추호도 허점이 보이지 않았다.

염라대왕은 건영이를 대견스럽게 바라보고는 다시 말했다.

"자네는 참으로 대단해. 하지만 한 번만 더 묻겠네. 소지선은 안전한가?"

"모릅니다. 그것도 어르신께서 확인해 보십시오!"

"음, 처음 말 그대로군. 결국 내 스스로 찾아봐야 할 것이로군! 허허허."

염라대왕은 허공을 바라보며 웃다가 갑자기 건영이 쪽을 돌아봤다.

"……."

건영이도 염라대왕을 마주 바라봤는데 아주 평온한 모습이었다.

"정우! 소지선의 일은 일단락 지었네. 이제 내 일을 물으려 하는데 괜찮겠나?"

"무슨 말씀이신지요? 제가 대답할 일이 있으면 성심껏 대답하겠습니다."

"그런가? 고맙군! 그럼 묻겠네! 나는 어디로 가야 하겠나?"

"예? 어르신께서도 쫓기는 몸이신가요?"

건영이는 의아스러운 표정을 지으며 천진하게 물었다. 염라대왕은 허탈하게 미소 지으며 대답했다.

"그렇다네. 나도 평허선공에게 쫓기는 몸이지."

"평허선공께서 무슨 일로 어른을 쫓고 계십니까?"

"별일은 아니야, 내가 그분의 일을 방해했지. 소지선을 빼돌린 것이지!"

"빼돌리다니요? 저도 소지선께 조금은 들었습니다만…… 어른께서 굳이 소지선을 빼돌리신 이유가 무엇이십니까?"

"그 이유? 그것은 평허선공의 일을 방해하려 한 것이지!"

염라대왕은 호탕하게 웃으며 대답했고 건영이는 고개를 갸우뚱하며 다시 물었다.

"어른께서는 평허선공의 일을 왜 방해하셨습니까?"

"글쎄, 나도 잘 모르겠어! 그냥 그러고 싶었다고나 할까!"

"예? 이유도 없이 그런 일을 하시고 쫓기시나요?"

"그런 셈이지!"

염라대왕은 고개를 끄덕여 대답하고는 엉뚱한 표정으로 건영이를 바라봤다. 건영이는 여전히 의아스럽다는 듯이 다시 물었다.

"이해가 잘 안되는군요! 평허선공을 애써 방해하셨다면 뭔가 이유가 있을 게 아니십니까?"

"그렇겠지! 하지만 분명한 것은 아니야. 단지 나는 그렇게 하는 것이 연진인의 뜻이라고 생각했을 뿐이지."

"연진인이라고요?"

"음, 정우는 잘 모르겠지. 하여간 지금 이 우주에서는 중대한 일이 벌어지고 있어. 그 일은 연진인 등이 관계하고 있는 일이지."

"무슨 일인데요?"

"글쎄, 내용은 나도 잘 모르겠네. 단지 그 어른들이 하시는 일은 우주의 혼돈을 수습하려는 것이라 짐작만 할 뿐이지!"

염라대왕은 이렇게 말하고는 눈을 가늘게 뜨고 허공을 응시하였다. 무엇인가 생각을 진행시키는 것이었다. 이때 건영이도 깊은 생각에 잠겼다.

건영이는 소지선이 방문했을 때 들은 오늘날 우주의 혼돈과 연진인의 행동을 생각해 보고 있는 것이었다.

염라대왕이 다시 말했다.

"정우, 나는 연진인의 섭리에 화합하려고 평허선공의 일에 끼어들었던 것이야. 하지만 지금 소지선이 숨어버린 이상 나는 어떻게 해야 할지 모르겠군!"

"……."

건영이는 아직 생각에 잠겨 있었다. 염라대왕은 건영이를 방해하지 않고 혼자서 잠시 동안 별을 바라보았다. 캄캄한 밤하늘의 별들은 더욱 신비하게 반짝였다. 이는 천상의 어떠한 아름다움과도 비교될 수 있는 것으로 하늘에 별이 떠 있는 한 우주의 생명도 영원하리라! 염라대왕은 이러한 정경을 바라볼 수 있게 된 것만으로도 속계를 찾은 보람이 있을 것이다.

건영이는 여전히 생각에 잠겨 있고 절벽 가에는 한가한 바람이 지나가고 있었다. 그러나 바람이 고요를 흔들지는 못했다. 지금 우주의 두 거인은 저마다의 생각에 잠겨 있다. 겉으로는 한없는 고요가 감돌고 있었다. 무한한 우주의 위대한 거인이 이토록 나란히 앉아 있다니! 이 모습은 그 자체로 지극히 아름다운 정경이었다.

이윽고 정적이 깨지고 신비한 음성이 들려왔다. 역성 정우가 먼저 말을 꺼낸 것이다.

"어르신께 묻겠습니다."

염라대왕은 생각을 멈추고 건영이의 음성에 의식을 집중했다. 건영이는 천진한 표정으로 염라대왕을 바라보며 공손히 말을 이었다.

"평허선공께서 어른을 만나시게 되면 어떤 일이 일어나는 것인지요? 크게 불상사라도 발생하게 되어 있나요?"

"글쎄, 그 생각은 안 해 봤는데…… 아마도 몇 가지 일이 생기겠지!"

"무엇인데요?"

건영이는 마치 심문을 하는 것처럼 곧이곧대로 물었다. 오늘의 대화는 거의가 건영이의 질문으로 이루어지고 있었다. 그러나 염라대왕은 이러한 방식이 싫지는 않은지 진지하게 대화에 임했다.

염라대왕의 모습은 건영이와 마찬가지로 천진하고 다정한 모습이었다. 두 사람은 마치 허물없는 친구처럼 보였다. 염라대왕은 생각하면서 대답했다.

"평허선공은 무엇보다도 우선 소지선을 찾아내라고 하시겠지! 그리고 나에게 벌을 줄 거야!"

"그렇겠군요! 하지만……."

건영이도 생각을 진행시키면서 조심스럽게 말을 이었다.

"소지선께서 숨어버리신 이상 어르신께서도 쉽게 찾아내실 수는 없겠지요. 만약 그렇게 되면 평허선공께서는 어떻게 나오실까요?"

"소지선을 찾을 수 없다면? 그렇다면 내게 더욱 큰 벌을 주겠지!"

"그렇겠지요! 그런데 평허선공께서는 어르신을 벌주실 권한이 있나요?"

"허허, 그런 것은 아니지! 단지 그분에게는 지금 난진인의 영패(令牌)가 있어. 그것이 있으면 난진인과 같은 권한을 갖게 되는 것이야!"

염라대왕은 허탈한 표정을 지으며 대답했다. 그러자 건영이의 표정이 다소 날카롭게 변하면서 물어왔다. 음성에도 약간 힘이 들어가 있었다.

"난진인께서는 왜 평허선공께 영패를 맡기셨나요?"

"그건 나도 모르네. 평허선공도 몰라! 하지만 깊은 뜻이 있을 거야!"

"생각해 보셨나요?"

"글쎄, 아마 난진인께서 비밀한 명령을 내리셨을 거야. 너무나 큰 비밀이어서 그것을 실행할 평허선공에게조차 밝히시질 않으셨네. 난진인께서는 평허선공이 스스로 깨닫기를 바라셨을 거야."

"……"

건영이는 잠시 생각했다.

"어르신께서도 연진인으로부터 비밀한 명령을 받으셨나요?"

"음? 잘 모르겠어. 단지 나 스스로 그렇게 생각할 뿐이야!"

"그러시군요! 그래서 평허선공의 일에 끼어들어 보신 것이로군요!"

"허허, 그런 셈이지. 나는 평허선공을 통해서 연진인의 뜻을 깨달으려고 했던 것이지!"

"그래서 깨달으셨나요?"

건영이의 질문은 스스럼이 없었고 염라대왕도 자연스럽게 대답하였다.

"못 깨달았네! 자네가 소지선을 감추어 놔서 도망갈 수도 없게 되어 있어. 도망을 다니다보면 무엇인가 깨달을 수 있을 거라고 생각했었는데……"

염라대왕은 건영이를 원망하듯 쳐다봤지만 기분이 언짢아 보이지는 않았다.

"어르신 혼자 도망 다니시면 안 되시겠습니까?"

"글쎄, 그런 생각을 안 해 본 것은 아니야. 하지만 평허선공이 쫓아올 것 같지가 않군! 당초 평허선공이 나를 추적했던 것은 소지선을 찾기 위해서야. 이제 와서는 소지선이 숨어버렸기 때문에 나 혼자 도망 다녀도 평허선공이 쫓아오지 않을 거야……"

"그런가요! 그러시다면 도망을 안 다니시면 되겠군요!"

"뭐? 도망을 안 다니다니?"

염라대왕은 다소 놀란 듯 건영이를 빤히 보며 반문했다. 건영이도 염라대왕을 마주보며 대답했다.

"그렇지 않습니까? 쫓아오는 사람도 없는데 도망 다니신다면 그것은 억지로 하는 것이지요. 자연스럽지가 않아요! 그래서는 연진인의 뜻을 깨달으실 것 같지가 않군요!"

건영이는 냉정한 말투로 말했다. 이는 마치 아랫사람을 질타하는 교훈적인 말처럼 여겨졌다. 염라대왕은 잠깐 얼굴을 찡그려 생각하더니 다시 얼굴을 펴고 멋쩍게 반문했다.

"그렇군. 그러니 어쩌면 좋은가?"

"간단합니다! 도망을 안 다니시면 되겠지요!"

"그래? 벌을 받을 텐데?"

염라대왕은 고개를 갸우뚱하며 말했다. 그러자 건영이가 미소를 지었다가 다시 엄숙한 음성으로 말하기 시작했다.

"벌을 받으시면 어떻습니까? 소지선은 연진인의 벌을 끝까지 받으시기 위해 피하셨던 것 아닙니까? 그런데 어른께서는 벌을 안 받기 위해 도망 다니신다는 것이군요! 혹시 연진인의 뜻이 어르신께서 평허선공의 벌을 받으시라는 뜻인지도 모르잖아요!"

"……"

염라대왕은 갑자기 허공을 응시했다. 건영이의 말에 의해 무엇인가 심한 자극을 받은 것이 분명했다. 염라대왕은 깊게 생각을 시작했다. 그러나 건영이가 이를 방해했다.

"어르신께 묻겠습니다, 지금 무슨 생각을 하고 계신가요?"

염라대왕은 건영이가 자신의 생각을 막아서자 즉시 평상심으로 돌아왔다. 그러고는 고개를 끄덕여 순진하게 대답했다.

"……"

염라대왕은 조용히 건영이의 다음 말을 기다렸다. 건영이는 고개를 갸우뚱하며 조심스럽게 얘기를 시작했다.

"제 생각입니다만, 연진인의 뜻은 생각으로 얻어질 것 같지가 않아요. 저도 지금 생각으로 말씀 드리지만 생각하지 말자는 생각은 엄밀히 말해서 생각이 아닐 것입니다. 단지, 부자연스러운 곳에서는 연진인의 뜻을 발견하실 수 없을 것 같아요. 일부러 이유 없이 돌아다니는 것보다는 차라리 일상생활로 돌아가시는 게 나을 것 같습니다. 그리고 제가 공부하는 책에 이런 말이 있습니다."

"……"

"선미후득(先迷後得)이라고……."

건영이는 고개를 약간 염라대왕 쪽으로 돌리며 말했다.

"주역에 있는 글이군! 그게 어떻다는 것인가?"

건영이는 미소를 지으며 대답했다.

"예, 어르신께서 당초 평허선공을 막아선 것은 그로 인해 행동하시다가 연진인의 뜻을 우연히 발견하지 않을까 기대하셨던 것 아닙니까?"

"그렇다고 할 수 있지!"

"그런데 지금 소지선께서 숨었으므로 어르신께서는 도망 다니실 필요가 없습니다. 지난 일 가지고 평허선공께서 벌을 주신다면 받으시면 될 것입니다. 단지 이제부터는 어르신께서 앞장서시지 말고 평허선공의 하시는 일을 지켜보십시오. 뒤에서 천천히 따라가시라는 뜻입니다."

"음, 그럴듯하군! 나보고 평허선공을 오히려 추적해서 뭘 하나 살펴보라는 것이지?"

"그렇습니다. 그러시다보면 연진인의 뜻이 밝혀질 수도 있습니다."

"허허, 내가 할 일을 평허선공에게 넘기는 것이구먼. 하지만 내가 벌을 받아 갇혀 있게 되기라도 하면 어떻게 하지?"

염라대왕은 지그시 웃으며 물었지만 건영이는 태연하게 대답했다.

"어차피 운명입니다. 만일 어르신께서 연진인의 뜻을 깨달을 운명이시라면 감옥에 갇혀 있더라도 깨달으실 것입니다."

"그런가? 글쎄, 그랬으면 좋겠는데……."

염라대왕은 눈을 가늘게 뜨고 잠시 생각했다. 그러자 건영이가 다시 방해했다.

"제 판단을 말씀 드려 볼까요?"

"음? 무언가?"

"예, 제 생각에 어르신께서는 그런 운이 계실 것 같습니다."

"뭐? 어째서 그런가?"

염라대왕은 얼굴빛이 밝아지며 물었다. 건영이는 천진한 표정으로 대답했다.

"저의 육감입니다. 그리고 어르신께서는 이미 연진인의 뜻을 탐색하고 계셨습니다. 결국 밝혀지겠지요!"

"음? 결국 밝혀지다니!"

염라대왕은 의아스러운 표정을 짓고 건영이는 태연히 말을 계속했다.

"만일 말입니다. 어르신께서 끝내 연진인의 뜻을 깨달으실 수 없다면 연진인께서는 헛수고를 한 셈이지요."

"무엇이라고?"

염라대왕은 건영이의 다소 지나친 듯한 말에 약간 당황했다. 그러나 건영이는 조금도 거리낌 없이 말을 이었다.

"제 생각에는 연진인께서 어르신이 그 뜻을 깨달을 것이라는 기대를 했기 때문에 은근히 암시를 주셨던 것 같습니다. 만일 어르신께서 깨닫지 못하실 분이시라면 구태여 연진인이 비밀 명령을 내리시지 않았을 것입니다. 연진인께서는 사람을 잘못 판단하시는 분이십니까?"

"음? 허허, 자넨 대단하군."

염라대왕은 고개를 여러 차례 끄덕이며 다시 말을 이었다.

"연진인께서 나를 믿었으니 연진인의 그 마음을 믿고 안심하라는 뜻이렷다!"

"그렇습니다."

"그런가? 내가 못 깨달으면? 아니 그것도 연진인의 책임이지! 내 말이 맞나?"

"예, 바로 맞습니다."

"허허, 그래서 선미후득이군! 과연 역성다운 말이야!"

염라대왕은 기분이 몹시 좋은지 건영이를 친근한 표정으로 바라봤다.

"과찬이십니다. 저는 단지 주역의 한 구절을 말씀 드렸을 뿐입니다."

건영이는 겸허하게 대답했다.

"……."

선미후득이란 말은 앞장서면 미혹하고 뒤에서 따르면 쉽게 얻을 수 있다는 뜻이다. 건영이는 이 뜻을 적용하여 평허선공의 뒤를 따르라고 하고 더 나아가서 연진인의 마음을 뒤따르라는 것이었다.

특히 연진인의 마음을 읽고 그 마음을 믿으라는 말은 일품이 아닐 수 없었다. 이는 철저한 무심으로 모든 섭리를 연진인에게 맡기는 것이었다. 연진인은 염라대왕의 운명을 훤히 내다봤을 것이고 또한 자신의 뜻을 깨달을 것이라고 기대했을 것이다.

연진인의 기대라면 반드시 성취될 것이라는 점을 건영이는 간파한 것이었다. 염라대왕은 편안한 마음으로 잠시 허공을 바라보다가 다시 말했다.

"건영이! 자네의 육감은 정확한가?"

염라대왕은 이렇게 물었지만 심각한 표정은 아니었다. 염라대왕으로서는 이미 건영이의 뜻을 충분히 이해했고 지금은 한가한 기분으로 묻는 것이었다. 그러나 건영이는 아주 심각하게 대답했다.

"예, 저의 육감은 정확합니다. 저는 자연과 함께 생각하고자 합니다."

건영이의 대답은 자신의 신념 내지 공부하는 방식을 얘기한 것이었다. 염라대왕은 건영이를 대견스럽게 바라보고는 다시 미소로 물었다.

"그럴 테지, 좋아. 정확히 내가 어떻게 될 것 같은가?"

"예."

건영이는 여전히 진지한 표정으로 말했다.

"어르신께서는 분명 큰 공을 성취하실 것입니다."

"허허, 고맙군! 한 가지 부탁을 해도 되겠나?"

"좋습니다. 무엇인지요?"

"나를 위해서 점을 쳐주게!"

"점이라고요? 어렵지는 않습니다. 하지만 점괘란 길(吉)한지 흉(凶)한지 미리 알 수는 없습니다."

"알고 있네! 그냥 앞날이 궁금할 뿐이야. 점을 쳐주게!"

"예!"

건영이는 대답해 놓고 즉시 눈을 감았다. 마음으로 점을 치려는 자세였다.

"……."

염라대왕은 잠시 기다리며 허공을 바라보았다. 그러나 염라대왕의 마음속에는 무한한 감동이 일고 있었다.

건영이의 평정! 갑자기 온 우주가 조용해진 느낌이었다. 건영이의 모습은 평온히 눈을 감은 상태에서 흡사 자연의 한 사물처럼 주변의 정경과 섞여버렸다.

정신의 힘이 이토록 신묘한 것일까? 마음이 무심 평정한 상태가 되자 그 곁에 있는 몸도 무심한 형태를 이루었다. 건영이의 평정은 겉으로는 몸과 주변 정경, 그리고 안으로는 시간조차도 정지시키고 있었다.

건영이는 이러한 평정 속에서 의심을 일으키고 의심은 자연을 움직여 하나의 답을 만들어냈다. 이것은 암호의 형태, 즉 괘상으로 모양이 굳어져 현실로 나타났다.

건영이는 눈을 뜨고 평상심으로 돌아왔다. 이와 함께 건영이의 몸은 살아 움직이고 내면의 감정도 흐르기 시작했다. 염라대왕은 방금 전 너무나도 고요했던 우주가 다시 활동을 전개하는 느낌을 받았다.

'정우의 평정! 저것이 역성의 마음인가! 우주가 다시 움직이는군!'

염라대왕은 건영이에게 무척 감동하였다.

"……."

건영이는 잠깐 침묵하더니 밝은 음성으로 말했다.

"천화동인(天火同人:☰☲)입니다."

"음, 무슨 뜻인가?"

염라대왕이 천화동인의 뜻을 모를 리 없었지만 점을 쳐준 사람에 대한 예의로, 또 역성에 대한 예의로 겸허한 태도를 취하는 것이었다.

건영이는 괘상을 설명하기 시작했다.

"천화동인은 큰 섭리에 합치는 괘상입니다. 지금의 우주의 상황에 비추어 본다면 어른께서는 장차 연진인의 사업에 참여하시게 될 것입니다. 이는 어른께서 염원하시던 일입니다. 크게 길(吉)합니다."

"……."

건영이가 설명을 마치자 염라대왕은 속으로 음미하면서 고개를 천천히 끄덕였다.

천화동인이란 무엇인가?

이는 하늘, 즉 대섭리가 위에 있고 밝음, 즉 군자의 행동이 아래에 있어서 하나로 화합하는 형상이다. 그리고 하괘에 있는 음효(陰爻)가 바른 자리를 차지했을 뿐만 아니라, 유일하기 때문에 여타의 양기가 비호하고 있는 것이다.

이는 염라대왕이 동지와 화합하고 천명이 또한 염라대왕을 돕는다는 뜻이 있다.

이러한 천화동인 괘는 일찍이 난진인이 출관할 때 얻은 괘상이었다. 난진인은 이 괘상을 얻고 태상노군을 찾아 나선 바 있었다.

염라대왕도 이와 같은 운명이 예시되었으므로 안색은 더욱 밝아졌다. 건영이의 생각과 점괘가 일치하며 행운을 나타내고 있기 때문이었다.

"고맙군! 한 가지를 더 부탁해도 좋은가?"

염라대왕은 미소를 지으며 친근하게 물었다.

"예, 좋습니다."

건영이는 고개를 끄덕이며 밝게 대답했다.

"점을 한 번 더 쳐주게."

"……."

"현재의 우주가 처한 운명 말일세. 현재 우주 도처에서 탈천명(脫天命) 현상이 일어나고 있다네."

염라대왕은 먼 허공을 바라보며 말했다. 이때 미약하나마 염라대왕의 감정 상태가 건영이의 심정 공간에 전달되었다. 염라대왕의 감정은 물론 근심이었지만 좀처럼 외부에 나타내 보이지 않는 마음 상태가 건영이에게 잡힌 것이었다.

이는 염라대왕이 그만큼 근심이 크다는 뜻도 있겠지만 건영이의 감지력이 크다는 것을 뜻하기도 한다. 건영이는 이러한 염라대왕의 기분에 동감하면서 염라대왕을 바라봤다.

당금 우주가 혼란스럽다는 것은 소지선이 방문했을 때 한곡선으로부터 들은 바 있었다. 그 혼란이란 자연의 법칙 그 자체가 요동하여 미래를 예측하거나 자연의 관리가 불가능하다는 것이다.

이러한 일들은 건영이가 지금 살고 있는 속계에서는 실감나지 않는 일이었다. 하지만 건영이는 한곡선으로부터 현재 벌어지고 있는 우주의 사태에 대해 들은 이래 줄곧 흥미를 가지고 연구를 해 왔었다.

그런데 지금 염라대왕이 그 일과 관련된 우주의 운명을 묻고 있는 것이다.

'자연 법칙 자체가 파괴되고 있는 현 상황에서 점치는 일은 가능한

것일까? 점이란 자연의 법칙에 바탕을 두어 성립되는 것은 아닐까?'

건영이는 속으로 생각하며 말했다.

"그런 일은 점을 칠 것이 아니라 연구를 해야 하는 일이 아닌가요?"

"그렇겠지! 하지만 당장에 우려가 되어서 점을 쳐보고 싶네. 뭐가 뭔지 모르겠어!"

염라대왕은 편치 않은 기분으로 건영이를 바라봤다.

"점을 쳐보겠습니다. 어른께서 원하신다면……."

건영이는 흔쾌히 대답하고는 즉시 눈을 감았다. 다시 점을 치려는 자세였다. 이와 함께 순식간에 평정의 그림자가 드리워졌다.

"……."

염라대왕은 또다시 다가온 고요에 휴식을 느끼고 있었다. 원래 부동(不動)이란 기운을 축적하고 휴식한다는 의미가 있다. 천지자연의 현상은 고요가 극에 이르면 새로운 기운이 자발적으로 발생한다.

이는 주역의 괘상으로는 지뢰복(地雷復: ䷗)을 말하며 이 지뢰복은 정(靜)이 극(極)하여 새로운 기운이 태동하는 것을 뜻한다.

건영이는 잠깐 만에 눈을 떴다. 괘상을 얻어낸 것이다. 괘상을 얻어내기 위해서는 첫째는 절대 평정이 필요한데, 이는 잡념을 몰아내고 우주와 합일한다.

둘째는 순수한 의심이 필요하다. 이것에 의해 우주가 감응한다. 그리고 세 번째는 괘상을 고정하는 힘인데 지극한 신념이 필요하다. 이는 복심(卜心)이라 하는 것으로 많은 수련을 요하는 경지이다.

건영이는 이것을 영원을 통해 수련해 왔다. 염라대왕도 건영이, 즉 역성 정우가 터득한 경지를 잘 알고 있었다. 지금 건영이가 눈을 감고 괘상을 얻어내는 데는 무한한 수련의 힘이 작용하고 있는 것이다.

평정과 의심, 그리고 신념, 이것은 사람에 따라 많은 차이가 있고 이로써 괘상의 당위성이 결정된다. 건영이는 잠깐 사이에 이러한 단계를 거쳐 천지자연으로부터 응답을 얻어냈다.

"건위천(乾爲天:☰☰)입니다."

건영이는 염라대왕을 바라보며 말했다. 염라대왕은 당연하다는 듯이 고개를 끄덕이며 반문했다.

"혼란이군! 그렇지 않나?"

"예, 맞습니다. 건위천은 자유를 뜻합니다. 현재 우주가 자유스럽다는 것이니 결국 혼돈을 뜻하지요. 자연계가 크게 흔들리고 있습니다."

건영이는 형식적이나마 건위천의 뜻을 부연 설명했다. 건영이가 얻은 건위천 괘는 옥황부 공식 복관인 곡정선이 얻어낸 결과와도 같은 것이었다. 동일한 일에 대해 두 사람이 얻어낸 괘상이 같다는 것은 당연한 것이었다.

염라대왕은 가볍게 한숨을 쉬었다. 현재 천지자연의 현상은 혼란할 뿐 아니라 우주 자체가 계속 존재한다는 보장도 없었다.

"정우!"

염라대왕은 건영이를 돌아보며 엄숙하게 말했다.

"현재 우주의 운명이 크게 불길하군! 나와 평허선공이 그 해결책에 부심하고 있네. 아마 연진인·난진인께서도 그 일과 관련해 행방을 감추신 것으로 보이네만. 자네도 열심히 연구를 해 보게."

"예, 저도 연구를 하고 있습니다."

건영이는 경의에 찬 대답을 하고는 이내 허탈한 표정을 지으며 다시 말을 이었다.

"하지만 저 같은 사람이 무엇을 생각해 낼 수 있겠습니까? 그저 공부 삼아 열심히 해 볼 뿐입니다."

건영이는 자신의 역량에 한계를 느끼며 이렇게 대답하였다. 그러나 염라대왕은 미소를 지으며 격려를 해 주었다.

"나는 자네의 연구에 크게 기대를 걸고 있다네. 그리고 자네는 틀림없이 급격한 발전을 이룩할 것이야."

"……."

건영이는 천진한 미소를 지으며 고개를 숙여 보였다.

염라대왕이 다시 말했다.

"정우, 우리는 예전에 만나 적이 있다네. 정우는 아직 기억이 안 날 것이야! 하지만 머지않아 억만 년의 정신을 회복하겠지!"

"……."

건영이는 침묵을 지킬 뿐 과히 놀라지는 않았다. 왠지 염라대왕의 말이 실감이 들었다. 무한한 과거가 생각날 듯 혹은 생각난 듯 건영이 자신의 깊은 마음속에 무엇인가 소용돌이가 일고 있었다.

그것은 염라대왕에 관한 것으로 아주 익숙한 느낌이었다. 염라대왕의 말소리가 이어서 들려왔다.

"오늘 일은 고맙네. 우리는 각자의 위치에서 천지화육(天地化育)을 도와야 할 것이야. 다시 만날 날을 기약하겠네."

염라대왕은 말을 마치고 건영이를 친근하게 바라봤다. 건영이도 맑은 모습으로 말했다.

"어르신께서 묻기에 대답했을 뿐입니다. 조리가 없는 점을 양해해 주시길 빌겠습니다. 지금 떠나시렵니까?"

"음, 이곳이 참 좋구먼. 자네가 사는 곳은 저쪽인가?"

염라대왕은 정마을을 가리키며 한가하게 물었다. 건영이는 정마을의 방향만 알 뿐 마을 자체가 보이는 것은 아니었다. 하지만 정마을의 분위기를 충분히 느끼면서 대답했다.

"예, 저쪽이 제가 사는 마을입니다. 어르신께서 이곳까지 와주셔서 정마을이 더욱 복(福) 되겠습니다."

"허허, 그렇게 생각해 주니 다행이구먼. 그런데 마을이 오래가진 않겠어! 물에 잠길 것이구먼."

염라대왕은 이렇게 말하면서 건영이의 기색을 살폈다. 자신의 말로 인해 상심하지나 않을까 염려하는 것이었다.

그러나 건영이의 모습은 어둡지 않았다. 건영이는 쉽게 고개를 끄덕이며 대답했다.

"저도 알고 있습니다. 하지만 시간이 좀 남아 있으니 그동안 여전히 좋은 곳입니다."

"음, 그렇군. 나는 이만 떠나려네."

"아, 예…… 뵙게 되어 크게 공부가 되었습니다."

"……."

두 사람은 함께 일어났다. 염라대왕이 건영이의 어깨를 잠깐 잡아 주었다. 그러고는 허공을 향해 한 걸음 내디뎌 그 자리에서 사라졌다. 건영이는 허공을 향해 고개를 숙여 작별 인사를 올렸다.

건영이는 염라대왕과의 헤어짐에 서글픔을 느꼈다.

"……."

주변은 적막했고 멀리 하늘의 별은 말없이 반짝였다. 건영이는 절벽에 서서 허공을 바라보고 있었다.

잠시 한적한 시간이 흘렀다. 건영이의 마음속에는 '만남'에 대한 생각이 일고 있었다. 사람과 사람이 만난다는 것은 운명이겠지만 그 모양은 아름답고 역사적이다.

세상의 어떠한 일도 사람의 만남으로 비롯된다. 만남이란 운명의 단서인 것이다. 그리고 위인들의 만남이란 하나의 결과로 꽃처럼 아름답다.

지금 건영이와 염라대왕이 만나게 된 것도 광대한 인연으로 어렵게 어렵게 만난 것이다. 두 위인이 세상에 존재한다는 것 자체가 지극히 어려운 일이지만 그러한 존재가 만나서 하나의 사건 혹은 역사를 이룬다는 것이 얼마나 아름다운가!

만남이란 뜻이 있기 때문이다. 특히 위인들의 만남은 장엄하고 화려한 뜻이 있고, 이로써 과거의 사업이 맺어지고 미래의 사업이 시작된다.

위인의 만남! 이것은 그 내면에 뜻이 있고 겉에는 모양이 있다. 이는 운명적이다. 그리고 위인들의 큰 운명이란 바로 우주 자체의 운명이고 역사인 것이다.

건영이는 이런 생각을 하면서 방금 전 지나갔던 자신의 역사를 음미하였다.

"……."

건영이가 생각을 중지하자 고휴선이 나타났다.

"건영이! 별일은 없었나?"

고휴선은 건영이가 염라대왕을 만나는 과정 중에 불편함은 없었느냐고 물었다. 엄격하고 거대한 염라대왕이니 누구나 긴장을 느낄 수 있다. 보통의 경우 선인이라 할지라도 염라대왕을 만나고 나면 한동안 심신의 피로를 느끼게 된다.

이는 극대의 기운을 상면했을 때 받는 영향력인 것이다. 하지만 건영이로서는 몸과 마음이 평온했다. 건영이의 정신은 태산처럼 우뚝 서서 염라대왕을 맞이한 것이다.

건영이는 급히 일어나 밝게 말했다.

"무사히 마쳤습니다. 공부가 되었습니다."

"음, 잘된 일이군! 데려다주마!"

고휴선은 건영이를 대견하게 쳐다보고 이내 팔을 뻗었다. 이 순간 건영이의 몸은 공중에 떠서 고휴선의 양팔 위에 얹혀졌다.

"……."

이어 고휴선은 서서히 허공으로 움직였다. 건영이는 바람이 가볍게 스쳐가는 것을 느꼈다. 그리고 잠깐 만에 착지했다. 처음에 서 있던 절벽으로 돌아온 것이었다.

고휴선이 말했다.

"건영이! 우리의 만남도 보람 있었네! 운명을 당당히 헤쳐가게나!"

"예? 아 예…… 가르침에 감사드립니다."

건영이는 고휴선의 심상치 않은 발언을 깊게 유의하면서 고개를 숙였다. 고휴선의 말은 분명히 건영이의 앞날에 닥칠 운명을 예고한 것이리라! 그리고 그 운명이 벅찬 것일지라도 꿋꿋이 헤쳐 나갈 것을 당부해 준 것일 것이다.

"자, 그럼 나는 떠나야겠네. 발전을 빌겠네."

고휴선은 다정한 말 한 마디를 남기고 절벽 아래쪽으로 사라졌다. 혼자 남은 건영이는 미소를 지으며 밤하늘을 천천히 둘러봤다. 하늘의 별들은 영원한 섭리를 간직한 채 찬란히 빛났다.

잠깐 동안 왔다가 떠나간 염라대왕, 그리고 고휴선은 저 하늘의 별처럼 영원하리라! 저들 선인은 스스로 존재하며 또한 세상을 지켜주는 별과도 같았다. 건영이도 자신의 인격이 저 무한한 세계에서 별처럼 빛나기를 기대했다.

밤은 더욱 깊어가고 있었다. 한가한 마음이 된 건영이는 산길을 되돌아 내려오기 시작했다.

그동안 쉴 사이 없이 들이닥친 사건들은 운명이었을 것이고, 지금은 시간의 뒷길로 조용히 멀어져가고 있다. 건영이는 현실을 느끼며 걸음을 빨리했다. 신선한 바람은 앞쪽에서 계속 불어왔다.

건영이는 바람을 가슴으로 맞이하며 휴식과 편안함을 느꼈다. 바로 아래쪽에서 마을 사람들의 웃음소리가 들려왔다. 마을 사람들은 능인의 주변에 둘러앉아서 다급했던 피난 상황을 즐겁게 얘기하고 있었다.

고통이란 그저 고통일 뿐 해로운 것은 아니다. 지난 고통은 오히려 현재를 다행스럽게 느끼게 하고 마음속에는 수양을 간직하게 한다. 이는 건영이에게 현저한 일이겠지만 마을 사람들에게도 어떤 깨우침 내지 교훈을 주었을 것이다.

지금은 고통이 지나가고 그것을 바라보는 즐거움이 남았다. 건영이가 나타나자 마을 사람들은 더욱 즐거워하며 함성을 질렀고 박수를 쳤다.

"와아——"

'짝 짝——'

"……"

건영이는 미소를 지으며 자리에 앉았다. 이제 정마을 사람들이 모두 한 자리에 모였다. 게다가 능인까지 자리를 지키고 있으므로 이는 피난 생활이 아니라 산중 잔치인 셈이다.

이들의 바로 앞에는 활활 타오르는 모닥불이 있고 멀리 높은 하늘에는 그윽한 별빛이 반짝였다. 어두운 밤은 이들 모두를 감싸고 있었다. 마을 사람들은 능인이 있는 자리에서 거리낌 없이 얘기했다.

지금은 선인이 된 능인도 스스럼없이 마을 사람들과 어울렸다. 하지만 이런 와중에서도 능인은 잠깐 눈을 감고 떠나가는 고휴선에 대해 마음속으로 인사를 올렸다. 능인은 고휴선이 홀로 떠나가는 순간을 정확히 포착한 것이었다.

고휴선은 일부러 능인을 만나지 않고 떠났다. 그리고 그보다 앞서 떠난 염라대왕도 고휴선을 만나지 않고 떠났을 뿐만 아니라 이미 속계를 벗어나 인연의 늪에 접근하고 있었다.

염라대왕을 막아선 안심총

인연의 늪은 현재 많은 선인이 집결하여 염라대왕을 기다리고 있었다. 이들 선인은 염라대왕이 속계에 내려가 있는 것을 밝혀내고 운명의 작전을 전개 중이었다.

운명의 작전이란 물론 옥황부 안심총 대선관인 측시선의 운명 개선 작전을 말하지만 이 일은 어쩌면 옥황부의 자체 운명에도 이로움을 제공하는지도 모른다.

평허선공은 옥황부에 주재하면서 모종의 응징을 계획하고 있을 것이다. 그것은 측시선의 지휘 하에 진행된 염라대왕 추적 방해 작전에 대한 것이지만 그 비밀은 이미 평허선공에게 드러나 있었다.

평허선공은 피해자로서 자신이 기만당한 것에 크게 분노를 느끼고 있을지 몰랐다. 평허선공과 관련된 측시선의 운명은 곡정선의 점괘에 드러나 있어 그것을 극복하기 위한 측시선의 노력은 지극했다.

현재 측시선은 남선부를 거쳐 인연의 늪에 당도해 있었다. 측시선은 자신이 체포될 것이라는 운명에 도전하여 구명의 길을 모색하고 있는 것이다. 그것은 평허선공의 피해를 보상해 주는 것으로 염라대왕의 도움이 절대로 필요한 상황이었다.

측시선이 추진하고 있는 일은 측시선 자신의 일일 뿐만 아니라 옥황부 공식 기관인 안심총의 일이기도 하기 때문에 염라대왕은 당연히 협조 요청에 응할 입장인 것이다. 염라대왕도 옥황 천계에 소속된 선인이기 때문이었다.

하지만 염라대왕이 과연 측시선을 도와 평허선공을 무마시켜 줄지는 미지수였다. 사실 염라대왕도 평허선공에게 진 빚이 있어 큰 죄를 지은 입장이라 할 수 있었다.

염라대왕의 현재 마음은 알 수 없으나 인연의 늪을 향한 움직임은 전혀 늦춰지지 않고 있었다. 염라대왕은 머지않아 인연의 늪에 도달할 것이리라!

측시선의 진영에서는 이를 포착하고 잔뜩 긴장하고 있었다. 측시선은 기필코 염라대왕을 면접하고 운명을 바꾸기 위한 최후의 시도를 할 생각이었다.

"……."

염라대왕은 태연히 인연의 늪에 접근하였다. 그러나 이미 자신을 기다리는 존재가 대기하고 있다는 것을 감지했다. 만일 염라대왕이 이들을 피하려 하고 또한 측시선 휘하 선인들이 필사적으로 염라대왕을 막아선다면 결과가 어떻게 될지 알 수 없었다.

하지만 염라대왕은 당초부터 이들을 피할 생각이 없는 것 같았다. 염라대왕은 신족을 운행하고 있으나, 그 운행을 감출 자연스런 기운을 시전(施展)하고 있지는 않았다.

염라대왕은 오히려 자신의 공식 행차 때마다 발출하곤 하는 장엄한 기운을 발출하면서 서서히 접근하고 있었다. 측시선의 진영에서는 이를 크게 다행스럽게 여기는 한편 경계심을 풀지는 않았다.

선인들은 현재 예복(禮服)을 입고 있으나 그 배치 상황은 군진(軍陣)을 이루고 있었다. 측시선은 조용히 명령했다.

"일대는 전진, 이대는 조밀 강진(剛陳)을 전개하라!"

"……."

선인들은 조용히 움직여 포위망을 구축했다. 모든 선인들은 겉으로 보기에 예복을 입고 환영 행차를 나온 것처럼 보였지만 이들 선인은 전투에 임하는 정식 진법을 전개하였다.

이 진법은 전면에 오운(烏雲)의 진, 후면에 사무충진(四武衝陳)으로 주역의 괘상으로는 수산건(水山蹇：☵☶)의 형태이다. 측시선은 충진의 전면에 대기하고 있었다.

측시선의 이 행동은 만일의 경우 조밀 강진 속에서 염라대왕을 배견하고자 하는 것이었다. 염라대왕은 강진을 뚫기 위해 시간을 지체할 것이고 그 순간 재빨리 면접을 시도하면 된다고 생각했다.

지금 인연의 늪에는 방대한 병력이 집결한 상태에서 긴장이 고조되고 있었다. 시간은 빠르게 흐르고 드디어 염라대왕이 출현했다.

"……."

선인들은 잔뜩 긴장하며 이를 지켜보았다. 염라대왕은 신족을 풀고 신보(身步)로 접근해 왔다. 아무런 경계심도 없었다. 선인들은 잠깐 동안 당황했지만 이내 마음을 수습하고 급히 예의를 갖추었다.

"삼가 인사드리옵니다."

"음? 자네들은 누군가?"

염라대왕이 가볍게 놀라면서 선인들을 바라보자 한 선인이 급히 일어나서 조아렸다.

"예, 저희들은 남선부 소속 정규 병력이옵니다. 현재 안심총의 지휘를 받고 있사옵니다."

"정규 병력? 안심총? 이곳에 무슨 일이 있나?"

염라대왕은 크게 의아스러운 표정을 지었다. 인연의 늪이란 으레 경비대가 있어야 하겠지만 정규 병력이 나설 필요가 없고 더구나 옥황부 안심총이 등장할 필요는 없었다.

"……."

일어나서 보고를 하던 선인은 잠시 주춤했다. 그러자 이때 뒤에서 대기하던 측시선이 재빨리 나타나 대답을 이었다.

"인사드립니다. 뒤늦게 나와 죄송스럽사옵니다."

측시선은 한쪽 무릎은 땅에 대고 두 손을 맞잡은 상태에서 고개를 깊게 숙이며 인사부터 올렸다. 염라대왕은 잠깐 누군지 알아보지 못했다.

"음? 자네는……."

"예, 저는 안심총의 측시이옵니다. 어르신께선 평안하시었사옵니까?"

측시선은 정중하게 그리고 당당하게 자신을 밝히며 인사를 분명히 했다. 염라대왕은 측시선을 알아보고 반가운 표정을 지었다.

"오, 측시! 자네가 웬일인가?"

"예, 저는 어른을 만나 뵙고자 이곳에 왔사옵니다."

"그래? 그런데 왜 이리 법석인가?"

염라대왕은 측시선 뒤쪽의 삼엄한 진영을 보며 의아스러운 듯이 물었다.

"죄송하옵니다. 어른께서 지나치실까 봐 일부러 막아섰사옵니다. 워낙 다급한 일이라서 그만……."

측시선은 당황하며 급히 변명했다. 그러나 염라대왕은 인자한 표정을 지으며 부드럽게 말했다.

"괜찮네. 내가 바쁘게 다니니 어쩔 수 없었겠지."

"죄송하옵니다. 우선 진형을 풀겠사옵니다."

측시선은 한 걸음 물러나 부관에게 명령했다.

"해진(解陣)! 물러들 가 있게."

염라대왕은 편안한 마음으로 선인 부대가 물러가는 것을 바라보았다. 이들이 단단히 진을 치고 자신을 막아선 것은 충분한 이유가 있으리라고 염라대왕은 생각했다. 측시선이 다시 염라대왕을 향해 말했다.

"무례를 용서해 주시옵소서. 우선 청실로 모시고자 하옵니다만……."

"청실? 이곳에 청실이 있나?"

염라대왕은 궁금하다는 듯이 물었다. 이 지역은 인연의 늪으로 거칠고 상서롭지 못한 곳이었다. 따라서 이곳에 손님을 맞이하는 청실이 있을 리 만무했다. 선인들의 세계에서는 건물을 짓는 데 위치 선정이 아주 까다로웠다.

건물의 위치란 그 속에서 생활하는 존재에게 운명의 영향력을 미치기 때문에 그 선정을 매우 엄격히 하는 것이다. 물론 위치를 선정한 후의 구조 자체도 특별한 배려가 필요하다. 속계에 사는 인간은 이러한 경우에 그저 땅이 있으면 건물을 짓고 그 구조도 단지 편하게 지을 뿐이다.

건물의 위치나 그 내부 구조에 의해 불운을 초래해도 태평하게 지내는 것이다. 그것은 운명을 맞이하는 법을 모르는 인간으로서는 어쩌면 당연한 일인지도 모른다. 지금 많은 선인들이 모여 있는 이곳 인연의 늪은 속계의 불길한 지역만큼이나 불운한 지역으로 상설 건물이 있을 턱이 없었다.

측시선은 염라대왕의 물음에 정중하게 대답했다.

"군막을 지어놨습니다. 어른을 모시기 위해 신부도(神符圖)를 둘러 붙였습니다."

염라대왕은 가볍게 미소를 지었다. 신부도란 상서롭지 못한 곳을 일시적으로나마 안정시켜 불운을 막는 신묘한 그림이었다. 이러한 그림은 주역 64괘를 상징하는 고도의 표현이고 수많은 성신(聖神)의 혼백이 깃들여 있다.

측시선이 이토록 정성스럽게 군막을 설치한 것은 염라대왕을 정중히 모시려는 뜻이 있었던 것이다. 염라대왕은 이러한 측시선의 뜻을 알고 미소를 지은 것이다.

측시선은 잠시 염라대왕의 말을 기다렸다.

"어디, 군막을 구경할까?"

"예, 안으로 모시겠사옵니다."

측시선은 급히 앞장을 섰고 염라대왕은 그 뒤를 따랐다. 모여 있던 다른 선인들은 그 자리에 서서 이들을 공손히 지켜보았다. 군막은 숲의 입구에 큼직하게 설치되어 있었는데 그나마 위치 선정이 훌륭했다.

염라대왕은 고개를 끄덕이며 군막 안으로 들어섰다. 측시선이 다시 말했다.

"이곳에 임다(臨茶)가 있사옵니다. 곡차도 있사옵니다만 자리가 누추하여 어떠실는지요?"

"허허, 염라부보다 나은 곳이야. 우선 용건부터 들어보겠네."

염라대왕은 여전히 밝은 표정을 짓고 있었다. 측시선은 염라대왕이 이토록 부드럽게 행동하는 것을 매우 다행스럽게 생각했다. 염라대왕이 측시선의 초청에 쉽게 응한 것은 염라대왕 스스로의 판단에 의

한 것이었겠지만 측시선에게는 일종의 행운으로 앞으로의 일도 좋게 풀릴 수 있다는 느낌을 받았다.

측시선은 부관을 시켜 임다를 준비시키고는 서두를 꺼냈다.

"우선 그 동안의 사정을 말씀 드리겠사옵니다."

염라대왕은 차를 한 모금 마시고는 편안한 자세를 취했다. 넓은 군막 안에는 염라대왕과 측시선만이 마주 앉아 있었고 측시선의 음성은 조용히 울려 퍼졌다.

"저희 안심총에서는 그동안 한 가지 작전을 전개했사옵니다. 그것은 평허선공께서 어른을 추적하시는 것을 방해하는 일이었사옵니다."

"음? 그런 일이 있었다고?"

염라대왕은 처음 듣는 이야기였지만 과히 기분 나쁘지는 않았다. 측시선은 염라대왕의 기색을 살피며 매우 조심스럽게 대답했다.

"예, 그 일은 안심총 공식 작전으로 입안되어 실행되었사옵니다."

"그런가? 그럴 필요가 있었나? 그것은 평허선공과 나의 일인데……"

염라대왕은 무언가 생각하는 표정을 지었다. 그 표정에는 두 가지 뜻이 포함되어 있었다. 하나는 평허선공과 염라대왕 자신이 경합을 벌이는 중에 공연히 안심총이 끼어들어 방해했다는 것이고, 또 하나는 두 사람의 경합에 안심총이 왜 관심을 갖고 있었느냐는 것이었다.

측시선은 두 번째 사항에 대해 먼저 대답을 하였다.

"그 일은 옥황부의 중대 현안이옵니다. 두 어른께서 움직이시는 일은 연진인·난진인의 섭리와 관계가 있지 않겠사옵니까? 저희는 두 어른이 경합 중 염라대왕께서 앞서고 있다고 판단했사옵니다. 그리고 그것은 옥황 천계 전체에 이익이 된다고 믿었사옵니다. 그래서 평허선공을 방해하기로 결정했던 것이옵니다."

"허허, 그럴듯하군. 하지만 평허선공을 어떻게 방해할 수 있었나?"

염라대왕은 재미있다는 표정을 지었다. 평허선공을 방해하는 것이 옥황부의 이익에 필요하다고는 하지만 어떻게 평허선공을 방해할 수 있단 말인가?

측시선이 대답했다.

"저희는 평허선공을 옥황부로 유인했사옵니다."

"음? 어떻게?"

"예, 아주 자연스러운 방법을 이용했사옵니다. 현재 옥황부에서는 시석회(詩石會)가 열리고 있는데 그 일을 주관해 달라고 청원했사옵니다."

"그래? 필경 승낙했겠군. 그래서 나를 추적하는 일도 늦어졌고?"

"그렇사옵니다."

"음, 좋은 방법이었어. 누구의 생각이었나?"

염라대왕은 평허선공을 끌어들인 절묘한 방법에 재미를 느끼고 있었다. 평허선공은 워낙 시석을 좋아하기 때문에 그런 일을 맡기면 흔쾌히 승낙할 것이기 때문이었다.

특히 이번 시석회는 유래가 없이 큰 행사이기 때문에 평허선공으로서는 관심을 가질 것이 당연했다. 염라대왕은 누가 그것을 착안하여 작전에 이용했는지 매우 흥미를 느꼈다.

측시선이 진지하게 대답했다.

"그것은 하계의 풍곡선으로부터 나왔사옵니다."

"풍곡? 누군가?"

"예, 풍곡은 하계의 정마을이란 곳에 근거지가 있는 선인이옵니다. 현재 정마을은 아주 유명한 곳이 되어 있사옵니다. 그곳에는 태상노군께서도 다녀가신 바 있사옵니다."

측시선은 내친 김에 풍곡선이 살던 정마을에 대해서도 얘기했다. 염라대왕은 놀라는 한편 미소를 지으며 말했다.

"대단하군! 풍곡이라! 그래, 정마을은 유명한 곳이지. 경치도 훌륭하더구먼."

"예? 정마을을 다녀오셨사옵니까?"

"그렇다네. 그건 그렇고, 아직 용건이 안 나왔군!"

염라대왕은 부드럽게 화제를 돌렸다. 측시선은 다시 긴장하며 말하기 시작했다.

"그 뒷일을 말씀 드리겠사옵니다. 평허선공께서는 우리의 의도한 바 대로 옥황부로 방향을 틀었사옵니다. 현재 옥황부 특구에서 옥황상제 배견을 기다리시고 있는 중이옵니다만 문제가 생겼사옵니다."

"……"

"평허선공께서는 우리의 작전을 간파하셨사옵니다. 그래서 기분이 편치 않으신 모양이옵니다. 그간 벌을 내리실 것 같사옵니다."

측시선은 여기까지 말하고 염라대왕의 기색을 살폈다. 염라대왕은 무덤덤하게 반응했다.

"죄를 지었으면 벌을 받아야겠지. 안 그런가?"

"예? 아, 예…… 하지만 안심총이 다칠까 봐 걱정이옵니다. 저는 이미 각오하고 있사옵니다만 옥황부의 공식 기관이 평허선공으로부터 응징을 받게 되는 것이 우려되옵니다."

"……"

염라대왕이 다시 생각에 잠기자 측시선은 이어 얘기했다.

"그리고 평허선공을 유인하는 데 나섰던 묵정선도 걱정이옵니다.

묵정선은 원래 야선(野仙)으로 공연히 피해를 입게 되었고 풍곡선은 더욱 불운하게 되었사옵니다. 그는 속계의 선인인데 천계의 일에 말려들었사옵니다. 모든 게 저의 불찰이옵니다."

"음, 알겠네. 문제가 크군! 자네는 나에게 도움을 청하겠단 말이지?"

"죄송하옵니다, 가르침을 내려주시옵소서."

측시선은 정중히 고개를 숙여 보이고는 근심스런 표정을 지었다. 염라대왕은 가볍게 미소를 지으며 말하기 시작했다.

"내가 해결할 문제군. 나는 자네들에게 신세를 많이 졌지. 좋아, 내가 생각해 보겠네. 그런데 소지선에 대해서는 들은 바 있나?"

"예, 소지선은 정마을에 다녀간 후 잠적했사옵니다. 현재 우리 기관이 전력을 다해 탐색하고 있으나 종적이 묘연하옵니다. 근간 정마을에도 내려가 볼 생각이옵니다. 소지선의 도피처는 정마을의 건영이란 아이가 알려주었사옵니다."

"알고 있네, 건영이는 역성 정우일세. 나도 그곳을 다녀왔다네. 자네에게 당부하겠네."

"……."

"건영이를 번거롭게 하지 말게. 소지선은 내가 찾아볼 생각이야."

염라대왕은 측시선에게 건영이를 찾아가서 심문하지 말라고 지시했다. 이는 건영이에 대한 염라대왕의 애틋한 심정을 나타낸 것이리라! 측시선은 염라대왕의 진지한 표정에 정중히 대답했다.

"그렇사옵니까? 분부에 따르겠사옵니다. 저희는 평허선공의 일에만 관심을 두겠사옵니다."

"음, 자네들은 돌아가서 내가 있는 곳을 평허선공께 보고하게. 그러면 자네들이 지은 죄는 상쇄되는 것이겠지!"

"……."

"나는 염라부에 돌아가 대죄하고 있겠네."

"예, 어른께서 대죄라니요?"

측시선은 당치 않다는 표정을 지으며 물었다. 염라대왕은 고개를 저으며 대답했다.

"나도 평허선공의 일을 방해했어. 그러니 당연히 벌을 받아야겠지. 아무튼 그 일은 내가 알아서 할 일이고, 한 가지만 더 묻겠네."

"……."

"한곡선이 있는 곳을 알고 있나? 상계로 올라왔다는데……."

"예, 알고 있사옵니다. 현재 남선부에 있는 것을 보고 왔사옵니다."

"잘됐군, 나는 그를 만나보고 돌아가겠네. 자네들도 옥황부로 돌아가게. 평허선공 문제는 과히 걱정하지 말게."

"예, 은혜에 감사드리옵니다."

측시선은 밝은 표정을 지으며 천천히 일어나서 깊숙이 고개를 숙였다.

"음. 그럼, 나 먼저 가 보겠네."

염라대왕은 이렇게 말하고는 군막 밖으로 걸어 나왔다. 측시선도 그 뒤를 조심스럽게 따라 나왔다. 밖에 나온 염라대왕은 먼 하늘을 흘끗 쳐다보는 듯하더니 그 자리에서 홀연히 사라졌다.

측시선은 염라대왕이 사라진 곳을 향해 가볍게 고개를 숙여 인사를 올리고는 선인들이 대기하고 있는 곳으로 돌아왔다.

"어찌되었습니까?"

부관이 심각하게 물었다. 측시선은 밝은 표정으로 대답했다.

"모든 게 잘 되었네. 우리도 돌아가지."

선인들은 속속 인연의 늪을 떠나기 시작했다.

마음을 죽은 재처럼 하라

세상의 일이란 속계이든 천상이든 간에 인간의 일이다. 두려움도 인간에게서 나오고 복도 화도 모두 인간에게서 나온다.

만일 인간이 인간을 적대시하지 않고 서로 돌보려 한다면 세상의 흉화는 없어질 것이다. 지금 속계의 정마을도 느닷없이 나타난 괴인에 의해 피난의 고통을 입었고 천상에는 평허선공이 출현해서 문제가 발생했다. 그러나 염라대왕의 등장으로 해결의 기미가 보이고 정마을도 염라대왕의 출현에 의해 그 난(難)은 평정되었다. 그리고 염라대왕과 함께 나타난 능인은 정마을 사람들에게 안정과 희망을 준 것이다.

아직 피난 중인 이들에게 평화스런 밤이 지나가고 새로운 밝음이 찾아왔다. 지난밤 능인은 근방에 있겠다며 떠났고 마을 사람들은 평온한 새벽을 맞이했다. 오늘은 마을로 돌아가는 날이다.

괴인은 이미 어디론가 가버렸고 산중의 양식도 바닥이 났다. 그러나 아침 한 끼는 준비할 수 있어서 마을 사람들은 이것을 먹고 철수 준비를 마쳤다.

"떠나도 되겠지? 짐은 어떻게 할까?"

남씨가 건영이에게 물었다. 짐이라는 것은 찢어진 천막·식기류·담요·연장 등 피난 생활에서 남은 것들이었다.

"이곳에 남겨두세요! 다시 필요할지도 몰라요!"

건영이의 이 말은 괴인이 다시 올지도 모른다는 뜻이었다. 괴인의 난은 아직 종결되지 않았단 말인가! 박씨는 건영이의 표정을 슬쩍 살폈으나 건영이는 태연했다. 남씨는 별 생각 없이 출발 준비만 서둘렀다.

"자, 짐은 저쪽에다 챙겨두자."

"……."

"다 됐나? 출발할까?"

남씨는 다시 건영이에게 물었다. 건영이는 능인이 사라진 쪽을 흘끗 바라봤다. 지난밤 떠나간 능인의 소식이 궁금한 것이다. 하지만 다시 온다고 했으니 염려할 필요는 없었다.

'다시 오시겠지. 우리끼리 먼저 돌아가라는 뜻일 거야!'

건영이는 이렇게 생각하며 출발을 지시했다.

"가도 되겠어요! 아저씨는 할머니와 먼저 가세요."

건영이의 말에 박씨는 즉시 할머니를 등에 업었다. 이렇게 출발 준비는 완료되었고 박씨가 먼저 출발했다. 박씨는 할머니를 정마을에 데려다놓고 다시 올 것이다.

마을 사람들은 천천히 산을 내려갔다. 이제 바쁠 것은 없다. 날씨도 화창했고 근심도 사라졌기 때문이었다. 오히려 능인을 만난 기쁨을 간직한 채 한가히 정마을로 돌아가면 되는 것이다.

정마을은 여전히 그 자리에 있으며 마을 사람들은 이제 무사히 되돌아가고 있다. 산길은 상당히 험했다. 이곳에 올 때는 이토록 험난한 것 같지는 않았는데 지금은 경사도 가파로워 보였다.

지난번 올 때는 다급한 피난길이었기 때문에 험난을 미처 생각하지 못했지만 모든 위급한 사항이 끝난 지금은 다소 힘든 행군을 하고 있었다. 하지만 평화로운 산새소리를 들을 수 있고 싱그러운 숲의 내음도 맡을 수 있었다. 피로하면 언제나 쉴 수도 있다. 전에는 느낄 수 없었던 것마저도 지금은 생생하게 느낄 수 있는 것이다.

길은 잠깐 동안 평탄해졌다.

"저쪽으로 갈까?"

남씨는 건영이를 바라보며 좀 더 평탄한 길을 가리켰지만 이런 일까지 건영이에게 물을 필요는 없었다. 건영이는 길눈이 어둡고 산길은 더욱 모르기 때문이었다. 건영이는 미소를 지으며 무작정 고개를 끄덕였다.

일행들은 평탄한 길에서도 속도를 높이지 않았다. 주변의 나무들은 단풍이 곱게 물든 것도 있고 잎사귀를 다 떨어뜨린 앙상한 것도 보였다. 숲길은 생기로 가득 차 있었다. 마을 사람들의 얼굴빛 또한 모두들 밝아보였다.

숙영이 어머니는 발목이 아직 안 나았는지 조심스럽게 걸었다. 숲길은 한동안 평탄하다가 다시 험난해졌다. 일행이 잠시 쉬기로 하고 몇 걸음 옮겼을 때 아래 숲 속에서 무슨 소리가 들려왔다.

"……"

마을 사람들은 약간 긴장을 하고 소리 나는 쪽을 바라봤지만 나타난 사람은 박씨였다. 박씨는 할머니를 데려다놓고 다시 사람들을 찾아온 것이었다. 이번에는 강노인 차례였다. 몸이 불편한 상황을 봐서는 숙영이 어머니가 업혀야겠지만 한사코 사양했다.

박씨는 태연했지만 숙영이 어머니는 박씨의 등에 업히는 것이 쑥스러운 듯 불편한 걸음이지만 걷는 쪽을 택했다. 숙영이에게 부축되어 가는 게 편하다는 것이었다. 결국 박씨는 강노인을 업고 떠났다. 마을 사람들도 다시 출발했다. 잠시 후 실개울이 나타났다.

마을 사람들은 잠시 멈춰 서서 맑은 물을 바라보았다. 건영이는 이때 임씨의 아들을 유심히 바라봤다.

산에서 내려오는 맑은 물은 주역의 괘상으로 산수몽(山水蒙:☶☵)이라 한다. 이는 갓 태어난 어린아이를 상징하는 것으로 물은 넓은 들판으로 흘러간다. 여기에서 들판은 사회를 말하고 산은 어머니의 품이다.

임씨의 아들은 산에서 흐르고 있는 맑은 개울과도 같은 것이다. 건영이는 이런 생각을 하며 임씨 아들을 바라본 것이었다. 주역의 괘상을 모르는 마을 사람들은 건영이가 임씨 아들을 쳐다보는 뜻을 알 턱이 없었다.

임씨 부인이 아기를 쓰다듬었다.

"여기서 좀 쉬지요!"

건영이가 임씨 부인에게 말했고 대답은 남씨가 했다.

"여기서 쉬자고? 그래, 경치 좋은데……."

남씨는 약간 의아스럽게 생각했지만 건영이가 무척 피로한 것으로 생각했다. 마을 사람들은 방금 전 쉬고 내려왔기 때문에 길을 좀 더 가도 되지만 건영이가 쉬자고 하니 두말할 필요 없이 건영이의 뜻에 따랐다.

건영이는 물가 가까이에 앉았다. 그러고는 잠시 무엇인가를 생각하는 듯하였다. 마을 사람들은 흐르는 물을 바라보며 저마다 한가한 생각을 하였다.

"……."

흐르는 물소리는 쉬지 않았고 바람은 더욱 시원했다. 잠시 후 건영이가 임씨 부인을 돌아보며 말했다.

"아직 아기 이름이 없지요?"

"……."

임씨 부인은 무척 반가운 듯 밝은 얼굴로 고개를 끄덕였다. 임씨 부인은 사라진 남편을 기다렸을 뿐 아기 이름을 지을 생각을 하지 못했었다. 그런데 지금 건영이가 아기의 이름을 거론한 것이다.

"아주머니, 제가 이름을 지어줄까요?"

"어머! 그렇게 해 줘요. 얼마나 좋겠어요!"

임씨 부인은 아기를 다시 바라보며 좋아했다. 건영이는 조금 더 생각하다가 말했다.

"수민이가 좋겠군요!"

"수민이요? 임수민! 좋아요, 한문으로는 뭐지요?"

임씨 부인은 건영이가 지어준 이름이 마음에 드는 듯했다. 아이는 세상을 모르는 채 천진하고 맑은 눈동자만 깜박거렸다.

"빼어날 수(秀), 그리고 물 흘러내릴 민(潣)이에요. 집에 가서 다시 적어 드릴게요."

"뜻이 뭔데요? 아기의 운명 말이에요."

임씨 부인은 흥미를 가지고 물었다. 옆에 있던 숙영이 어머니까지 관심을 보이고 있었다.

이름과 운명은 과연 얼마나 연관이 있는 것일까? 속설(俗說)에는 사주 못지않게 이름이 중요하다고 한다. 그러나 건영이의 생각은 알 수 없었지만 단지 아기 엄마가 궁금해 하므로 뜻을 풀어주고 싶은가 보았다.

건영이는 한가한 자세를 취하고 설명하기 시작했다.

"이름이 우선 예쁘고 부르기 좋군요. 하늘이 좋아하는 이름입니다. 그리고 뜻은 흐르는 물 중에 우뚝 섰다는 뜻이니 지도자가 된다는 의미가 있습니다. 흐르는 물은 군중이고 경륜입니다. 우뚝 솟은 산은 정복·극복·장악이지요! 주역의 괘상으로는 산수몽(山水蒙)입니다. 이것은 난관을 극복하고 넓은 곳으로 나아간다는 뜻입니다. 인간이 좋아하는 이름입니다."

"……."

임씨 부인과 숙영이 어머니는 무척 진지한 표정으로 듣고 있었다.

"획을 따져보면 화산여(火山旅:☲☶)와 뇌산소과(雷山小過:☳☶)입니다. 이는 막혀 있던 곳에서 떠난다는 뜻이고, 타향에서 출세한다는 뜻이지요. 그리고 돌아와 정착한다는 뜻입니다. 평안한 인생을 살면서 많은 일을 할 겁니다. 땅이 좋아하는 이름이지요."

건영이는 임씨 부인에게 친절히 설명하였는데 마을 사람들도 주변에 모여 경청하였다.

"아기의 부모 운은 어떤가요?"

임씨 부인은 태연하게 물었지만 마음속으로는 남편을 생각하고 있었다. 아기의 운수를 보면 아버지의 운수가 어떻게 되느냐고 묻는 것이다. 건영이는 이를 즉각 알아차렸다. 그러고는 밝은 표정으로 대답했다.

"수민이란 이름은 산뢰이(山雷頤:☶☳)라는 뜻과 산화비(山火賁:☶☲)라는 뜻도 있습니다. 이는 모두 양부모의 보호를 받아 잘 큰다는 뜻이지요. 아기는 잘 될 거예요. 아기의 관상도 그렇습니다."

"예? 관상도요? 아기가 크게 된다고요? 아니 행복해지나요?"

임씨 부인은 행복이란 단어를 강조했다. 건영이는 고개를 끄덕이며 대답해 주었다.

"그럼요. 좋습니다, 이름은 이만하면 좋지요?"

"예, 좋아요. 수민이! 아가야, 이제 이름이 생겼단다, 수민아!"

임씨 부인은 아기를 높이 들어 안으며 좋아했다. 건영이가 갑자기 무슨 마음으로 아기의 이름을 지어줬는지는 모르지만 마을 사람들도 모두 좋아했다.

바로 앞의 실개울은 쉬지 않고 흐르는 햇빛은 큰 나무들 사이로 조용히 스며들고 있었다.

"갈까요?"

이번에는 건영이가 남씨에게 물었다. 일행은 다시 출발했다. 이제 이름을 얻은 수민이는 서울 청년에게 안겨 개울을 건넜다. 날은 어느덧 정오가 가까워지고 있었다.

숲길은 한동안 경사져 내려가다가 평탄해졌다. 여기서부터 길을 따라 곧장 가면 정마을에 도달하게 된다. 마을 사람들도 이제는 정마을이 가까이 느껴지는지 서로 말을 하기 시작했다.

어쩌면 정마을은 이들에게 세계의 전부인지도 모른다. 하지만 이 순간 건영이에게는 정마을이 물속으로 잠기는 것이 보였다. 아직 많은 세월이 남았겠지만 정마을의 운명은 결국 이렇게 끝이 나게 돼 있는 것이다.

건영이는 허탈함을 느끼며 고개를 천천히 가로 저었다. 정마을이 영원하다면 좋겠지만 세상에 영원한 것은 없다. 모든 것이 시간과 함께 변하고 변해서 새로이 태어나는 것이다.

세계도 변하고 사람도 변한다. 그 흘러가는 과정을 운명이라 하거니와 세계도 운명의 길을 따라 변해가는 것이다. 아니 세계야말로 오히려 인간보다 더 운명의 지배를 받는지도 모른다.

건영이는 지금 함께 걸어가는 마을 사람들의 운명이 서로 다르다는 것을 잘 알고 있었다. 현재는 이렇게 같은 길을 가지만 운명은 결국 이들을 갈라놓을 것이리라!

박씨가 다시 나타났지만 박씨에게 업힐 사람은 없었다. 급할 것도 없고 모두들 기운이 충만했다. 정마을도 가까워지고 있었다. 정섭이는 앞으로 먼저 달려가더니 금방 시야에서 사라졌다.

정섭이는 원래 달리기를 좋아할 뿐만 아니라 그동안 긴장했던 마음을 풀어보려는 뜻일 것이다. 마을 사람들은 더욱 여유가 생겨 천천히 걸었다. 이들은 얼마 후 그리던 정마을에 도착해 평화를 되찾았다.

정마을의 느낌은 언제나 편안했다. 먼저 도착한 할머니는 그동안 점심식사를 준비했고 마을 사람들은 강노인의 집에서 일단 휴식을 취했다. 정섭이만은 점심도 먹지 않고 마을의 여러 곳을 돌아다니다가 다시 나타났다.

마을 사람들은 막 식사를 끝낸 참이었다.

"정섭아, 밥 먹어야지! 이쪽으로 오너라."

할머니가 차려놓은 상을 가리키며 정답게 말했다. 그러나 정섭이는 고개를 저으며 급히 박씨 쪽으로 다가서서 울상이 되어 말했다.

"아버지, 큰일 났어요! 우리 집이 부서졌어요!"

"뭐? 집이 부서져?"

"예, 완전히 무너졌어요. 괴인이 그랬나 봐요!"

"……"

괴인이란 말이 나오자 마을 사람들은 일제히 건영이를 바라봤다. 이제 겨우 피난길에서 돌아왔는데 또다시 괴인이 나타났는가! 마을 사람들은 실망과 공포, 그리고 좌절감을 느끼면서 건영이를 바라본 것이었다.

건영이가 급히 나서며 말했다.

"괴인은 지금 없어요, 집은 며칠 전에 무너졌을 겁니다. 가보지요!"

"그래 가 보자. 다른 것은 이상 없니?"

박씨가 나서며 정섭이에게 물었다. 박씨는 자기 집이 무너진 것에 대해 상심을 한 듯 보였고 아울러 다른 집의 피해 여부도 물었다.

"다른 집은 괜찮아요. 빨리 가 봐요."

정섭이가 서둘러 나갔다. 마을 사람들은 모두 정섭이의 뒤를 따라 나섰다.

"아니! 저런! 어떻게 된 거야?"

할머니가 소리쳤다. 일행은 급한 걸음으로 박씨 집에 도착하여 처참하게 붕괴된 건물의 잔해를 직접 볼 수 있었다. 제일 먼저 할머니가 외쳤지만 어느 누구도 말을 꺼내지 못했다.

"……."

마을 사람들은 말문이 막혔다. 박씨는 언짢은 표정을 지으며 먼 강쪽 하늘을 바라봤다. 이때 건영이가 나서며 다소 큰 목소리로 말했다.

"걱정할 것 없어요. 잘된 일이에요!"

"음? 잘된 일이라니?"

남씨가 묻고 박씨가 의아스럽다는 듯이 건영이를 쳐다보자 건영이가 설명을 시작했다.

"저 집 말이에요. 좋지 않은 위치에 있었어요. 저런 집에 사는 사람이 운수가 좋을 리 없습니다. 그리고……."

건영이는 여기까지 얘기하고는 마을 사람들을 둘러봤다. 마을 사람들은 이미 부서진 건물더미에서 시선을 거두어 건영이의 설명에 귀를 기울이고 있었다.

"저 집이 부서졌다는 것은 하나의 징조입니다. 마을의 미래, 마을 사람들의 미래를 말합니다. 사실 이미 시작된 일이 늦게야 징조를 나타낸 것이지요."

"……."

"나쁜 일은 아닙니다. 우선은 박씨 아저씨의 변화로 예를 들면 발전하고, 고독을 면하고, 환경이 크게 바뀐다는 뜻입니다. 주역의 괘상으로는 풍지관(風地觀:☴☷)으로 활동 무대와 시야가 넓어진다는 뜻이지요. 이는 마을 전체에도 해당되지만 마을에 새로움이 불어 닥친다는 뜻입니다. 마을 사람들 모두가 변화를 갖게 된다는 뜻이지요."

"변화라니? 좋지 않은 일인 것 같군!"

할머니가 건영이의 말을 막으며 물었다. 건영이는 미소를 지으며 대답했다.

"할머니! 변화라는 것은 좋은 거예요. 아니 마을 사람들은 모두 새로운 변화를 맞이할 거예요."

"마을이 시끄러워진다는 뜻인가?"

"아닙니다, 마을은 오히려 더욱 조용해지겠지요. 단지 마을 사람들은 조금 바빠지겠지요."

"무슨 소리야?"

"여행이나 외부와 내왕이 많아질 것입니다. 아마 할머니도 가족을 만나게 될 것 같군요!"

"그래? 번거로운 일이지!"

할머니는 무의식적으로 반가워했다가 다시 마음을 감추었다. 건영이는 마을 사람들을 둘러보며 다시 말을 시작했다.

"이 집은 없어져서 오히려 좋은 것입니다. 괴인이 이 집을 부셔버렸다는 것은 아주 자연스러운 일이지요. 어차피 없어질 집이 괴인의 손을 빌려 없어졌다는 뜻입니다. 이로써 박씨 아저씨는 오히려 이익을 본 셈이고 마을 사람들은 발전을 예시 받았습니다. 이미 끝난 일은 잊어버리시고 흩어진 물건이나 챙기시지요!"

"그래, 그게 좋겠구먼. 저기 쓸 만한 물건도 보이는데……."

할머니가 이렇게 말하자 정섭이와 숙영이가 폐허를 살피기 시작했다. 박씨도 고개를 끄덕이고는 그쪽으로 걸어갔다. 건영이는 그 자리에 서서 남씨에게 말했다.

"아저씨, 이제 한가해졌군요. 서울분들은 내일쯤 보내도 될 거예요."

"그럴까? 숲 속은 괜찮겠지?"

"예, 별일 없을 것 같습니다. 저 사람들 여기 와서 공연히 고생만 했어요."

건영이는 웃으며 말했다. 서울 청년들은 손님으로 왔다가 혼란에 휩쓸린 것이다. 다행히 사고는 없었지만 서울 생각이 날 때도 되었으리라!

건영이가 다시 말했다.

"아저씨, 저는 올라가서 쉬겠습니다. 그동안 아저씨도 고생 많이 하셨지요?"

"그렇군, 모두 힘들었을 거야. 그래, 건영이는 먼저 올라가 쉬지."

"……"

건영이는 마을 사람들을 둘러보며 가볍게 인사를 하고는 자기 집을 향해 올라갔다. 잠시 후 할머니와 할아버지가 떠나갔고 숙영이 어머니와 임씨 부인도 각자의 집으로 돌아갔다. 그동안 비어 있던 정마을은 다시 그 주인들이 돌아와 새로운 시기를 맞이했다.

천지의 운행은 계속 움직였다. 자연 현상 속에는 그것을 변화시키려는 작용이 계속되고, 또한 그것을 고정시키려는 작용도 존재하는 법이다. 이를 천지 음양이라 하거니와 지금은 천양(天陽)의 시기가 지나고 고요한 지음(地陰)의 시기가 다가온 것이다.

그러나 고요 속에서도 변화의 작용은 쉬지 않는다. 언젠가 또다시 움직임이 고개를 들 것이다. 운명은 쉬지 않는 움직임 속에 나타난다. 그리고 인간이 그것에 대처하는 방식에 따라 길흉이 나누어진다.

오늘날 정마을에 나타난 험난한 동요는 마을 사람들의 적절한 행동으로 말미암아 불행 중 다행으로 종결되었다. 그동안 비어 있던 마을도 긴장했으리라! 이제 주인을 맞이한 마을은 휴식과 함께 조용히 저물어가고 있었다.

박씨는 폐허더미에서 필요한 물품들을 골라내고 그것을 촌장의 집으로 옮겼다. 이제 몸과 마음, 그리고 살림살이가 모두 촌장의 집으로 옮겨진 것이다. 그동안은 촌장 집에 머물면서도 집을 완전히 옮긴 것이라기보다는 수도장 내지 임시 거처로 이용했었다.

그런데 박씨가 촌장으로부터 물려받은 집을 이렇게 사용해 온 것은 실은 겸손 때문이었다. 박씨는 자신의 인격과 수양이 부족한 것을 통감하고 있었기 때문에 촌장의 집을 바로 자기 집으로 하는 것을 부끄럽게 생각했던 것이다. 지금도 물론 그런 마음을 갖고 있었지만 부득이 촌장의 집으로 이사를 가게 된 것이다. 이는 참으로 자연스러운 일일 뿐만 아니라 당연한 것이었다. 지금에 와서도 촌장의 집을 사양한다면 이는 겸손이 지나쳐 향상에 대한 의지 부족이라고 볼 수도 있다.

박씨는 짐을 다 옮기고 혼자 방에 앉아서 여러 가지 생각에 젖어 있었다. 먼저 떠올랐던 것은 자신의 처지, 비로소 촌장의 후계자가 되었다는 생각이었다. 이것은 기쁨과 함께 커다란 책임감도 느껴졌다.

박씨의 성품으로 보아 자부심은 없었다. 언제나 겸허한 박씨로서는 촌장의 기대에 부응하지 못할까 걱정일 뿐이었다. 지금 박씨의 마음속에는 수도에 대한 결의가 가득 차 있었다.

지난 며칠간의 고난과 자신이 살던 집이 무너진 것에서 오는 불길한 기분은 벌써 사라지고 없었다. 그리고 건영이의 말대로 집이 무너졌다는 것이 오히려 잘된 일이란 기분이 들었다. 그렇다면 박씨는 피난길에서 돌아오자마자 행운을 잡은 셈이었다.

운명의 길흉은 물질의 유무에 달려 있는 것은 결코 아니다. 어쩌면 박씨의 몸이 손상되는 대신 집이 무너졌다고 볼 수도 있을 것이다. 물론 이것은 마음가짐의 문제이겠지만 인간에게 일어나는 복잡한 운명의 사건을 이렇게 이해하면 마음이 편할 수도 겸허한 마음을 가질 수 있을 것이다.

아무튼 박씨가 그동안 촌장의 집으로 신속하게 이사하지 않은 것은 잘된 일인 것 같았다. 대체로 운명의 일은 빠른 것보다 늦게 일어나는 일이 행운일 때가 많다. 박씨의 경우는 운명이 등 뒤에 와서 밀 때 비로소 움직인 것으로 나무랄 일은 결코 아니다.

박씨는 이사를 마치고 밖으로 나왔다. 날은 이미 저물어 마을은 어둡고 고요했다. 마을 사람들은 오랜만에 깊은 휴식을 취하고 있을 것이다. 그러나 박씨에게는 몸의 피로는 없었다. 물론 마음의 피로도 느끼지 않았다.

박씨는 무슨 일이든 그 당시에 최선을 다하고 그것이 지나고 난 뒤에는 다시 순수한 마음이 된다. 그렇다고 해서 기억력이 적거나 미래를 대비하는 마음이 없는 것은 아니다. 박씨는 매사에 관심을 가지고 신중히 대처했다.

그리고 능력껏 최선을 다해 행동함으로 잡념을 잊는다. 말하자면 박씨는 결단력과 집중력이 있는 셈이다. 밖으로 나온 박씨의 마음도 벌써 새로운 일에 집중되어 있었다.

그것은 자신의 가장 아끼는 물건 중에 하나인 나룻배를 챙기는 일이었다. 일부러 생각해 낸 것은 아니었지만 정마을에 다시 돌아와 자연스럽게 예전의 생활로 되돌아가니 나룻배 생각이 난 것이었다. 나룻배는 현재 강 건너편에 있었다.

이는 괴인이 끌어간 것이지만 당시에는 다시 끌어다 놓을 수 없었다. 건영이 말에 의하면 괴인이 자극 받을 수 있다는 것이었다. 박씨는 괴로웠지만 건영이의 말에 따랐다.

그리고 시간이 흘러 이제는 자연스럽게 또한 마음 놓고 배를 챙길 수 있게 된 것이다. 매사에 이런 행동은 운명과 화합하고 그 흐름의 이익을 취하는 것이다.

대개 인간의 화(禍)는 억지로 운명을 거스르는 데 있다. 박씨는 빠른 걸음으로 강가로 향했다. 주변은 이미 어두워져 있었다. 그러나 공기만은 여전히 상쾌해 정신을 북돋아 주었다.

박씨는 오랜만에 걷는 산길에서 평화의 소중함을 새삼 느꼈다. 사람은 평화로움 속에서 자유롭게 생각할 수 있고 또 그 속에서 향상을 이룩할 수도 있다. 지금 박씨의 걸음걸이는 바쁘지만 마음만은 한가하여 자유롭게 생각할 수 있었다.

박씨의 생각은 체계적이거나 학술적인 것은 아니었다. 그저 마음속에 떠오르는 한 가지 생각에 무작정 몰두할 뿐이었다. 그것은 한 인간이 인생에 대해 갖는 아주 순박한 의문이었다.

예를 들면 죽고 나면 어떻게 되는지 태어나기 이전은? 영혼은 언제 어디서 생겼는지 세상의 끝과 그 밖은? 인생이란 무엇인가? 등등 박씨에게는 언제나 의문이 많다. 그러나 무엇 하나 올바른 해답을 찾아내지는 못한다. 이는 박씨가 체계적인 공부를 하지 못한 탓도 있겠지만 박씨의 의문 자체가 항상 어려운 것들뿐이기 때문이다.

지금도 박씨는 세상의 끝이 있는지 없는지, 혹은 세계는 얼마나 넓은지를 생각했다. 그러니 이러한 의문에 쉽사리 해답을 찾을 수는 없을 것이다.

박씨는 이제 강변에 도착했다. 시야가 넓어지고 갑자기 가슴이 확 트이는 기분이다. 하늘은 강변보다 더욱 넓건만 박씨는 강변에 와서야 드넓은 세상을 느낀다. 강 건너 읍내, 그리고 더 멀리 가면 서울, 나라 밖에는 바다가 있고 바다가 끝나는 곳에는 또 다른 나라가 있다.

이 세계를 떠나면 저 우주가 있고 우주 밖에는 무엇이 있을까? 신선이나 천인(天人)이 사는 세계는 어디일까? 박씨는 오랜만에 넓은 들판으로 나오자 세계에 대한 수많은 의문이 한꺼번에 일어났다.

그동안 괴인을 피해 도망 다닌 세계는 비록 넓었지만 갇혀있다는 느낌이었던 것이다. 이제 박씨의 마음은 해방감을 충분히 느끼고 자유야말로 인생 그 자체라는 것을 깨달았다.

생각의 자유! 행동의 자유! 자유를 어떻게 사용하느냐에 따라 그 가치가 결정되는 것이 아닐까! 박씨는 오랜만에 나와서 바라보는 강변의 정경에서 많은 여유를 가질 수 있었다.

여유란 쫓기지 않는 마음, 즉 자유스런 마음이다. 강물은 한가히 쉬지 않고 흐르고 있었다. 바람은 강변의 갈대숲을 흔들어 주었다. 바람은 흐르는 강물을 거슬러 그저 자기 좋은 대로 지나갈 뿐이다.

박씨는 미소를 지었다. 언제 봐도 평화로운 강변의 정경이었다. 박씨는 천천히 걸어 나루터로 내려왔다. 배가 없는 나루터! 사공은 이쪽 편에 있고 배는 강 건너 저쪽에 있었다.

참으로 재미있는 일이 아닌가! 박씨는 이런 것 또한 어떤 징조가 아닐까 하고 생각해 봤다. 징조가 생활상에서 일어나는 특이한 일이라고 한다면 지금 상황도 충분히 징조라고 할 만하다.

이러한 징조는 주역의 괘상으로 해석되어 미래가 밝혀지게 된다. 그렇다면 이 현상은 과연 어떠한 징조일까? 그리고 이 징조는 주역의 괘상으로는 어떻게 표현되는 것일까?

박씨는 머리를 갸우뚱하며 생각해 봤지만 마땅한 괘상이 떠오르지 않았다. 아직 공부가 부족한 것이리라! 사물을 보고 즉각 주역의 괘상으로 정형화할 수 있으면 이는 상당한 경지에 이른 것이다.

박씨는 이 상황을 하나의 징조로 확신하고 그 괘상을 건영이에게 물어보려고 작정해 두었다. 어차피 스스로 생각해서는 답이 나올 것 같지가 않았다. 박씨는 옷을 벗기 시작했다. 지금 해야 할 일은 강을 건너 배와 만나야 하는 것이다.

사공이란 언제나 배와 함께 있어야 하는 것이 아닌가! 박씨는 거리낌 없이 물로 뛰어들었다. 물은 차가웠지만 박씨에게는 별문제가 되지 않았다. 박씨의 몸은 일갑자(一甲子)의 공력을 이루고 있는 강력한 몸이기 때문에 추위라든가 근육의 피로는 없었다.

박씨는 능숙한 솜씨로 빠르게 강을 건너갔다. 이윽고 반대편에 도착한 박씨는 곧장 배가 있는 곳으로 다가갔다.

"……."

배는 주인이 나타난 것을 아는지 모르는지 침묵을 지키고 있었다.

박씨는 배를 이리저리 흔들어 보고 손상이 있는지 살펴보았다. 그러나 배는 깨끗했다. 괴인은 배에다 아무런 가해도 하지 않은 것이다.

괴인은 배를 타기 위해서 끌어다 놓은 것이 아니었다. 그저 재미삼아 짓궂은 장난을 했을 뿐이었다. 박씨는 주변을 조심스럽게 둘러봤다. 어쩌면 괴인이 숲 속에 숨어서 보고 있을지도 모른다는 생각이 들었다. 하지만 별다른 느낌은 없었다.

박씨는 배를 물가 쪽으로 끌기 시작했다. 배의 밑바닥에 자갈 스치는 소리가 간간이 들려왔다. 이러한 소리는 정상적으로 들릴 수 있는 소리는 결코 아니었다. 배는 언제나 물 위에 떠서 움직이는 존재가 아니던가!

배는 물 위에서 아무런 소리도 내지 않는다. 지금 자갈 위에서 내는 소리는 배의 비명소리처럼 들려왔다. 박씨는 얼굴을 약간 찡그리고 가급적 자갈을 피해 모래 위를 통과하였다.

박씨의 마음속에는 약간의 두려움조차 없는 것은 아니었다. 배는 괴인이 끌어다 놓은 것으로 이것을 건드리면 괴인이 자극을 받을 수가 있다는 것이다. 비록 괴인이 먼 곳에 있을지라도 자신의 행적을 건드리면 이를 감지한다는 뜻인데 어떻게 이런 일이 가능할까?

이는 천지자연의 내적 구조와 인간의 정신이 갖는 오묘한 섭리에 의한 것일 것이다. 박씨는 그런 일이 가능하다고 생각하고 있었다. 그래서 지금은 긴장 상태였다. 박씨가 지금 배를 챙기는 일은 건영이에게 확실히 물어서 하는 일은 아니다.

단지 남씨로부터 서울 손님이 내일 떠난다고 들었을 뿐이다. 하지만 이는 배를 사용해도 좋다는 뜻으로 봐도 좋을 것이다. 배는 별 탈없이 물가에 도달했다. 이로 인해 괴인이 자극을 받든 말든 이제는 저질러진 일이다.

박씨는 배를 힘껏 밀면서 올라탔다. 그러고는 서서히 노를 젓기 시작했다. 하늘은 이미 캄캄해져 별이 하나둘 보이기 시작했다. 마침내 배는 사공과 함께 정마을 쪽으로 돌아왔다. 박씨는 급히 배를 묶어놓고 강 건너편 숲을 유심히 살펴봤다.

"......"

숲은 조용했다. 당장에 괴인이 나타나는 것은 아니었다.

'평화로운 정마을의 나루터에서 별 신경을 다 써야 하다니!'

박씨는 고개를 젓고는 정마을을 향해 총총히 사라졌다.

밤하늘의 별은 점점 더 돋아나고 있었다. 긴장이 사라진 정마을은 어둠과 함께 생기를 듬뿍 머금고 마을 사람들은 오랜만에 맞이한 평화 속에 깊은 수면을 취할 수 있었다.

박씨는 오늘은 면벽을 하지 않고 누워서 잠을 청했다. 박씨는 앉은 채로 잠을 자거나 밤을 지새우는 것을 공부의 한 목표로 정해둔 바 있으나 그것은 쉬운 일이 아니었다. 피로와 잡념, 이것들이 앉아 있는 것을 힘들게 만들곤 했다.

박씨는 오늘 잡념이 많아서 앉아 있기가 힘들었다. 앉아 있는다는 것, 이것은 벽을 향하고 있든 그렇지 않든 혹은 잡념이 있고 없고 간에 그 자체로 아주 중요한 공부가 된다.

대개 공부란 마음을 가라앉히는 것을 으뜸으로 삼거니와 앉아 있은즉 잡념을 억제하고 있는 것으로 볼 수 있다. 하지만 앉아 있으면 잡념은 더욱 많은 법이다. 그렇기 때문에 더욱 앉아서 잡념을 잠재워야 하는 것이지만 앉아 있으면 마음이 들뜨고 불안한 기분이 든다.

사람은 어떻게 하든 몸을 움직이고 싶어 한다. 이것은 마음속의 불안을 몸으로 발산시키려는 의도인 것이다. 박씨는 차라리 잠을 청하고 말았다. 그러나 잠을 잔다는 것은 휴식은 될지언정 공부가 되지는 않는다.

잠은 불안을 없애고 잡념을 지우는 데는 더할 나위 없는 방법이지만 맑은 정신이 유지되지 않는 것이 흠이다. 명상이란 고요하고 또한 맑아야 한다. 그런데 고요하면 맑음이 사라지고, 맑으면 고요함이 사라지기 때문에 마음을 닦는다는 것이 여간 어려운 일이 아니다.

태상노군은 마음을 죽은 재처럼 하라고 가르친 바 있으나 이는 맑음이 전제된 고요를 의미하는 것이리라! 맑고 고요한 정신은 대개 앉아서 성취하게 된다. 그래서 마음을 닦기 전에 먼저 몸을 닦는 법이다.

몸을 닦는다는 것은 다름 아닌 앉아서 버티는 공부를 말한다. 장좌불와(長坐不臥)! 이는 모든 도인의 성패를 가름하는 관건인 것이다.

정마을의 촌장인 풍곡선은 평생을 이렇게 살았으며 박씨도 이를 목표로 하고 있었다. 박씨는 지금 촌장의 방에서 잠을 자는 중이다. 잠이란 정신이 물질 속에 혼입되어 있는 것이므로 선도 악도 아니다. 하지만 공부를 하고 있지 않는 것만은 틀림없다. 아니 어쩌면 쉽게 잠이 들 수 있다는 자체도 공부가 쌓인 것인지도 모른다. 마음을 가라앉히지 못하면 잠마저도 이룰 수 없기 때문이다. 인간은 잠이 없으면 휴식이 없고 휴식이 없으면 전진할 수 없다.

휴식이란 고요함 속에 잠겨서 기운의 축적을 기다리는 것이다. 이는 주역의 괘상으로 택뢰수(澤雷隨:☱☳)에 해당되지만 인간과 자연의 모든 사물이 이렇게 생활하고 있다. 지금은 사람과 함께 정마을 자체도 휴식을 취하고 있었다.

이윽고 밤은 서서히 물러가고 새로운 날이 밝아왔다. 또다시 정마을의 하루가 시작되는 것이다. 건영이는 아직 일어나지 않았다. 평소 같으면 제일 먼저 일어나 풍곡림으로 향했을 터이지만 오늘은 미동도 하지 않았다.

그만큼 피로가 심했던 탓이리라! 건영이는 새벽 공부를 포기했다. 하지만 박씨는 제 시간에 눈을 떠 강가로 나갔다. 강에 나가는 것은 나루터를 살피기 위해서이지만 오가는 시간이 중요한 의미를 갖는다. 이는 박씨에게 중요 업무, 혹은 공부 중 하나였다. 사람이 매일 일정한 행동을 하는 것은 몸과 마음에 커다란 안정을 준다. 이러한 안정이 있을 때 변화에 대해 자연스러운 대처가 가능하다. 일정한 행동이 없이 오로지 자유로운 행동만 존재한다면 고요의 덕이 쌓이지 않을 것이다.

사람에게는 무엇이든 간에 하나의 일정한 생활의 틀이 있어야 한다. 특히 마음의 자유와 고요를 닦는 수도인에게는 더욱 절실하다. 박씨는 매일 아침 강가로 나오는 것에 큰 보람을 느끼고 있었다. 무엇인가 마음속에 쌓여 나가는 것을 느끼는 것이다.

그것은 인내일까? 평화일까? 아니면 질서일까? 일정한 행동! 이는 주역의 괘상으로는 수택절(水澤節:☵☱)을 의미하거니와 사람이 가장 먼저 습득해야 할 일이다.

천지자연의 흐름도 일정한 모습이 있다. 그 또한 수택절로 표현되지만 이는 자연의 질서이다. 질서가 있음으로 해서 만물은 움직임이 순탄하다. 지금 박씨 앞에 흐르고 있는 강물도 그 궤도를 벗어나지 않기 때문에 장구할 수 있다.

강물의 흐름은 절제되어 있는 것이다. 박씨는 오늘도 한결같이 흐르는 강물을 바라보며 영원한 시간의 흐름을 음미하고 있었다.

"……."

모든 것이 일정한 가운데 조용히 시간이 흘렀다. 강 건너편에는 손님이 나타나지도 않았고 나루터에 있는 배의 위치도 변하지 않았다. 박씨는 일정한 강의 모습을 마음속에 간직하고 다시 정마을로 돌아왔다.

마을은 아직 깨어나지 않고 있었다. 박씨는 자기 방으로 들어가 이제는 그야말로 명상을 시작했다.

"……."

시간은 의식하지 않는 가운데 상당히 흘러갔다. 명상이란 현재에 도취되지 않고 미래를 기다리지 않으면 성취된다. 박씨는 오랜만에 앉은 자리에서 이러한 방법을 습득한 것이다. 박씨가 느끼기에 잠깐 동안 앉아 있는 듯한데 시간이 많이 지나가 있었다.

만일 밖에서 정섭이가 부르지 않았다면 시간은 더욱 흘렀을 것이다.

"아버지! 일어나세요."

정섭이의 목소리는 박씨의 명상을 여지없이 흔들어 놓았다.

"음?"

박씨는 자신이 자리에 앉자마자 정섭이가 나타났다고 느끼면서 눈을 떴다. 하지만 시간은 많이 흐르고 날은 환하게 밝아 있었다. 박씨는 천천히 일어나 문을 열고 말했다.

"정섭이구나! 어쩐 일이니?"

"다들 모여 있어요! 서울 손님들이 돌아간대요!"

"그래? 빨리 가 보자!"

박씨는 급히 나와 정섭이 뒤를 따랐다. 잠시 후 두 사람은 우물가를 지나 숙영이 집에 도착했다. 마을 사람들은 거의 모두 모여 있었는데 건영이만 보이지 않고 있었다.

"어서 오게, 사공께서 나타나셨군."

먼저 와 있던 강노인이 미소를 지으며 말을 건넸다. 마을 사람들의 표정도 모두 밝았다. 이들은 지난밤 동안 피난의 악몽을 말끔히 잊은 것일까? 마을 사람들은 지금 막 식사를 하는 중이었다.

"이쪽으로 오세요. 우리 먼저 시작했어요."

숙영이 어머니가 박씨를 자리에 앉게 하고 재빨리 음식을 차려 주었다. 피난길에서 돌아온 후 처음 맞이한 아침 식사는 평소보다 늦은 시간이었고, 마을 사람들이 한자리에 모여 앉은 것이다.

현재 정마을에 있는 사람은 모두 열세 명으로 서울에서 온 두 명은 곧 떠나가게 되어 있다. 이들 두 사람은 정마을에 들어온 직후 지독한 고난을 당했기 때문에 마을의 평화스러움을 충분히 느끼지 못했으리라!

오히려 정마을을 급히 떠나고 싶어 마음이 초조한지 모른다. 아무튼 마을 사람들은 태평히 아침 식사를 마치고 배웅 길에 나섰다. 강가로 따라나선 사람은 박씨와 남씨, 그리고 정섭이였다. 마을 사람들은 우물가까지만 배웅하고 각자의 집으로 돌아갔다.

인규는 건영이를 찾아갈까 하다가 마음을 고쳐먹고 이내 자신의 수도장으로 발길을 돌렸다. 인규도 자신의 안식처인 수도장이 그리웠다. 사람은 누구나 힘난을 겪은 후 자기 자신만의 휴식이 필요한 법이다.

서울 손님들도 지금 자신의 고향 집으로 돌아가고 있었다. 남씨는 앞장서서 걸으며 가끔씩 서울 손님들에게 무엇인가를 설명했다. 날씨는 화창했고 괴인에 대한 두려움도 거의 없었다. 서울 손님들은 기분이 몹시 좋아 보였다.

이제야 무사히 고향으로 돌아갈 수 있게 되었기 때문일까! 이들은 한적한 산골 마을이라고 생각한 정마을에서 겪은 일이 충격 이전에 어처구니없는 일일 것이다. 이런 산골에도 인간에 의한 위험이 존재한단 말인가!

서울 청년들은 도시의 폭력배로 항상 위험 속에 살아왔다. 그러나 이들은 깊은 산중 마을에서조차 폭력의 난을 겪은 것이다. 이것은 이들에게 주어진 운명의 특징이다. 그렇다면 운명이란 어떤 특정한 장소에 있는 것이 아니라 사람을 쫓아다닌단 말인가!

일행은 강가에 도착했다. 이제 이별의 시간이 다가온 것이다. 그런데 서울 청년들은 몹시 아쉬운지 뒤를 돌아보며 뜻밖의 말을 꺼냈다.

"도사님은 어딜 가셨나 보지요?"

"도사? 건영이 말이지?"

남씨가 물었다. 서울 청년들은 멋쩍어하며 대답했다.

"예, 그분을 뵙고 떠났으면 했는데요."

"그래? 진작 얘기하지 그랬어!"

남씨는 건영이를 보고 싶었으면 정마을에서 얘기했으면 좋을 뻔했었다는 뜻으로 말했다. 그러자 박씨가 말을 받았다.

"뭐, 지금이라도 다시 가서 보면 되지. 바쁠 건 없잖아?"

"……"

남씨는 말없이 웃었고 서울 청년들은 망설였다. 이때 정섭이가 나서면서 말했다.

"가서 볼 필요 없어요. 이곳에서도 되는 수가 있어요!"

"음? 이곳으로 나온다고 했니?"

박씨는 정섭이를 보며 물었다. 정섭이는 고개를 저었다. 그리고는 서울 청년들을 쳐다보며 말했다.

"먼저 이유를 알아야 되겠어요. 우리 도사님을 왜 보자고 했지요?"

서울 청년들은 멋쩍어하며 잠시 망설였다. 그러자 정섭이가 다시 말했다.

"운명을 알고 싶어서 그러지요? 솔직히 말해 보세요."

"음, 뭐…… 운명이라기보다 그냥……."

서울 청년들은 웃으며 말을 얼버무렸다. 이들의 마음은 분명한 것 같았다. 서울에 사는 이들이 깊은 산골 마을에서 신기한 사람을 만났으니 자신의 인생 혹은 운명에 대해 묻고 싶기도 할 것이다.

남씨는 마을 입구와 정섭이를 번갈아 바라보며 잠깐 생각했다. 정섭이 말이 심상치 않기 때문이었다. 이곳에서도 되는 수가 있다니! 박씨도 정섭이를 바라보았다. 그러자 정섭이는 주머니에서 무엇인가를 꺼냈다. 종이 봉투였다.

"……."

모두들 궁금한 표정을 지으며 정섭이를 바라봤는데, 정섭이는 봉투를 열어 그 속에서 종이 두 장을 꺼냈다. 그리고 그것을 흘끗 살펴보며 서울 청년들에게 한 장씩 나누어 주었다.

"그게 뭐니?"

박씨가 웃으며 묻자 정섭이는 남씨와 박씨를 번갈아보며 대답했다.

"건영이 아저씨가 서울 손님들에게 주라고 했어요. 만일 운명에 대해서 물으면 말이에요."

"그래? 언제 받았니?"

"오늘 아침예요. 건영이 아저씨는 몹시 졸린다면서 깨우지 말랬어요. 지금도 계속 자고 있을 거예요."

"……."

기막힌 일이 아닐 수 없었다. 건영이는 그토록 피곤한 와중에서도 서울 손님들을 위해 치밀하고도 다정한 배려를 해 둔 것이다.

"나는 졸려서 잘 테니 그렇게 말씀 드리고 서울 손님들이 나를 보고 싶어 하면 이것을 주어라. 이름이 적혀 있어. 그분들은 운명을 알고 싶어 할 거야."

건영이는 서울 청년들이 자신에게 운명을 묻고 싶어 한다는 것을 알아차리고는 정섭이가 건영이를 찾아갔을 때 이렇게 말했었다. 서울 청년들은 정섭이에게 받은 종이를 읽지 않고 주머니 속에 간직했다.

"이제 가도 되겠구먼."

남씨가 의미 있는 미소를 지으며 박씨에게 말했다. 박씨는 고개를 끄덕이고는 나루터로 먼저 내려갔다. 남씨는 강 건너편을 바라보았다.

"……."

이상은 없었다. 숲은 예전처럼 한적한 느낌을 줄 뿐 불길한 육감은 느껴지지 않았다. 박씨와 정섭이가 먼저 배에 올랐다. 남씨가 서울 청년들에게 작별 인사를 건넸다.

"그동안 고생이 많았네. 좋은 경험이겠지. 조합장님에게 안부 전하고 무슨 일이 있으면 연락하게."

"예, 그럼 이만 돌아가겠습니다. 언제 다시 서울에 나오시겠습니까?"

"글쎄, 운명에 따라야겠지!"

"……."

서울 청년들은 말없이 고개를 숙여 보이고는 배에 올랐다. 박씨는 배를 즉시 출발시켰다. 박씨는 다시 찾은 사공의 역할에 새로운 감회를 느끼고 있었다. 강물에 부딪힌 햇살은 유난히 반짝여 전도를 밝게 해 주고 있는 듯 보였다. 서울 손님들은 이렇게 떠나갔다.

향상의 길

정마을에는 능인이라는 또 한 사람의 손님이 남아 있었지만 이 손님은 잠시 자취를 감추고 있었다. 분명히 산중 어느 곳에 가서 앉아 있을 것이리라!

신선이나 도인들은 겉보기에 고작 하는 일이 앉아서 시간만 보내는 것처럼 보이지만 결코 그렇지는 않다. 오히려 아무나 할 수 없는 일, 즉 마음을 닦고 있는 것이다. 보통 사람들은 도인의 생활을 전혀 쓸데없다고 보거나 혹은 한가하게 볼 수도 있다. 하지만 도인의 그러한 행동, 즉 앉아서 면벽하는 일에는 그럴 수밖에 없는 필사적인 업무가 있다.

《태저서(太低書)》에는 '도인 낙주폐처 위기통내야(道人 樂住閉處 爲嗜通內也 : 도인이 즐겨 막혀 있는 곳에 앉아 있는 것은 그 내면을 통하기를 좋아하기 때문이다)'라는 말이 있다.

내면이란 두말할 것도 없이 그 마음 세계를 말한다. 보통 사람들의 마음은 오직 현상에 집착되어 있으므로 무한의 세계에 자유자재로 통달할 수 없다. 그러나 도인은 이러한 목표를 가지고 생활 혹은 생존하고 있다.

능인은 이제 갓 인간의 세계를 넘어선 선인으로서 마음속의 번잡한 일이 더 많을 것이다. 하지만 마음 밖의 일 또한 그에 못지않게 소중한 것이므로 스스로의 세계에만 몰입할 수는 없다. 왜냐하면 미래의 마음이란 곧 현재의 행동에서 비롯되기 때문이다. 의리와 감정이 충만한 능인은 인간들과의 교류를 마다하지 않았다. 능인은 서울 손님들이 떠나간 지 이틀 만에 조용히 나타났다.

건영이가 새벽 공부를 마치고 하산할 즈음 풍곡림으로 조용히 나타난 것이었다. 건영이는 잠시 멈춰 서서 숲을 바라보았다. 능인은 숲 속에 있었지만 눈으로 확인할 수 있는 위치는 아니었다. 단지 건영이의 마음속에서 능인의 형태가 선명하게 그려졌을 뿐이었다.

"⋯⋯."

숲은 고요했고 평화로운 기운이 감돌았다. 능인의 성품이 숲을 더욱 편안하게 만든 것일까? 언제나 인자하고 생기에 넘치는 능인이 건영이에게는 아주 상서로운 존재였다.

건영이가 숲으로 몇 걸음 다가가자 편안한 모습으로 천천히 내려오는 능인의 모습이 보였다. 건영이는 걸음을 빨리해서 능인을 마중했다. 그러자 능인이 먼저 말을 건넸다.

"열심히 하는군. 내가 살펴보고 있었는데 방해는 되지 않았는지?"

"괜찮았습니다. 마침 끝내는 중이었어요."

건영이는 친근한 미소를 지으며 밝게 대답했다.

"음, 대단해. 평정이 아주 깊어졌어. 풍곡 스승님이 생각나는군!"

능인은 고개를 끄덕이며 정마을의 촌장을 비유해서 말했다. 풍곡선은 그 심정이 태산보다도 안정되어 있고 죽음보다도 고요했다. 건영이를 그러한 선인과 비교한다는 것은 그만큼 건영이의 수행이 깊어진 것이리라!

건영이는 겸손하게 대답했다.

"과찬이십니다. 이제 겨우 맛을 알았을 뿐인데요. 그런데 촌장님의 소식을 아시나요?"

건영이는 갑자기 촌장의 안부를 물었다. 언제나 마음속에 그리는 촌장이지만 지금 능인의 말에 불현듯 촌장이 생각난 것이다. 능인은 고개를 저으며 허탈하게 대답했다.

"아니, 먼 곳으로 가셨을 거야."

"먼 곳이라면요?"

건영이는 궁금한 듯 능인을 보며 물었다. 그러나 능인의 대답은 여전히 애매했다.

"글쎄, 저 넓은 우주 어디인가 계시겠지. 언젠가는 뵙게 될 거야."

"예, 저도 그날을 기다리고 있습니다. 내려가시지요."

건영이는 씩씩하게 대답하고는 능인에게 함께 내려갈 것을 청했다. 그러자 능인은 인자한 모습으로 고개를 가로 저으며 말했다.

"아니, 이제 나도 가 보려 하네. 단지 작별 인사를 하러 왔을 뿐이야."

능인은 잠시 머뭇거렸다. 그러자 건영이는 의미 있는 미소를 지으며 천진하게 막아섰다.

"벌써 가시려고요? 조금만 지체하시지요. 잔치를 마련했습니다. 곡차도 준비했고요!"

"음? 잔치를 마련하다니?"

"예, 지금 마을 사람들이 모두 기다리고 있습니다."

"지금 이 새벽에 말인가?"

"그렇습니다. 제가 준비시켰지요."

"뭐? 내가 올 줄 알고 있었나?"

"예, 그러니까 준비시켰지요."

건영이는 여전히 밝은 미소를 지으며 대답했다. 능인은 잠깐 어저구니없다는 표정을 짓더니 크게 웃고 말았다.

"허허, 못 당하겠군. 내가 올 줄 알고 미리 준비시켰단 말이지? 허허허."

"어떻게 하시겠습니까?"

건영이는 능인을 다정하게 바라보며 물었다. 능인은 잠깐 생각하는 듯하더니 자못 심각하게 대답했다.

"마음대로 하게나. 나는 건영이에게 잡힌 몸이야. 바쁘기는 하지만 보내줄 때 갈 수밖에 없겠군!"

능인은 약간 허탈한 미소를 지었다. 건영이는 이를 즉각 감지하고는 걱정하는 투로 물었다.

"무슨 일이 있으신가요? 심기가 불편해 보이시는데……."

"아니, 괜찮아. 단지 운명에 대해 잠시 생각해 보았을 뿐이야……."

"……."

건영이는 능인을 바라보며 자못 궁금한 표정을 지었다.

"사람은 한 치 앞을 못 보고 살지. 나도 마찬가지야. 사실 내가 이곳에 오게 된 것도 내 마음대로 온 것이 아니야. 그래서 가는 일도 내 마음대로 해서는 안 될 것 같군."

"……."

건영이는 여전히 말을 못하고 정중한 미소만 지었다. 능인의 말이 다소 심각하기 때문이었다. 건영이는 능인이 좋기 때문에 좀 더 같이 있고 싶은 마음이었지만 이런 일들이 선인들에게는 불편을 줄 수도 있었다.

무엇보다도 능인의 입에서 떠난다는 말이 나왔을 때 이를 번복하게 만드는 것은 좋을 리 없기 때문이다. 능인 같은 도인이 절대로 옹졸하게 행동할 리가 없겠지만 한번 작정했던 마음을 바꿔야 한다는 것은 아주 가까운 장래도 모르고 산다는 뜻이 있는 것이다.

건영이는 능인이 오늘 새벽에 나타날 줄 알고 미리 잔치 준비를 시키지 않았는가! 그러나 능인은 오늘 하루 일정을 잡아 놓고 있었을 것이다. 건영이와 잠깐 만나보고 덕유산으로 돌아간다는 능인의 이 생각은 미래의 일을 모른 채 작정해 둔 것이다.

그러나 마을 사람들과 긴 시간을 보내야 할 것이리라! 평소 같으면 붙잡는 것을 마다하고 떠나갈 수도 있으련만 나타날 시간을 미리 알고 힘들여 준비해 놓은 자리를 박절하게 피할 수는 없는 법이다.

이는 의리와 인정에 관한 문제였다. 능인은 건영이와 마을 사람들의 온정을 외면할 사람이 아니었다. 이외에도 능인은 생각해 볼 것들이 몇 가지 있었다. 며칠 전 자신이 덕유산 동굴에서 죽으리라 생각했는데 살아났고, 정마을에 올 생각도 안 했는데 오게 된 것이다.

그리고 지금 떠나려 했지만 부득이 마을에서 지체해야 하는 것이다. 이 모든 것은 앞날을 모르고 사는 보통 사람들에게는 아무 일도 아니겠지만 능인 같은 도인에게는 무엇인가를 음미할 것이 있었다.

그렇다고 능인이 우울한 것은 결코 아니었다. 운명! 의외의 사건들! 이런 것들은 도인들이 극복하고자 하는 일이다. 그렇게 함으로써 덕이 향상되고 시야가 넓어진다.

앞날을 모르는 채 생활하는 것은 위태로울 뿐 아니라 그 자체가 부자연스러운 것이다. 앞으로 일어날 일과 상관없는 엉뚱한 생각을 하며 지낸다는 것이 그 얼마나 어리석은 일인가!

앞날을 미리 알고 하는 행동은 천지자연과 크게 화합할 수 있을 것이다. 그렇게 함으로써 천지와 함께 작용할 수 있는 것이다. 성인의 도는 천지 화육을 돕는 데 그 뜻이 있거니와 도인의 길도 그 길로 나아갈 뿐이다.

그렇기 때문에 도인은 항상 자신의 미래를 알고 천지의 큰 흐름을 파악하고자 하는 것이다. 능인은 근래에 와서 혼마 강리를 제거하는 데 실패했고, 오히려 자신에게 찾아온 죽음의 운명은 염라대왕의 뜻밖의 도움으로 면할 수 있었다.

그런데 건영이는 정마을의 위기를 미리 인식하고 이를 구하기 위해 능인을 청했지만 그 당시 능인은 남산에서 혼마 강리와 사투를 벌이고 있어 정마을로 달려올 수 없었다. 그때 정마을은 전멸의 위기를 맞이한 바 있지만 지금 능인이 정마을을 방문하게 될 것은 전혀 예측할 수 없이 일어난 일이었다.

그 일은 염라대왕이 건영이를 만나고자 함으로써 이루어졌다. 오늘 능인은 정마을의 위기가 물러간 시점에서 자신도 덕유산으로 돌아가고자 했었다. 그런데 건영이가 막아서고 있기 때문에 능인 자신은 또 한 번 생각지도 않은 운명의 힘에 끌리게 된 것이다.

능인은 운명의 거대한 흐름을 음미하고 또한 자신이 마치 한 치 앞도 보지 못하는 맹인처럼 운명의 흐름을 예견할 수 없음을 통감했다. 이에 대해 능인은 더욱 자중하고 천지와 화합하는 데 정진할 것을 속으로 다짐했다.

지금은 운명, 혹은 천지의 흐름을 잘 알고 있는 건영이와 함께 있는 것이다. 잠시 동안 깊은 생각에 젖어 있던 능인은 평온한 기분을 회복하고 미소를 지으며 말했다.

"나는 역성의 뜻에 따를 것이야. 오랜만에 역성과 함께 곡차를 마시는 것도 좋겠지!"

능인이 건영이에 대해 굳이 역성이라는 표현을 쓴 것에는 특별한 의미가 있었다. 능인은 자신의 행동이 천지의 운행과 부합되기를 바라며 건영이와 함께 있는 동안은 이 일을 전적으로 건영이에게 맡기겠다는 뜻이었다.

건영이는 마을에 좀 더 머물겠다는 능인의 말에 무척 좋아했다.

"그러신가요? 그럼 함께 내려가시지요."

건영이는 반가운 음성으로 말하고는 급히 앞장을 섰다. 능인도 이제는 한가한 마음으로 언덕을 따라 천천히 내려갔다. 날은 점점 밝아오고 있었다. 마을은 언제나처럼 고요하고 생기가 넘쳐흘렀다.

두 사람은 잠시 말없이 걸으며 주변 정경을 느꼈다. 새벽 공기는 맑고 차가웠는데 건영이는 이를 가끔씩 깊게 들이마시며 가슴을 활짝 폈다. 능인은 뒤에서 일정하게 걷고 있을 뿐이었다.

능인은 공기를 깊게 들이마실 필요가 없는지 숨 쉬는 소리도 전혀 들리지 않았다. 공기는 능인이 일부러 흡입하는 것이 아니라 그 공기 자체가 능인의 몸속으로 찾아들어 가는 것처럼 보였다. 원래 신선의 몸이란 노신풍체(露身風體)라고 하지 않았던가! 이는 신선의 몸이 공기와 완전한 합일을 이루고 있다는 뜻일 것이다. 인간은 굳이 공기를 마시려 하지만 신선은 공기와 하나가 되는 것이다.

"······."

두 사람은 여전히 말없이 걸어 우물가에 당도했다. 이때 건영이가 처음으로 말을 꺼냈다.

"모두들 강노인 집에 모여 있어요. 시간이 좀 남았는데 강 쪽으로 가 볼까요?"

"그래, 마음대로 하자꾸나."

능인은 인자한 웃음을 지으며 편안히 대답했다. 두 사람은 발길을 돌려 강으로 가는 도중 무너진 박씨 집을 지날 때 건영이가 또 말을 걸었다.

"여기 있던 집은 괴인이 없애버렸어요."

"음?"

능인은 무너진 집과 근처를 잠깐 살펴보고는 밝은 음성으로 말했다.

"마을이 넓어졌구나. 다시 지을 필요는 없겠어!"

능인의 이 말은 충분한 뜻을 함유한 것이리라! 이 말은 농담으로 들릴 수도 있으나 실은 마을의 장래를 얘기한 것이었다. 마을이 넓어진다는 것은 사람의 왕래가 많아진다는 뜻이 아닌가!

그렇다면 박씨의 집이 그동안 정마을을 외부로부터 차단한 효과가 있었나 보았다! 자연 현상은 작은 것이 큰 것을 닮아 있다. 그래서 작은 현상으로 큰 현상을 예측할 수 있다. 건영이는 박씨의 집이 무너진 것을 주역의 입장에서 해석한 바 있으나 지금 능인도 같은 뜻으로 해석하였다.

능인이 어떤 마음으로 판단했는지 모르지만 아마도 자연스럽게 저절로 아는 것이 아닐까! 능인은 박씨의 집을 다시 지을 필요가 없다는 것까지 당부하였다. 이는 마을의 변화를 적극 수용하라는 가르침인 것이다.

건영이는 고개를 끄덕이며 진지하게 대답했다.

"예, 그렇게 하기로 했습니다. 박씨 아저씨는 촌장님 방으로 옮겼지요."

건영이는 잘되었다는 듯이 능인을 바라봤고 능인도 고개를 끄덕여 주었다. 두 사람은 또다시 걸었다. 날은 더욱 밝아오고 있었다. 건영이는 걸음을 조금 빨리 하였지만 능인에게는 별 차이가 없을 것이다.

이윽고 두 사람은 강변에 도착했다. 갑자기 시야가 넓어지면서 곧바로 앞쪽에 사람이 보였다. 박씨였다. 이 시간이면 박씨는 언제나 어김없이 강가에 나오곤 했다. 건영이는 아마도 박씨와 능인을 만나게 하려 했던 것 같았다. 능인도 이를 알고 있었는지 가볍게 미소만 지을 뿐 말이 없었다.

박씨는 기다렸다는 듯이 빠른 걸음으로 다가가서 인사를 올렸다.

"안녕하셨어요? 다시 뵙게 되어 기쁩니다."

"나는 잘 있었네. 박군은 항상 고생이 많지?"

능인은 자상하게 박씨의 안부를 물었다. 박씨는 멋쩍은 표정을 지으며 천천히 대답했다.

"고생은요, 뭐…… 할 일도 제대로 못하고 있습니다."

"허허, 열심히 하니까 잘되겠지! 그건 그렇고……."

능인은 건영이를 흘끗 보고 밝은 미소를 지으며 다시 말을 이었다.

"내가 박군의 공부를 도와주지. 이게 필요할 거야."

능인은 이렇게 말하면서 품에서 무엇인가를 꺼내 박씨에게 주었다. 박씨가 급히 받아 펴보니 그림과 설명이 잔뜩 들어 있는 공책이었다.

"아니, 이것은 무술 교과서가 아닙니까?"

박씨는 얼굴을 환히 밝히며 목소리를 높였다. 능인은 은근한 미소를 지으며 고개를 끄덕였다.

"자네가 나를 보고 싶어 한 것은 이것 때문이지?"

"예? 아, 예…… 죄송합니다. 미리 준비해 두셨군요."

"음, 건영이에게 주고 가려고 했지. 서울에서는 바빠서 미처 준비를 못 했네."

능인은 뜻 있는 표정으로 건영이를 바라봤다. 건영이가 강가로 나오자고 한 것은 우연이 아니었다. 박씨는 전부터 무술 공부를 하고 싶었고 어제 그것을 건영이에게 말했던 것이다.

건영이는 다시 능인이 박씨에게 무술을 전수할 수 있도록 강변의 만남을 주선한 것이다. 원래는 박씨가 능인을 직접 만나 예의를 표하고 가르침을 청해야 하지만 박씨는 능인이 번거로워할까 봐 건영이에게 조심스럽게 부탁한 것인데, 건영이는 이를 자연스럽게 연결해 준 것이다.

박씨는 서울 출행 이후 무술의 필요성을 절실히 느꼈고, 인왕산에서 남씨를 통해 능인에게 가르침을 청한 바 있었다. 그 당시 능인은 책을 만들어 준다고 했으나 서로 만나볼 수가 없었다. 이제야 박씨는 능인에게 직접 책을 받을 수 있게 된 것이다.

능인은 건영이가 강가로 가자고 했을 때 박씨를 만나게 하려는 것을 알고 있었다. 인자한 능인은 모르는 체하고 선선히 건영이를 따라 나섰던 것이다. 능인은 며칠간 정마을을 떠나 있으면서 책을 만들었다.

박씨가 능인 같은 선인에게 직접 가르침을 받을 복은 없는 것이리라! 하지만 책이나마 받아볼 수 있으니 이 얼마나 다행인가! 박씨는 즉시 무릎을 꿇고 땅에 엎드려 큰절을 올렸다.

"감사합니다. 힘껏 공부하겠습니다."

능인은 박씨를 일으켜 세우며 자상하게 말 한 마디를 일러주었다.

"촌장님의 뜻이라고 생각하게. 성취를 기원하겠네."

능인은 촌장을 거론했는데, 이는 박씨에게 가르침을 준 것이 촌장과 박씨의 인연 때문이라는 것이다. 박씨는 두 손을 맞잡고 고개를 깊이 숙여 다시 한 번 예의를 표했다.

"예, 명심하겠습니다."

능인은 고개를 끄덕이고는 건영이를 돌아보며 말했다.

"이제 어떻게 할까? 내가 할 일이 더 있나?"

"아닙니다. 이젠 잔치에 참석하시지요."

세 사람은 서로 미소를 짓고는 정마을을 향해 걸었다.

사람의 모임에는 흔히 잔치가 있게 마련이다. 잔치는 여러 사람이 모여 함께 식사를 하거나 행사를 치르는 것이지만 그 뜻은 마음을 하나로 모으는 데 있다. 잔치란 지난날을 새롭게 하고 또한 앞날을 기원하기도 한다.

이러한 모든 것은 사람과 뜻이 통해야만 가능하지만 사람이 많이 모일수록 잔치의 뜻은 깊어진다. 잔치를 통해 먼 사람과 친숙히 만나고 생활에 변화와 활력을 준다. 그러나 무엇보다도 잔치가 갖는 중요한 뜻은 인간사의 아름다움을 기리는 것이다.

생활의 아름다움은 여러 종류가 있다. 사람을 환영하거나 환송하는 일을 축복하기 위해서도 잔치가 이루어진다. 잔치는 주역의 괘상으로 화풍정(火風鼎:☲☴)인바, 이 괘상은 완성과 아름다움을 뜻한다.

제사 또한 이와 마찬가지이지만 모두 아름다움을 기리는 뜻이 있다. 대개 잔치는 아홉 사람 정도가 모였을 때 일컬어진다. 두세 명의 사람이 모였을 때를 잔치라고 부르기는 자연스럽지가 못하다.

물론 사람만 많이 모인다고 해서 무작정 잔치라고 부르지는 않는다. 하지만 사람이 어느 정도는 모였을 때 잔치라고 할만하다. 정해진 숫자는 없을 것이다. 단지 아홉이라는 숫자는 무궁수, 즉 많다는 뜻이기 때문에 잔치 인원은 아홉 명은 되어야 한다는 것이다.

사람이 많이 모이면 통하고 일으키고 새롭게 하여 향상을 이룩할 수 있다. 모임, 이것은 그 자체로 아름답다는 뜻이 있다. 주역의 화풍정은 천지의 결말을 뜻하기도 하는바, 천지의 결말은 즉 아름다움이다.

아니 완성된 천지를 아름다움이라고 말할 수 있을 것이다. 천지는 보다 좀 더 나은 세계, 즉 완성된 세계를 향해 나아간다. 천지의 과정은 이루 다 말할 수 없으나 종말에 가서는 아름다움에 귀결하게 된다. 이를 천지의 잔치라고 말해도 되는 것일까?

그러나 천지의 작용은 끝이 없으므로 아름다움 또한 영원하다. 그런 까닭에 잔치란 바로 영원함을 기리는 것이 된다. 지금 정마을의 잔치는 피난처에서 돌아온 것을 축복하고 능인의 방문을 환영하는 것이다.

그런데 오늘의 이 잔치를 능인의 입장에서 보면 공교롭게도 자신이 인간의 몸을 떠나 신선으로 갓 태어난 것을 축복하는 뜻도 있다. 이런 일을 운명이라 하는 것일까? 그리고 과연 천지자연이 능인을 위해 이러한 잔치를 마련했을까?

그것은 보는 관점에 따라 뜻이 달라질 수도 있겠으나 능인은 별 생각 없이 마을 사람들과 기쁘게 잔치에 어울렸다.

마을 사람들도 오랜만에 열린 잔치를 마음껏 즐겼다. 이 잔치에는 능인이 참석하고 있으므로 마을 사람들은 지금 어떠한 불안도 느끼지 않았다.

예전 같았으면 촌장이 함께 참석했을 테지만 지금은 능인이 그 자리에 앉아 있다. 마을 사람들에게 있어서 촌장이나 능인은 마을의 안전을 지켜주는 수호신 같은 존재이다. 현재 촌장은 어디론가 떠나가고 없지만, 그 섭리를 따르는 능인이 있다는 것이 마을 사람들에게는 절대적인 위안이 되었다.

촌장이 없는 정마을에 건영이라는 신통한 젊은이가 살고 있기는 하지만 마을은 자주 위기에 봉착하였다. 말하자면 건영이는 아직 촌장처럼 절대적인 수호신 역할을 하지는 못하고 있다. 이에 비해 능인은 마을 사람들에게 충분한 안정을 주고 있었다. 물론 마을의 누군가가 일부러 능인과 건영이를 비교한 바 없으나 그저 현재의 상황이 건영이 혼자만 있을 때보다 훨씬 편안하다는 것이다. 하지만 능인은 마을에 오래 머무를 수는 없었다. 잔치가 끝나면 돌아가게 되어 있다.

아침 일찍 시작한 잔치는 오후 1시가 지나서야 끝이 났다. 생각하면 긴 시간일 수도 있겠지만 이것이 바로 인간의 한계였다. 인간은 고통도 기쁨도 오랫동안 느낄 수가 없다. 잔치도 마찬가지로 그리 오래 갈 수는 없는 것이다.

인간에겐 마음의 덕(德), 육체의 공(功)이 부족하기 때문에 무슨 일이든 쉽게 변하고 만다. 오래 견딘다는 것은 쉬운 일이 아니다. 장구(長久)함, 이는 도인의 덕인 것이다. 길지 않은 잔치에 마을 사람들은 만족했지만 육체는 더 이상 견디어 주지 못했다.

이윽고 능인은 자리에서 일어났다.

"……."

마을 사람들은 모두 싸리문 밖으로 나와서 능인을 배웅했다. 능인은 인자한 미소를 지으며 마을 사람들을 일일이 바라보고는 길을 떠났다. 건영이와 남씨·박씨, 그리고 인규는 능인을 따라 나섰다. 능인은 천천히 걸으며 건영이에게 말을 걸었다.

"이젠 내가 떠나도 좋은가?"

능인은 자주 변하는 자신의 앞날에 대해 신중을 기하기 위해 미소를 지으며 이렇게 물은 것이다. 건영이는 고개를 끄덕이며 말했다.

"예, 이젠 돌아가서 쉬십시오. 그럼 언제쯤 다시 오시게 되나요?"

"글쎄. 와서 좋을 때 다시 오게 되겠지!"

와서 좋은 때……! 인간은 모든 행동을 임의로 정하고 도인은 그 적합함을 생각한다. 적합함이란 물론 천지자연의 흐름과 연관 지은 것이지만 주역에서는 이를 길(吉), 혹은 무구(无咎)라고 한다.

능인은 큰산 쪽을 향해 걸었다. 이제 헤어질 때가 가까워오자 남씨가 능인을 향해 말했다.

"할아버지, 앞으로 서울엔 안 가시나요?"

"서울? 가 봐야겠지, 아직 혼마를 제거하지 못했네. 자네도 서울에 일이 남아 있나?"

능인은 심각하게 말했고, 남씨는 건영이를 흘끗 바라보고는 대답했다.

"저도 잘 모르겠습니다, 그런데 제가 혼마의 거처를 알아났습니다."

"그래? 어딘가?"

"인천 바닷가였습니다."

"자세히 설명해 보게!"

"예, 저는 버스로 갔습니다. 동네 이름은……."

남씨는 혼마가 있는 곳을 자세히 설명하기 시작했고, 능인은 이를 매우 심각하게 듣고 있었다. 능인은 스승인 한곡선으로부터 엄한 명령을 받고 있는 터라 혼마를 반드시 제거해야만 하는 것이다.

남씨가 설명을 마치자 능인은 심각한 표정으로 천천히 고개를 끄덕이며 말했다.

"지금은 시간이 없어, 하지만 근간에 찾아가 보겠네. 자네들은 이제 그만 들어가 보는 게 어떤가?"

"예, 그럼 안녕히 가십시오."

남씨 등은 고개를 숙여 인사를 올리고 능인은 혼자 갈 길을 떠났다. 이렇게 해서 모든 사람의 방문이나 배웅은 끝을 맞이했다. 이는 분명 천지자연의 거대한 흐름일 것이다. 능인 같은 도인의 움직임은 결코 사사로운 일일 수가 없다. 남씨 등은 아쉬운 마음을 달래며 마을로 돌아왔지만 능인은 걸음에 속도를 내기 시작했다.

능인의 움직임은 바람처럼 거침이 없었다. 평탄한 길을 마다하고 험한 산중만을 택해서 이동할지라도 그 속도는 일정했다. 능인은 전력으로 질주했다. 아마도 그동안 시간을 많이 허비했다고 생각했는지도 모르겠다. 선인으로 갓 태어난 능인에게는 혼자만의 시간이 필요했던 것이다.

능인이 태백산을 거쳐 덕유산으로 돌아왔을 때는 해가 막 질 무렵이었다. 덕유산은 여전했다. 한곡선부 아래쪽은 바람이 불고 있었고 구름은 거의 없었다. 지는 태양빛은 절벽 쪽을 은은히 비추고 있었다. 능인은 잠깐 동안 서서 동굴 주변을 둘러봤다.

이곳은 능인의 스승인 한곡선이 긴긴 세월 동안 수도했던 곳이고, 능인 자신도 이곳에서 가르침을 받았다. 그러나 지금 이곳에는 스승이 떠나간 여운이 깃들여 있었다. 동굴 속은 언제나처럼 고요했을 뿐만 아니라 상서로운 기운이 감돌았다.

이 동굴은 수억만 년 전에 천지자연이 스스로 만들어 놓았는데, 후에는 선인의 거처가 된 곳이다. 능인은 동굴 안으로 들어섰다. 동굴 안은 이미 어두워져 있었다. 이곳은 밝은 대낮이라도 그리 밝지는 않았다.

하지만 능인이 동굴 안을 살펴보는 데는 전혀 어려움이 없었다. 능인은 동굴 벽과 바닥을 찬찬히 훑어보았다. 능인은 이곳에서 항상 기거하였으므로 아주 익숙한 곳이다. 하지만 능인은 특별한 감회가 있어서 다시 한 번 살펴보는 것이다.

사실 능인 같은 도인이 슬쩍 훑어보는 것은 보통 사람들이 자세히 구석구석 살펴보는 것보다 더욱더 명확하게 파악할 수 있다.

동굴 바닥에는 능인과 좌설이 함께 나란히 앉아 치료, 혹은 죽음을 맞이하던 자리가 그대로 펼쳐져 있었다. 좌설은 치료를 하기 위해, 능인은 죽음을 맞이하기 위해 앉아 있었던 자리였다. 그러나 지금은 두 사람 모두 건재하다.

좌설은 현재 치악산 진동(眞洞)에서 수양을 하고 있을 것이지만, 능인은 정마을에서 이제야 돌아온 것이다. 능인도 이제는 휴식과 안정이 필요하다. 인간에서 선인으로 바뀐 직후 차분히 마음을 가다듬을 시간이 없었기 때문이다.

능인은 자리에 앉기 위해 동굴 벽으로 한 걸음 다가섰다. 바로 이때 능인이 서 있던 동굴 입구 쪽 구석에서 어떤 물건이 눈에 띄었다. 종이 봉투였다.

이것은 능인이 죽음 직전에 읽어보려고 했던 편지로서 한곡선이 남겨놓았던 것이다.

"......"

능인은 당시를 생각하면서 급히 편지를 집어 들었다. 당시에는 읽을 수가 없었던 편지였다. 왜냐하면 편지의 겉에는,

'죽을 사람은 이 글을 읽을 필요 없네.'

라는 스승의 별도 지시가 있었기 때문이었다.

지금도 이 글은 선명하게 눈에 띄었다.

능인은 잠시 생각에 잠겼다. 자신이 지금 죽을 사람인가를 생각해

보는 것이다. 스승의 편지! 이것은 능인에게 남겨진 것이지만 조건부 편지로 죽을 사람은 읽지 말라는 것이다. 그러나 현재의 능인은 얼마든지 읽을 수가 있다.

능인에게 있어서 죽음이란 이제 영원히 존재하지 않는 것이다. 그 당시에는 죽음이 시시각각 다가오고 있었다면 지금은 삶이 존재하고 있다.

능인은 조심스럽게 겉봉투를 뜯었다. 편지는 세필(細筆)로 쓴 낯익은 스승의 필체였다. 서두는 이렇게 시작되었다.

'능인 보게나!
만일 이 글을 읽고 있다면 자네는 살아 있을 것이야.'

한곡선은 능인이 살아 있을 가능성을 생각해서 이 글을 남겨놓은 것이다. 능인은 잠시 눈을 감고 속으로 한곡선을 생각했다. 그러고는 편지를 바닥에 놓고 큰절을 올렸다. 비록 스승이 이 자리에 없다 하더라도 마음으로 예를 올리는 것이다.

능인은 편지를 다시 집어 들어 선 채로 읽기 시작했다.

'나는 자네의 죽음을 예측하고 동굴을 떠났었네. 나의 힘으로는 자네를 죽음에서 구할 수 없기 때문이었지. 이렇게 말하면 이상하게 들릴지 모르겠으나 또 하나의 이유 때문에 나는 급히 자리를 피했던 것이네. 그것은 바로 자네를 구하고 싶었던 마음이었다네.

사실 자네는 죽을 운명이었지만 나는 그것을 받아들이고 싶지 않았어. 그래서 살릴 수 있는 방법을 생각했던 것이야. 방법은 단 한 가지, 천상의 높은 선인에게 부탁할 수밖에 없는 것이지.

마침 이곳에 나를 찾아올 분이 있다는 것을 나는 알고 있었다네. 분명 죄가 될 일이지만 나는 그분의 힘을 빌리기로 마음먹었지. 만일 자네가 살아난다면 나는 훗날 그분을 만나 뵙고 사죄를 드릴 생각이지.

그렇게만 된다면 오죽 좋겠나. 나는 자네가 살아서 이 글을 읽기를 바라네. 하지만 나도 자신할 수가 없네. 단지 최선을 다할 뿐이지. 방법은 없지 않은데 이는 천명을 어기는 일이야. 나는 기꺼이 하늘의 벌을 받을 생각이라네.

나의 방법은 간단하네. 나의 도반인 고휴선을 이용하는 방법이었어. 나는 말없이 고휴선에게 부탁했지. 만일 말로써 부탁하면 거절을 당했을 테지. 당치도 않은 일이기 때문이네. 그러나 내가 없다면 고휴선도 마음이 편치 않을 것이야. 필경 함께 있는 좌설도 매달리겠지. 문제는 천상의 귀인, 즉 염라대왕께서 어떻게 마음먹느냐에 달린 것이네.

그것은 천명을 어기는 일이기 때문에 그분이 쉽게 허락할 수는 없겠지. 하지만 쉽게 거절할 수도 없을 것이야, 왜냐하면 그분은 건영이에게 신세를 지러 온 것이고, 자네는 건영이를 구한 바 있지 않나. 필경 고휴선은 그것을 서로 연계시켜 염라대왕에게 부담을 줄 테지, 물론 고휴선도 난감한 일이지. 고휴선한테 미안한 생각이 드는군. 자네가 만일 살아남는다면 깊은 감사를 드려야 하네, 내가 염라대왕께 직접 부탁을 드려야 하나 그것은 오히려 일을 망치게 될 뿐이라서 그렇게 하지 못했네.

염라대왕께서는 나에게 하문(下問)할 일이 있기 때문에 나를 만나야 하는데 그 전에 자네를 구해 줘야 편한 입장이지. 왜냐하면 그 분이 내게 하문하는 것은 내게 신세를 지는 일이기 때문에 나에게도 도움을 줘야 하기 때문일세. 그러나 나는 염라대왕께 도움을 줄 것이 아무것도 없다네.

물론 염라대왕께서는 이 일을 모르기 때문에 자네를 구하고 내게 달려올 것으로 예상할 수 있네. 모든 것이 확실하지 않지만 자네가 이 글을 읽기만을 천지신명께 빌겠네. 긴 글이 되었네만 나를 찾지 말고 자네는 갈 길을 열심히 가게.'

편지는 여기서 끝났다. 능인의 얼굴에는 어느덧 눈물이 흐르고 있었다. 스승은 천명을 어기고 자신을 희생하면서까지 제자를 구하려 했고, 그것이 성공해서 능인은 지금 생존해 있다. 한곡선의 정성, 그리고 치밀한 생각, 또한 신속한 행동은 실로 엄청난 것이었다.

능인은 무한한 스승의 은혜를 생각하며 그 자리에서 무릎을 꿇었다.

'스승님, 죄 많은 제자를 용서하십시오. 천지신명이시여, 스승님을 지켜주시옵소서.'

능인은 한동안 눈물을 흘렸다. 선인에게도 이 같은 감정이 있고 눈물이 있는 것인가!

시간은 말없이 흐르고 있었다. 능인은 이윽고 마음을 수습했고 자신의 공부에 돌입했다.

선인의 공부는 우선 마음을 고요하게 가라앉히는 일이다. 평정이 이루어지지 않고는 어떠한 도덕도 성장하지 않는 법이다. 능인은 눈을 감고 면벽을 했다. 잠시 후 능인의 마음은 명상 상태에 도달했고 이로써 온 우주는 잠잠해졌다. 동굴 속에는 고요조차 없어져 그윽할 뿐이었다.

태상호에서의 술자리

동굴 밖 세계는 여전히 시간의 운행을 계속하고 있었다. 능인은 덕유산 동굴의 정상에 앉아서 우주의 근원과 합일을 이루고 있었으며, 동굴의 주인인 한곡선은 지금 남선부의 어느 산중에 앉아서 청담(淸談)을 나누고 있는 중이었다.

상대는 남선부 대선관 업무 대행인 분일선, 두 선인은 작은 연못을 바라보며 나란히 앉아 있었다. 한곡선은 남선부에 도착한 직후 분일선의 환영연을 한사코 마다하고 이곳에 와 있는 것이다.

"경치가 매우 좋지 않습니까? 이런 곳이라면 곡차가 어울릴 텐데요."

분일선은 아쉽다는 듯이 한 번 더 술자리를 청했다. 분일선은 모처럼 하계에서 찾아온 대덕(大德)을 그냥 보내기가 섭섭하였다. 사람을 대접한다는 것은 정겨운 뜻이 있지만 상대방이 도인 등 인격적으로 훌륭한 사람인 경우에는 그 자체로써 하나의 공을 이루는 셈이 된다.

사람이 인격적으로 향상하는 길은 여러 가지가 있겠지만 그 중에서도 덕인(德人)을 대접하는 것이 가장 좋은 방법이 된다. 왜냐하면 덕인을 기쁘게 하는 것은 우주를 기쁘게 하는 것과 뜻이 같기 때문이다.

우주는 자신을 기쁘게 한 사람에게 복을 내린다. 그리고 보통 사람에게 베풀어도 복이 되는 법인데, 하물며 대덕에게 베푼다는 것은 그 얼마나 큰 복이 될 것인가! 그렇다고 해서 분일선이 지금 한곡선에게 무엇인가를 베풀고자 하는 것은 꼭 우주로부터 복을 받기 위해서는 아니다.

인격이나 수행으로 말하면 분일선도 한곡선 못지않다. 분일선은 오직 한곡선을 환영하는 의미이고 진심에서 우러나오는 우정일 뿐이다. 물론 한곡선이 이를 모르는 바는 아니었다. 단지 시간이 없었을 뿐이다.

한곡선은 인연의 늪에서도 경비대의 대접을 사양하면서 시간이 없다고 떠나온 바 있거니와 지금도 몹시 서두르고 있었다. 한곡선은 미소를 지으며 분일선의 정성어린 제안을 다시 거절했다.

"그렇다뿐이겠습니까? 다만 시간이 없어서 오늘은 이대로 가겠습니다. 하지만 훗날 이곳에서 반드시 곡차를 마시도록 합시다."

한곡선의 분명한 사양에 분일선도 어쩔 수 없었다. 분일선은 속으로 무엇인가를 생각하는 듯 고개를 끄덕이며 말했다.

"그토록 시간이 없다면 할 수 없군요. 그렇다면 무엇 때문에 그리 바쁜지 물어도 좋을는지요."

"미안합니다, 그것도 지금은 밝힐 수 없군요. 하지만 제가 떠나고 나면 아시게 될 겁니다. 옥황부에 들어갈 수 있는 허가 서류를 주시겠습니까?"

한곡선은 여전히 서두르고 있었다.

"서류는 가지고 왔습니다만 말 못할 사정이라니 더 묻지 않겠습니다. 안내를 할 선인을 불러 드릴까요?"

분일선이 말한 안내란 옥황부까지의 안내를 말한다. 한곡선은 이곳이 초행길이기 때문에 분일선이 배려를 하고 있는 것이다. 그러나 한곡선은 이 일마저 사양했다.

"아닙니다, 저 혼자서도 찾아갈 수 있을 것 같습니다. 일정한 방향으로 가면 되는 것이지요?"

"그렇습니다, 참고하시도록 자세히 그려진 방향 지정도(指定圖)를 가지고 왔습니다."

"고맙습니다, 그럼 이곳에서 떠나겠습니다."

"……"

한곡선은 일어나서 인사를 하였고 분일선은 한 손을 들어 방향을 가리켰다. 한곡선은 즉시 그 자리에서 사라졌다. 분일선은 혼자 고개를 가로 저으며 아쉬운 마음을 표현했다. 분일선의 앞에 펼쳐져 있는 연못의 맑은 물은 여전히 고요할 뿐이었다.

'맑기도 하구나, 한곡선의 마음도 저와 같은데 왜 저리 서두르는 것인지?'

분일선은 이렇게 생각하며 잠시 걷고 있었다. 그러다가 불현듯 한 가지 생각이 떠올랐다.

'쫓기는 것 같은데…… 그렇지!'

분일선은 무엇인가를 생각해 내고는 급히 집무실로 돌아왔다. 그러고는 부관을 불렀다. 부관인 정원선은 근방에 있다가 마음속의 부름을 받고 대선관 집무실로 들어섰다.

"부르셨습니까?"

"음, 할 일이 있네. 공식적인 영빈 행사를 마련하게. 대대적으로 말일세."

"한곡선을 위한 행사입니까?"

"아니네, 한곡선은 이미 떠나갔어. 한곡선을 찾아오는 분을 위해서야."

"누가 찾아오는데요?"

정원선은 의아스럽다는 표정을 지었다.

공식적인 영빈 행사라면 대단한 귀인을 맞이하는 행사이다. 그런데 한곡선 같은 야선을 누가 찾아온단 말인가! 분일선은 의미 있는 미소를 지으며 말했다.

"소지 대선관을 위한 일이네, 한곡선을 찾아오는 분은 바로 염라대왕이시지!"

"예? 염라대왕께서 오신단 말입니까?"

정원선은 가볍게 놀라며 반문했다.

"그렇다네, 내 생각이지만……."

분일선은 허공을 응시하며 대답했다. 정원선이 다시 물었다.

"염라대왕이시라면 현대 도피 중이 아니십니까? 그 어른께서 이곳에 무슨 일로 나타나신 답니까?"

"소지 대선관을 찾으러 오시는 거네. 말하자면 한곡선을 문초하러 오시는 것이겠지."

"한곡선을 문초하시다니요?"

"음, 한곡선은 소지 대선관과 줄곧 함께 있었어. 소지 대선관의 도피처를 한곡선이 알고 있을지도 모르지."

"그렇군요! 가서 환영 절차를 마련하겠습니다."

"그래, 가급적 시간을 끌게. 나도 잠시 피해 있다가 천천히 나올 것이야."

"피해 있다니요? 무슨 말씀이십니까?"

"음, 그럴 만한 이유가 있네. 한곡선은 급히 떠났어. 왜 그랬겠나? 염라대왕을 피하는 것이야! 한곡선은 분명히 소지 대선관에 대한 비밀을 가지고 있을 거야. 우리는 염라대왕을 방해해야 돼!"

분일선은 정원선을 똑바로 쳐다보며 심각하게 말했다. 분일선은 남선부 소속 선관으로서 자신의 상관인 소지 대선관을 돕자는 것이었다. 정원선도 이 뜻을 이해했다.

"알겠습니다. 한곡선이 멀리 도망 갈 수 있도록 시간을 벌어야 되는 것이군요?"

"그렇지!"

분일선이 고개를 끄덕여 대답하자 정원선은 집무실을 나섰다. 분일선의 생각이 맞는다면 지금 염라대왕은 전력을 다해 남선부로 향하고 있을 것이다. 반대로 한곡선은 전력을 다해 남선부를 떠나고 있는 것이다.

염라대왕의 공력은 상당히 높기 때문에 한곡선이 얼마나 멀리 피할 수 있을는지! 정원선이 지휘하는 영빈 행사는 신속하게 준비되어 필요한 모양을 다 갖추었다. 우선 몇 명의 선인이 멀리까지 나와서 염라대왕의 출현을 기다렸다.

그리고 남선부 입구에 많은 선인이 줄을 서서 염라대왕의 남선부 입성을 공식으로 환영하기로 했다. 이어 남선부 안으로 들어서면 청실로 안내하여 휴식을 취하게 하고 다시 각종 행사를 개최하게 된다.

지금 이러한 행사는 염라대왕의 행보를 지연시킬 목적으로 진행되는 것이지만 원래 환영 행사는 의미를 부여하게 된다. 의미란 아름다움이고 주역의 괘상으로는 이(離:☲)에 해당된다. 흔히 귀인에게 꽃을 바치는 일이 있는데, 그 의미는 아름다움을 바친다는 뜻이고, 아름다움이란 생명, 혹은 생기(生氣)를 뜻하기도 한다.

받듦을 괘상으로 나타내면 손(巽:☴)이다. 그래서 귀인에게 환영 행사를 마련해 바친다는 것은 화풍정(火風鼎:☲☴)이고, 흔한 일로 비유하자면 꽃을 바치는 일과 뜻이 같다. 이는 생명, 혹은 생기를 바친다는 뜻이니 얼마나 상서로운가!

인간이 서로 꽃을 주고받음은 이토록 깊은 뜻이 있는 것이다. 현재 남선부에서는 염라대왕에게 바칠 꽃, 즉 행사를 준비해 놓고 있었는데, 문제는 염라대왕이 이를 받아들일지가 의문이었다.

한 가지 이상한 점은 한곡선이 도망을 가고 있다는 것이다. 사실 한곡선은 소지선의 도피에 대해 어떠한 정보도 갖고 있지 않았다. 염라대왕을 만나도 자백할 내용이 없는 것이다. 그렇기 때문에 굳이 도망을 갈 필요도 없었다. 아무튼 염라대왕은 전력을 다해 남선부에 도착했다.

미리 나와 있던 선인들이 급히 인사를 올렸다.

"어른의 행차이시옵니까? 인사를 올리옵니다."

"음? 자네들은 누군가?"

염라대왕은 다소 의외라는 듯이 물었다. 환영선(歡迎仙)이 정중히 대답했다.

"저희는 영접사이옵니다. 어른의 행차를 알고 나와 있었사옵니다."

"내가 올 줄 어떻게 알고 있었나?"

"저희는 모르옵니다. 지시에 따르고 있을 뿐이옵니다."

"그런가? 들어가기로 하지."

염라대왕은 긴 말할 필요 없다는 듯이 서둘러 말했다. 그러나 영접선들은 느긋하게 대답할 뿐이었다.

"예, 저희가 안내를 하겠사옵니다."

"……"

염라대왕은 네 명의 영접사를 따라 천천히 걸었다. 마음속으로는 이러한 절차를 귀찮아했지만 이미 시작된 일이었으므로 어쩔 수 없었다. 염라대왕은 원래 외부 세계에 잘 나오는 편은 아니지만 공식 방문과 공식 환영 절차는 아주 질색이었다. 단지 지금은 체면을 좀 생각하여 자제할 뿐이었다.

지난번에는 갑자기 찾아와 이곳의 주인인 소지 대선관을 데리고 갔으며 지금은 자신이 데려갔던 소지선을 잃어버리고 온 것이다. 이 점을 다소 미안하게 생각하고 있기 때문에 일부러 환영 절차를 받아들인 것이다. 말하자면 태연을 가장하고 있다고 할 수도 있다.

"들어가시지요."

영접선은 커다란 관문을 통과하며 고했다. 원래 손님을 맞이하는 예법은 직선 길이 바뀔 때와 문이 나타날 때마다 방향을 고하는 것이다. 지금도 관문이 나타났기 때문에 정식으로 고한 것이다. 관문을 통과하자 고요한 들길이 나타났다. 그러나 아직 남선부의 공관에 당도한 것은 아니었다.

영접선이 다시 고했다.

"이쪽으로 가시지요."

이번에는 길이 왼쪽으로 꺾였다. 그 앞으로 많은 선인이 줄지어 서 있는 것이 보였다. 남선부 공관이 가까워지고 있는 것이다. 영접선은 천천히 걸었다. 염라대왕은 이미 체념하고 한가하게 뒤따르고 있을 뿐이다.

"……."

영접선과 염라대왕은 차례로 줄 서 있는 선인들의 숲으로 들어섰다. 한참 만에 길은 오른쪽으로 다시 꺾이었다. 여기서는 방향이 바뀐 것을 고하지 않았다. 이미 많은 사람들이 줄을 서 있기 때문이다. 환영 행렬은 상당히 길었다.

이윽고 도열이 끝나고 넓은 들판과 거대한 관문이 나타났다. 지난번 염라대왕이 방문했을 때는 굉장히 빠른 속도로 이곳에 당도했었다. 그 당시는 그 유명한 명행보로 도착했기 때문이다. 염라대왕이 명행보로 이동할 때는 여간해서 감지되지 않는다.

관문은 이미 활짝 열려 있었다. 좌우에는 경비선들이 길게 늘어서 있었는데, 의관을 갖춘 한 선인이 걸어 나왔다. 정원선이었다. 정원선은 염라대왕 앞에 한쪽 무릎을 꿇고 두 손을 맞잡아 인사를 올렸다.

"어른을 뵈옵니다."

"일어나게, 자네는 정원 아닌가?"

"예, 감사하옵니다. 들어가시지요."

"……."

염라대왕은 말없이 고개를 끄덕였고, 정원선은 앞장서 관문 안으로 들어섰다. 여기서부터가 남선부인 것이다. 멀리 정면에 공관이 보이고 좌우에는 수많은 건물이 늘어서 있었다. 정원선은 오른쪽으로 방향을 바꾸면서 고했다.

"우선 청실로 모시겠사옵니다."

"마음대로 하게. 그런데 분일선은 보이지 않는군."

염라대왕은 주변의 정경을 감상하는 듯하면서 짐짓 태평하게 말했다. 하지만 빨리 분일선을 만나 한곡선에 대해 물어보고 싶었다. 정원선은 멈추어 서서 정중히 대답했다.

"가까운 곳에 나가 있으므로 곧 인사를 올릴 것이옵니다."

"그래, 청실은 어딘가?"

"예, 저쪽이옵니다. 한적한 곳에 마련했사옵니다."

정원선은 또다시 걷기 시작했다. 그러나 한적한 곳에 마련된 청실은 한참 먼 곳이었다.

필경 일부러 먼 곳에 자리 잡은 것이리라! 그렇지만 경치가 좋고 조용한 것은 분명했다. 좌우에 고요한 숲과 기묘한 돌 장식으로 산뜻한 느낌을 주었다.

곳곳의 작은 연못들은 넓은 정원에 생기를 공급하였다. 이곳은 남선부 공관의 별채로 염라대왕은 한 번도 와본 적이 없는 곳이다. 염라대왕은 경치의 아름다움을 만끽하였다. 원래 염라대왕이 사는 곳은 아름다운 경치라는 것은 아예 생각할 수도 없었다.

어딜 가나 음산하고 불길해 보였다. 그곳에 조금이라도 머물게 된다면 마음마저 초조해 질 것이다. 하지만 이곳의 아름다움은 선인에게도 안도감을 주었다. 염라대왕은 내친걸음에 경치라도 감상하기로 마음먹었다.

이 또한 운명이 아니겠는가! 염라대왕은 건영이를 만나 선미후득에 대해 들은 바 있지만 지금처럼 본의 아니게 시간을 지체하는 것도 어떤 깨달음을 얻지 않을까 기대하고 있었다.

이윽고 청실에 도착하자 작은 문이 나타났다.

"이곳이옵니다."

정원선은 다시 고하고 자신이 먼저 들어섰다. 염라대왕은 말없이 뒤따랐다. 안에 들어서자 색다른 정경이 눈에 들어왔다. 오른쪽에는 작은 연못이 있었고 왼쪽으로는 깊은 숲이 전개되어 있었다. 건물은 오른쪽으로 조금 떨어져서 있었는데, 층계와 마루가 넓었고 오른쪽에는 다시 조그마한 연못이 자리 잡고 있었다.

이곳에 있는 모든 것은 조화가 잘 갖추어져 있어서 인위적인 모습은 전혀 찾아볼 수가 없다. 건물조차도 자연스러운 야생의 그것처럼 느껴졌다. 정원선은 정중히 서서 말했다.

"쉬고 계시옵소서. 차를 올리겠사옵니다."

"알겠네, 하지만 분일선을 빨리 보고 싶군."

"예, 급히 찾아보겠사옵니다. 죄송하옵니다."

"가 보게, 잠깐 쉬겠네."

"저는 가 보겠사옵니다. 분부가 계시면 불러주시옵소서. 대문 밖에 시봉(侍奉)이 대기하고 있사옵니다."

"……"

염라대왕이 고개를 끄덕이자 정원선은 물러나왔다. 이렇게 염라대왕은 일단 갇히게 된 셈이었다. 하지만 이와 같은 상황은 겉모양일 뿐 염라대왕 자신은 달리 생각하고 있었다.

염라대왕은 이곳 청실로 옮겨오면서 이미 숨겨진 내막을 미리 알고 있었다. 무엇보다도 자신이 이곳으로 거동한다는 사실이 비밀이었음에도 불구하고 대대적인 환영 절차가 준비되었다는 것은 한곡선이 개입했다는 뜻이었다.

염라대왕은 인연의 늪에서 자취를 감추고 이곳 남선부까지 오는 동안 줄곧 명행보를 운행했다. 그렇기 때문에 도중에 노출될 수도 없었고 설사 어디선가 노출되었다 하더라도 염라대왕보다 빠르게 남선부에 보고될 수도 없었다.

이것으로 미루어 한곡선으로 인해 염라대왕의 출현이 예상된 것이고, 따라서 그 이유도 알고 있는 것이다. 즉, 염라대왕이 한곡선을 만나기 위해 남선부에 오는 것을 알고 있다는 뜻이었다. 그런데도 이렇게 지연술을 쓰는 것을 보면 한곡선과 분일선이 공모한 것이 분명했다.

그 목적은 뻔했다. 한곡선에게 도피할 시간을 주는 것이다. 염라대왕은 이 모든 것을 간파하고 현재의 상황을 충분히 감안해 두었다. 그런데도 염라대왕이 이토록 여유롭게 행동하는 데는 그만한 대책이 있기 때문이었다. 염라대왕은 환영 행사에 접하자 당장에 몇 가지 결과를 이끌어냈다.

첫째는 한곡선이 개입하였고 분일선이 이를 돕고 있으며, 둘째는 한곡선이 다녀간 지 얼마 되지 않음을 깨달았다. 그렇기 때문에 이토록 지연작전을 쓰고 있는 것이 아닌가! 셋째는 한곡선이 도망 갈 이유, 즉 소지선에 대한 정보를 갖고 있다는 것이다.

아니면 또 다른 이유가 있을 것이고 그것은 소지선의 도피와 관련 있는 것이다. 염라대왕은 이에 대해 충분한 대책이 있었다. 그것은 한곡선의 능력이 미미하다는 것에 기초했다. 한곡선은 분명 옥황부를 향해 떠났을 것이다. 옥황부가 아니면 온 우주 어디에도 피할 곳은 없다.

옥황부에는 현재 평허선공이 있어서 염라대왕은 그곳으로 가기를 꺼려하고 있는데 한곡선이 그 사실을 이용하고 있는 것이다. 하지만 옥황부는 상당히 먼 곳에 있다. 길도 잘 모르고 공력이 약한 한곡선은 더디게 갈 것이다. 이에 비해 염라대왕의 속도는 얼마나 빠른가!

비록 염라대왕이 얼마간 지체하고 있다고 해도 한곡선을 따라잡는 것은 문제가 아니었다. 염라대왕은 이런 생각을 해 두고 일단 명상에 돌입했다. 선인들이 언제나 명상에 드는 것은 수행이고 관습이다. 또

한 천지자연과 스스로에 대한 생활 예법이다.

"……."

염라대왕이 명상에 들자 한적한 청실은 더욱 적막한 느낌을 주었다. 시간은 빠르게 흐르고 있었다. 하지만 염라대왕이 오랫동안 명상에 든 것은 아니었다. 염라대왕은 형식적인 아주 짧은 시간 동안 명상에 들었다가 조용히 깨어났다.

다시 깨어난 염라대왕은 이번에는 마음을 극양(極陽)의 상태로 바꾸고, 생명의 근저에 내재하고 있는 순수한 기운을 이끌어내기 시작했다. 이러한 기운은 순식간에 영혼을 감싸고 다시 육체로 흘러나와 몸의 근원을 작동시켰다.

이에 따라 염라대왕의 심의(心衣), 즉 몸의 근원에서도 강기(剛氣)가 발출되어 전신을 감싸기 시작했다. 그 기운은 황금빛을 띠며 실내를 온통 감싸고 하나의 막을 형성했다. 이른바 절심 호신 금강벽, 이것은 몸과 마음에 외부의 압력이 작용할 수 없는 극강의 기운이다.

잠시 후 염라대왕은 다음 단계를 진행했다. 바로 신안(神眼)이 열린 것이다. 염라대왕은 마음의 눈인 신안을 통해 세계를 살피기 시작했다. 이는 물질 공간이 아닌 심정 공간을 통해 다시 물질 허공을 살피는 것이다.

염라대왕의 신안은 자신이 머물고 있는 청실로부터 시작하여 근방으로 점점 확산되어 나갔다. 이로부터 남선부의 모든 곳이 샅샅이 조사되었다. 그렇다고 해서 염라대왕의 신안이 아무 곳이나 헤매는 것은 아니었다.

염라대왕은 신중히 생각하면서 평소 알고 있는 분일선의 마음의 흔적을 찾아내고 있는 것이다. 이 작업은 그리 오래 걸리지 않았다.

한순간 분일선의 행적이 드러난 것이다. 분일선은 남선부 공관 남쪽에 있는 산 속에서 무엇인가를 살피고 있는 중이었다.

염라대왕은 위치를 기억하며 조용히 절심 호신 금강벽을 허물어냈다. 그러고는 다시 내기(內氣)를 운행하여 그 자리에서 몸을 감추었다. 이 순간 염라대왕의 몸은 물질 허공에서 사라졌고, 심정 아공간(亞空間)을 운행하면서 비밀히 이동하기 시작했다.

소위 신족(神足)과 명행보를 운행한 것이다. 원래 남선부 특구 관내에서는 신족의 운행이 금지되어 있으나 염라대왕이 이런 일에 구애받을 리가 없었다. 염라대왕은 아무 거리낌도 없이 신족을 운행하여 원하는 곳으로 이동하였다.

청실 밖에는 염라대왕의 부름에 응할 수 있는 시봉(侍奉)이 대기 중이었지만 이 선인은 염라대왕이 사라진 것을 까맣게 모르고 있었다. 염라대왕은 허공 아닌 곳으로 사라진 것이다. 남선부 곳곳에는 신족의 운행을 감시하는 철저한 경비 체계가 있지만 염라대왕을 적발해 내지는 못했다.

염라대왕의 명행보는 그만큼 은밀했고, 남선부 안에 있는 선인은 누구라도 이를 감지할 수 없는 것이다. 물론 어떤 느낌을 받을 수는 있으나 이는 단순한 기분이나 잡념으로 처리될 것이다. 염라대왕은 홀연히 산중에 나타났다.

이 순간 염라대왕의 눈에 띈 것은 아름다운 경치와 분일선이었는데, 분일선 쪽에서도 염라대왕의 출현을 곧바로 감지했다. 분일선은 염라대왕이 나타나는 쪽을 바라보고 있었는데 마치 기다리고 있는 듯 보였다.

"어른께서 행차하셨사옵니까? 미처 마중하지 못한 죄를 용서하시옵소서.”

분일선은 한쪽 무릎을 꿇고 두 손을 맞잡고 고개를 숙인 채 정중한 자세를 취하였다.

“……”

염라대왕은 잠깐 분일선의 기색을 살폈다. 염라대왕은 분일선이 상당히 놀란 표정을 지을 것으로 생각했었다. 하지만 분일선은 아주 태연하였으므로 염라대왕은 다소 의아스럽게 느꼈다. 왜냐하면 분일선은 조용한 곳에 모신다는 명목으로 염라대왕을 청실에 가둬놓았는데 이렇게 갑자기 나타났기 때문이다.

‘이상하군! 시치미를 떼는 것인가? 아니면 공부를 많이 해서 저토록 평정한 것일까?’

염라대왕이 생각에 빠져 있는 동안 분일선은 미동도 하지 않았다.

“일어나게!”

염라대왕은 일단 분일선의 자세를 편안하게 해 주었다.

“감사하옵니다!”

분일선은 명쾌히 대답하고는 허리를 펴고 일어났다. 염라대왕이 엄숙한 표정으로 말했다.

“자넨 이곳에서 무엇을 하고 있나?”

염라대왕은 냉엄한 음성으로 문책성 서두를 꺼냈다. 염라대왕은 처음부터 엄하게 대하여 분일선을 위축시켜서 이미 준비된 환영 행사를 생략하게 하고, 일찍 남선부를 떠나고자 하는 뜻이 있었다.

그리고 가능하다면 분일선을 문책하여 한곡선으로부터 소지선에 관해 들은 바를 캐낼 생각도 있었다. 그러나 지금 염라대왕의 이 물음은 어른의 방문에도 불구하고 남선부의 책임자인 분일선이 문 밖에조차 나와 보지 않은 무례를 힐책하는 것이었다.

이러한 무례는 경우에 따라서는 큰 죄로 간주될 수 있다. 선계에서는 무례보다 더 큰 죄가 없다. 더구나 선공(仙公)이나 선왕(仙王)에 대한 예법은 더욱 엄격했다. 분일선은 염라대왕의 이 힐책에 대해 분명한 대답을 하지 않으면 안 되는 것이다.

거짓말은 통할 리 만무하다. 그런데 염라대왕의 물음은 이미 지난 일이기 때문에 새로이 둘러댈 수도 없으며 있는 그대로 합당해야 하는 것이다. 염라대왕은 마음속으로 분일선에 대한 처벌을 잠깐 떠올리면서 분일선의 변명이나 해명을 기다렸다.

분명히 구차한 말로 당치 않은 이유를 들이댈 것이리라!

그러나 분일선은 아주 차분히 대답했다.

"예, 저는 어른의 행차를 기다렸사옵니다."

"……."

염라대왕은 의표를 찔렸다. 분일선의 대답이 너무나 차분하고 엉뚱했기 때문이었다.

'기다리다니? 이 자가 어설픈 거짓말을 하는 것일까?'

염라대왕은 다시 냉엄한 음성으로 반문했다.

"무슨 말인가? 자네는 나를 가두어 놓질 않았나?"

분일선은 다시 한쪽 무릎을 꿇으며 정중히 대답했다.

"가두어 놓다니요, 황송하옵니다. 저는 단지 어른을 조용한 곳으로 모시려 했을 뿐이옵니다."

"무어? 자넨 지금 나를 기다린다고 하지 않았나? 나를 엉뚱한 곳에 앉혀놓고……."

"예, 제가 어른을 한적한 곳으로 모신 것은 사실이오나 제가 이곳에서 어른을 기다린 것 또한 사실이옵니다.”

분일선은 고개를 더욱 깊이 숙이며 분명한 음성으로 대답했다. 염라대왕은 의심스럽다는 듯이 날카롭게 물었다.

“허, 무슨 말인지 모르겠군. 자세히 일러보게.”

분일선이 고개를 숙인 채 대답했다.

“저는 어른께서 이곳으로 밀행(密行)을 하실 것을 알고 있었사옵니다. 그래서 기다리고 있던 중이었사옵니다.”

분일선의 대답은 기상천외하였다. 염라대왕이 이곳으로 밀행할 것을 알고 있었다니! 염라대왕은 상당히 놀랐다. 하지만 내색하지 않고 태연히 말했다.

“흠, 그렇다면 대단하군. 만일 허튼 소리를 했다면 큰 벌을 내릴 것이네.”

“허튼 소리가 아니옵니다. 감히 어느 안전이라고 거짓말을 하겠사옵니까?”

“알겠네, 왜 여기서 기다렸나? 나를 마중하는 것보다 이곳에서 기다리는 것이 좋은 일인가?”

염라대왕은 먼 곳을 바라보며 조용히 물었다. 만약 이번 물음에 정당한 대답을 못 한다면 불벼락을 내릴 준비를 하는 것이 분명했다. 분일선도 이를 감지했는지 아주 조심스럽게 말하기 시작했다.

“제가 어른을 뫼시러 나가지 못한 것은 큰 불찰이옵니다. 저는 다만 이곳에서 어른을 뫼시려 했사옵니다. 그리고 제가 이곳에 있으면 어른께서 좀 더 일찍 이곳으로 오시리라 생각했사옵니다. 죄송하옵니다.”

분일선은 아주 조리 있게 말했다. 염라대왕을 이곳으로 유인하려 했다는 뜻이고, 지금 그 계획은 성공한 셈이다. 염라대왕도 대화의 밑바탕에 이런 뜻이 감추어져 있다는 것을 충분히 인식했다.

이런 무례가 어디 있겠는가!

염라대왕의 마음속에는 조용히 노기(怒氣)가 일고 있었지만 겉으로는 기색을 나타내 보이지는 않았다. 오히려 밝은 모습을 유지하고 있었다.

"그래? 이곳에서 어떻게 뫼시겠다는 건가?"

"예, 저는 이곳에 곡차를 마련해 두었사옵니다. 남선부 최고의 곡차이옵니다."

분일선은 정중히 대답했다. 그러자 염라대왕의 얼굴에는 싸늘한 기색이 나타났다. 드디어 노기가 겉으로 표출된 순간이다. 염라대왕은 얼굴마저 찡그리며 냉랭하게 말했다.

"자네는 참 총명하군. 내가 이곳에 올 것을 알았다니…… 하지만 예의는 배우지 못했어. 내가 이곳에서 한가하게 곡차나 들고 있어야 하겠나? 대답해 보게."

염라대왕의 노기는 이미 표면에 드러났다. 더구나 구체적으로 분일선의 무례를 꾸짖고 있지 않은가! 분일선의 행동은 누가 봐도 무례한 일이었다.

염라대왕을 가두어 놓은 다음 이번에는 한 술 더 떠서 염라대왕이 나타나리라는 것을 알고 술상을 차려놓다니!

분일선이 염라대왕의 밀행을 미리 알았다는 것은, 즉 염라대왕을 유인하겠다는 뜻인 것이다. 이는 어른에 대한 능멸이요, 기만이다. 염라대왕은 노기가 지나쳐 오히려 미소마저 보이며 침착히 물었다.

그리고 대답해 보라는 말을 덧붙이면서 처벌의 기회를 강화하였다. 일촉즉발의 순간이었다. 이제 분일선이 마지막 답변을 할 차례이다. 만일 조금이라도 대답이 어긋난다면 벼락이 떨어지게 돼 있는 것이다.

어쩌면 분일선의 말이 채 끝나기도 전에 긴급한 사태가 벌어질지도 모른다. 분일선의 최후의 변명이 시작되었다. 분위기는 매우 살벌하였고 염라대왕은 귀 기울여 듣지도 않았다. 하지만 분일선의 음성은 진지했다.

"어른께 말씀 드리겠사옵니다. 저의 생각이옵니다만 어른께서 이곳에 잠시나마 머무르신다는 것은 큰 뜻이 있다고 보고 있사옵니다. 왜냐하면 이곳은 태상노군께서 다녀가신 곳이기 때문이옵니다."

"무어? 태상노군께서?"

염라대왕은 태상노군이라는 단어가 나오자 분일선을 똑바로 쳐다봤다. 분일선은 이에 개의치 않고 말을 계속했다.

"이곳에는 난진인·평허선공께서도 다녀가셨사옵니다. 그리고 연진인께서도 이곳을 거론하셨사옵니다. 그러니 이곳은 아주 상서로운 곳이옵니다. 어른께서 한 번 정도는 둘러보실 필요가 있다고 믿사옵니다."

"음. 그런가? 이곳이 어디지?"

염라대왕은 태도가 급변하며 관심 있게 물었다. 분일선의 말이 심상치 않았기 때문이다. 분일선은 일정한 음성으로 대답했다.

"태상호이옵니다. 저쪽에 정자가 보이지 않사옵니까? 그곳이 바로 태상정이라고 하옵니다."

"그런가? 들은 것 같기도 하군. 이곳의 내력을 자세히 얘기해 보게."

염라대왕의 노기는 완전히 사라졌고 분일선을 바라보는 눈초리도 다정하게 바뀌었다.

"예, 말씀 드리겠사옵니다. 이곳은……."

분일선은 여전히 한쪽 무릎을 꿇은 채로 말하고 있는데 염라대왕이 갑자기 말을 막았다.

"잠깐!"

"……."

"자세를 편히 하고 말하게!"

"감사하옵니다, 마저 말씀 올리겠사옵니다."

분일선은 일어나서 태상호를 비스듬히 바라보며 침착하게 말을 이었다.

"이곳은 운지(雲池)로 전에는 남선부의 평범한 호수 가운데 하나였사옵니다. 물론 경치는 최고이옵니다만……."

분일선은 호수 한가운데를 가리켰고 염라대왕은 분일선과 호수를 번갈아 바라보며 경청하였다. 분일선의 말이 차분하게 들려왔다.

"칠십여 년 전 태상노군께서 이곳에 다녀가신 후로 태상호란 이름을 사용하고 있사옵니다. 장소는 저쪽에 보이는 태상정이었사옵니다. 당시에는 정자가 없었지만 소지 대선관이 태상노군께서 다녀가신 것을 기념하기 위해 정자를 짓고 태상정이라 하였사옵니다. 그 후 이곳은 명소가 되었는데, 최근에는 난진인과 평허선공께서 다녀갔사옵니다."

분일선은 여기서 말을 멈추고 염라대왕의 다음 말을 기다렸다. 그러자 염라대왕이 다시 물었다.

"태상노군께서는 이곳에 무슨 일로 오셨나?"

"예, 태상노군께서는 저쪽 태상정 자리에서 잠시 서서 계셨다고 하옵니다. 저는 그 당시 직접 뫼시지는 못했사옵니다."

"음. 연진인께서도 다녀가셨나?"

염라대왕은 깊은 사색에 잠긴 듯 허공을 응시하며 물었다.

"연진인께서 다녀가신 것은 저도 잘 모르겠사옵니다. 하지만 연진인께서는 평허선공을 이곳에서 기다리도록 분부를 내렸사옵니다."

"그런가? 그 후에 어찌되었나?"

"제가 알기로는 연진인께서는 끝내 이곳에 나타나시지 않으셨사옵니다. 단지 난진인께서 대신 오셔서 평허선공을 면담하셨다 하옵니다. 그 후 평허선공도 떠나가셨사옵니다."

"음, 대단한 일이었군! 함께 가 볼까?"

염라대왕은 미소를 지으며 말했다. 분일선에게 진 것이다. 분일선은 충분한 승산을 가지고 이곳에서 염라대왕을 기다린 것이다. 하지만 지금 분일선의 표정은 조금도 만족감이 보이지 않았다.

분일선은 여전히 진지한 태도를 보였다.

"제가 모시겠사옵니다."

분일선은 조용히 호수 바깥쪽으로 날아올랐다. 분일선이 호수의 한가운데로 날아가지 않는 것은 태상호 자체를 존중하는 의미였다. 염라대왕도 분일선을 따라 호수의 둘레로 날았다.

분일선과 염라대왕은 태상정에서 조금 떨어진 곳에 착지했다. 그러고는 걸어서 태상정 쪽으로 다가갔다.

"……"

이윽고 태상정에 도착한 분일선은 위쪽을 가리키며 말했다.

"먼저 오르시지요. 이곳이 경치가 가장 좋사옵니다."

"음, 과연 경치가 좋군."

염라대왕은 고개를 끄덕이며 천천히 태상정에 올랐다. 태상정은 그리 크지 않았으나 정교하게 만들어져 있고, 태상호가 한눈에 바라다 보이는 위치에 있었다. 염라대왕은 왼쪽으로 태상호를 바라보며 태상 정으로 들어섰다. 그러자 첫눈에 들어오는 것이 있었다.

바로 술과 음식이 차려진 상으로 제법 널찍한 것이었다.

"아니! 이것은……?"

염라대왕은 가볍게 놀라며 분일선을 쳐다봤다. 분일선이 급히 그 까닭을 설명했다.

"주안상이옵니다. 제가 어른을 위해 차려놓았사옵니다. 사전에 묻지 않은 죄를 용서하시옵소서."

"음, 곡차라! 장소가 좋군!"

염라대왕은 기분이 과히 나쁘지는 않았다. 이곳 태상정으로 말하면 경치로도 최고일 뿐 아니라 깊은 사연이 서려 있는 곳이다. 이런 곳에서 술을 들지 않는다면 과연 어디서 마시랴! 염라대왕은 태상호를 한눈에 바라보며 자신의 선부(仙府)가 있는 염라전을 비교해 봤다.

당치도 않은 일이다. 온 우주에 염라전처럼 경치가 나쁜 곳이 어디에 있겠는가! 염라대왕은 씁쓸한 미소를 지으며 분일선을 바라봤다. 분일선은 층계 입구 쪽에 비켜서서 정중히 손을 맞잡고 있었다. 얼굴에 오만한 기색은 전혀 없었다.

'분일은 참 대단하군. 똑똑하다는 얘기는 많이 들은 바 있지만 과연 소문이 날 만하군. 나를 이곳에 오게 한 것도 고마운 일이지!'

염라대왕은 이렇게 생각하고는 부드럽게 말을 꺼냈다.

"이왕 차려놓은 술이니 마셔야 좋겠군, 자네도 앉게!"

"예, 영광이옵니다. 어른께서 먼저 좌정하시옵소서."

분일선은 가볍게 고개를 숙이고 자리를 가리켰다. 당연히 상의 중

앙으로 호수를 정면으로 바라보는 위치였다. 염라대왕은 편안히 그 자리에 앉았다. 이어 분일선도 옆자리에 앉아 선인들의 술자리는 시작되었다.

"한 잔 따라 올리겠사옵니다."

분일선이 술병을, 염라대왕은 술잔을 집어 들었다. 술병과 술잔은 모두 큼직한 것으로 술을 받고 있는 염라대왕의 모습에는 만족한 기색이 엿보였다.

"……."

술은 소리 없이 그윽하게 따라졌다.

"자네도 한 잔 들게나!"

염라대왕은 술잔을 받아놓고 분일선에게도 한 잔을 권했다. 이는 상대방을 존중하는 예법으로 술좌석에서는 귀천 등급을 크게 논하지 않는다. 함께 술을 마실 처지가 아니라면 아예 술상 옆에 앉히도 않는 법이다.

분일선은 정중히 술잔을 받들어 술을 받아놓고 염라대왕이 먼저 술을 마시기를 기다렸다. 이러한 행동도 또한 술의 예법으로 어느 술좌석이든 첫잔은 귀인이 먼저 마시거나 함께 마신다. 귀인을 대접하는 사람이 먼저 마신다는 것은 절대로 있을 수 없는 일이다.

하지만 첫잔을 들고 나서는 누가 먼저 마시든 상관이 없다. 염라대왕은 그렇게 마다하던 술을 연거푸 몇 잔씩 들이켰다. 물론 분일선도 지지 않고 뒤를 따랐다. 분일선은 그동안의 긴장이 풀리자 목이 말랐을지도 모를 일이다.

염라대왕은 속으로 무슨 생각을 하는지 한동안 말없이 술만 마셨다.

"……."

분일선도 말이 없었다. 분일선은 염라대왕을 이곳에 초대하는 목적을 달성했기 때문에 더 말할 나위가 없을 것이다. 게다가 염라대왕 같이 귀한 분과 함께 대작(對酌)을 한다는 것이 얼마나 영광스럽겠는가!

마주 앉아 술을 대작한다는 것은 직접 교류한다는 의미가 있다. 인간의 수행 중 귀인과 직접 교류하는 일보다 더 중요한 것은 없다. 그렇기 때문에 모든 도인들은 자신보다 수행이 높은 도인을 받들어 공양하고 나아가서는 함께 마주할 기회를 얻고자 하는 것이다.

그 중에서도 술을 함께 마신다는 것은 가장 큰 수업이 된다. 분일선은 지금 염라대왕으로부터 큰 벌을 받을 뻔하다가 오히려 함께 술을 마실 수 있는 복을 얻은 것이다.

"……."

시간은 한가하게 흐르고 있었다. 두 선인은 모두 말이 없었다. 염라대왕은 깊은 생각을 진행시키며, 때로 경치를 즐기며, 술을 마셨다.

마음은 평온한 듯 얼굴빛은 밝아보였다. 이윽고 침묵을 깨고 염라대왕이 먼저 말을 꺼냈다.

"참으로 좋은 경치야. 그런데 분일, 남선부에는 요즘 무슨 일이 있는가?"

"요즘은 비교적 한가한 편이옵니다."

분일선은 염라대왕의 갑작스런 질문에 스스럼없이 대답했다. 염라대왕은 고개를 끄덕이고 다시 물었다.

"분일! 이곳에 한곡이 다녀갔나?"

"예."

"언제인가?"

"어른이 오시기 얼마 전이었사옵니다."

"왜 그리 급하게 떠나갔나?"

염라대왕은 한가하게 물었다. 묻는 내용은 처음부터 심문인 것이 틀림없으나 어투만은 아주 부드러웠다. 어쩌면 이는 호수의 한적한 분위기에 잘 어울리는지도 몰랐다. 분일선도 편안히 대답했다.

"한곡선은 어른을 피해 급히 떠났사옵니다."

"나를 왜 피하는 거지?"

"예, 소인도 자세히는 모르옵니다. 하지만 제가 생각하기에는 소지 대선관의 일인 것 같사옵니다."

"음, 그런 것 같애! 그런데 한곡선은 소지선의 피신처를 알고 있을까?"

염라대왕은 분일선을 은근히 쳐다보며 물었다. 분일선은 진지하게 대답했다.

"글쎄요, 잘 모르겠사옵니다."

"그래? 한곡이 자네에게 무슨 말을 한 것이 있나?"

"전혀 없사옵니다. 단지 한곡선이 떠나고 나면 제가 그 뜻을 알 것이라고 했사옵니다."

염라대왕은 여기서 고개를 끄덕이고 술을 한 잔 들어 마셨다. 분일 선은 즉시 술잔을 채웠다. 그러자 염라대왕이 다시 물었다. 목소리는 여전히 한가했다.

"자네는 그 뜻을 알았나?"

"예."

분일선도 한가히 대답하자 염라대왕은 다소 날카롭게 음성을 바꿨다. 그러나 분일선은 여전한 음성으로 대답했다.

"무엇인가?"

"한곡선이 어른을 피한다는 느낌이 들었사옵니다."

"그래서 자네는 그를 도우려 했나?"

"예."

"방법은?"

염라대왕은 분일선을 똑바로 바라보며 물었다. 분일선은 멋쩍어하면서 진지하게 대답했다.

"어른의 행보를 지연시키는 것이었사옵니다."

"그래? 그것은 죄가 아닌가?"

염라대왕은 엄숙하게 물었다. 그러자 분일선은 두 손으로 땅을 짚고 고개를 숙여 보이고는 차분히 대답했다.

"예, 죄송스럽사옵니다. 하지만 소인은 다른 생각도 있었사옵니다."

"무엇인가?"

염라대왕은 궁금하다는 표정을 지으며 다시 물었다. 분일선이 진지하게 대답했다.

"한곡선이 제게 어른의 행차를 직접 알려준 것은 아니옵니다. 저스스로 생각해서 깨달았사옵니다. 그래서 저는 이번 기회에 어른을 한번 모시려 했던 것이옵니다."

"……."

염라대왕은 가볍게 미소를 지으며 고개를 끄덕였다. 분일선의 말은 한곡선을 돕기도 하면서 자신의 이익, 즉 염라대왕을 친견하고자 했다는 것이다. 참으로 훌륭한 발상이 아닐 수 없었다. 분일선은 그 방법에 있어서도 매우 적절하여 염라대왕이 꼼짝없이 당하게 된 것이다.

하지만 염라대왕 자신은 이곳 태상정에 오게 된 것을 전혀 불쾌하게 생각하지 않았다. 오히려 이런 기회를 준 분일선을 가상하게 생각하고 있는 중이었다. 염라대왕은 또 한 잔의 술을 들이켜고 나서 물었다.

"자네는 소지선의 행방을 알고 있나?"

"저는 전혀 모르옵니다."

"만나보지도 못했나?"

"만나보기는 했사옵니다. 그때는 전투의 와중이었는데, 전투가 끝나자 곧바로 헤어졌사옵니다."

분일선의 대답은 여전했지만 지금 염라대왕은 특별한 것을 캐낼 기대를 갖지는 않았다. 단지 분일선을 만난 김에 이것저것을 생각하면서 한가하게 묻고 있을 뿐이었다.

염라대왕은 태상호를 천천히 둘러보고 다시 물었다.

"어느 방향으로 떠난 것 같은가?"

"정확히는 모르옵니다만 은저산 쪽인 것 같사옵니다."

"어째서 그렇게 생각하나?"

"방향은 네 곳으로 속계와 남선부 쪽과 은저산과 동화궁 쪽이옵니다. 다시 속계로 갈리는 없고 남선부 쪽에도 감지되지 않았사옵니다. 동화궁 쪽은 적이 있는 곳이므로 그쪽으로 갈 수는 없겠지요."

분일선은 이렇게 말하며 씁쓸한 표정을 지었다. 동화궁 선인들과의 전투가 생각나서였다. 염라대왕도 이를 동정하듯 말했다.

"그렇겠군, 동화궁과 충돌이 컸다지?"

"예, 그들의 행동은 지나쳤고 명분도 아주 약했사옵니다."

분일선이 말한 명분이란 동화궁의 선인들이 행했던 일, 즉 전투가 도덕적 근거가 없었다는 뜻이었다. 인간이건 선인이건 간에 전쟁에 있어서 가장 먼저 갖추어야 할 조건은 명분이다. 명분이 선하게 갖추어져 있으면 전쟁 자체가 떳떳하다. 그 경우는 시간을 끌면 끌수록 유리해진다.

그러나 명분이 없는 행위는 시간이 지날수록 불리해지는 것이 자연의 법칙이다. 염라대왕은 분일선이 말한 명분에 대해 잠시 생각하고는 부드럽게 말했다.

"나도 인연의 늪 전투를 조금은 들은 바가 있네. 당시 경위를 자세히 들려주게나."

"불미스런 일이옵니다만 어른께서 듣고자 하신다면 간략히 말씀드리겠사옵니다."

"……."

염라대왕은 말없이 고개를 끄덕였다. 분일선은 진지한 자세로 얘기를 시작했다.

"당시 소지선은 하계에 은신 중이었사옵니다. 이를 탐지한 평허선공께서는 동화궁에 소지선을 체포토록 명령을 내렸사옵니다. 그래서 체포대를 파견했사옵니다만 옥황부 쪽에서는 소지선을 구원하라는 명령이 내려왔사옵니다. 두 명령은 상충되는 것이었지요. 하지만 동화궁이나 남선부는 옥황부 명령에 따라야 하는 것이 아니겠사옵니까? 평허선공께서는 옥황부 소속이 아니옵니다. 비록 평허선공께서 난진인의 영패를 가지시고 명령을 내렸다고는 하시지만 우리는 영패를 보지도 못했을 뿐만 아니라 남선부 관할 지역에서 분쟁이 났으므로 당연히 옥황부의 명령이 우선이옵니다."

분일선의 얘기는 다소 설명조였다.

그러나 염라대왕은 묵묵히 듣고 있었다. 명분을 평가하고 있는 것이리라!

　단지 난진인의 영패 부분에 있어서는 선인 행동 규범이란 것이 있다. 이 규범에 의하면 난진인의 명령과 옥황상제의 명령은 같은 효력을 미치지만 난진인의 영패에 의한 명령일 때는 영패를 직접 본 사람에게만 의미가 있다.

　따라서 동화궁이 난진인의 영패를 휴대한 평허선공의 명령에 의해 소지선을 체포하려 한 것은 옥황부의 공식 명령보다 명분이 약한 것이다. 옥황부의 명령은 당연히 옥황상제의 권위에 의해 내려오는 것이며, 옥황상제를 직접 보지 않아도 뜻이 있는 것이다. 물론 이럴 경우 문서가 있으면 명령의 권위는 더욱 분명해진다.

　분일선의 얘기가 계속되었다.

　"당시 동화궁 측의 체포대와 옥황부의 공식 구원대가 인연의 늪에서 대치했사옵니다. 그래서 그 지역 관할 경비대가 중재에 나섰지만 둥화궁 측에서는 이에 응하지 않았사옵니다. 그들은 무차별 공격을 가해 옥황부 구원대를 전멸시키고, 이어 남선부에서 파견된 긴급 병력에 대해서도 공격을 가해 수많은 사상자를 냈사옵니다. 이는 지나친 처사로 분명 옥황상제에 대한 불충이고, 옥황부에 대한 항명에 해당되옵니다."

　"……"

　염라대왕은 긍정을 뜻하는 표시로 고개를 끄덕였고, 분일선은 말을 계속했다.

　"제 개인적인 생각입니다만 평허선공께서 무엇 때문에 그토록 소지선을 체포하시려는지 모르겠사옵니다. 그리고 동화궁은 어째서 옥황부에 대항하면서까지 평허선공의 명에 따르는지 알 수가 없사옵니다."

분일선은 여기서 염라대왕의 기색을 살폈으나 염라대왕은 허공을 응시하고 있을 뿐이었다. 이것은 염라대왕 자신이 어떤 결론을 얻으려고 생각 중에 있는 것이다. 분일선은 다시 계속했다.

"아무튼 사상자가 너무 많았사옵니다. 이는 남선부가 생긴 이래 수억 년 동안 처음 있는 일이었사옵니다. 아주 상서롭지 못한 사건이었지요. 저희는 옥황부에 징조 해석을 공식적으로 의뢰했었사옵니다."

"……"

염라대왕은 눈을 가늘게 뜨고 깊은 생각에 잠겼다. 징조 해석! 이는 아주 중요한 일이었다. 인연의 늪에서 일어난 전쟁, 그리고 수많은 살상은 그 자체만으로도 크게 불미스럽고 통탄할 일이지만 또한 이것은 더 큰 사건의 징조가 될 수 있다.

징조란 작은 부분에 나타난 더 큰 사건의 그림자이거니와 천지자연의 현상 속에는 수많은 징조가 있게 마련이다. 지금 분일선이 말한 징조에 관한 것은 염라대왕도 나름대로 해석을 하고 있는 중이지만 이는 옥황부의 공식 기관에서 치밀하게 규명될 문제였다.

대개 일반적인 징조는 선인들의 식견으로도 쉽게 해석되게 마련이지만 지금처럼 거대한 현상은 그 징조 해석이 그리 쉬운 것은 아니다. 물론 단순히 해석하자면 많은 살상이 일어났으므로 앞으로 불길한 일이 일어날 것이라고 보겠지만 징조해석은 그토록 직선적인 해석이 아니다.

그리고 자연에서 일어난 모든 현상이 징조는 아니다. 자연계에서 일어난 일은 그 자체로써 완결된 사건일 수도 있고, 또한 어떤 사건의 단서가 될 수도 있다. 징조란 크든 작든 간에 어떤 사건이 연이은 다른 사건의 발생 신호가 될 때를 일컫는다.

분일선은 인연의 늪에서 발생한 불미스러운 사태를 일종의 징조로 보고 옥황부에 그 해석을 공식 의뢰했거니와 그것이 과연 징조인지, 그리고 그 징조는 무엇을 뜻하는지에 대해서는 속단할 수 없었다. 이에 대해서는 염라대왕조차 결론을 내리지 않고 있었다.

염라대왕은 미소를 지으며 술잔을 들었다. 그러고는 분일선에게도 함께 들 것을 권했다.

"자, 함께 들게나."

"예."

분일선은 급히 잔을 들어 보조를 맞추었다. 분일선은 염라대왕을 따라 단숨에 술잔을 비워냈다. 그러자 염라대왕이 먼저 술병을 집어 들었다.

"내가 한 잔 따라 주지, 자네는 훌륭해!"

"황송하옵니다, 열심히 노력하겠사옵니다."

분일선은 술잔을 받으면서 정중히 예의를 갖추었다. 분일선에게는 오늘의 이 자리가 영원히 기억될 것이리라! 수행이 높은 염라대왕과 한적하게 대작을 하고, 게다가 훌륭하다는 칭찬마저 받으니 이는 필시 큰 경사일 것이다.

술병은 어느덧 다 비워졌다. 염라대왕은 잠시 그대로 앉아 있었다.

"……."

분일선은 염라대왕의 기색을 살피며 기다렸다. 워낙 어려운 자리인지라 술을 더 들겠느냐고 물을 수는 없었다. 잠시 후 염라대왕은 자리에서 일어났다. 그러고는 술상을 비켜서서 태상호를 다시 바라보기 시작했다. 분일선도 조용히 일어나 태상호를 향해 서 있었다.

'이제 어른께서 떠나시려는 것일까?'

분일선이 이런 생각을 하는 순간 염라대왕의 인자한 음성이 들려왔다.

"분일, 나를 이곳에 데려다주어 고맙네. 해서, 자네에게도 한 가지 비밀을 일러주지!"

"예? 아 예, 황송하옵니다."

분일선은 염라대왕의 뜻밖의 말에 급히 예의를 갖추었다. 염라대왕은 이곳에서 무엇인가를 깨닫고 그것을 분일선에게도 알려주겠다는 것이다. 분일선으로서는 또 한 번의 행운이 일어난 셈이다.

염라대왕의 음성이 들려오기 시작했다.

"분일, 이곳에서 아주 중요한 일이 일어났다네. 나는 오늘 이곳에 오자마자 그것을 알았네만, 태상노군께서는 칠십여 년 전에 이곳에서 두 가지 일을 진행시키셨지. 심상치 않은 일이야. 자네도 알고 싶은가?"

염라대왕은 일부러 분일선을 쳐다보며 친절히 물었다. 분일선은 급히 두 손을 맞잡고 한쪽 무릎을 꿇으며 읊조렸다.

"감히 제가 알아도 괜찮다면 알고 싶사옵니다."

"허허, 자네가 알아도 괜찮은지 나도 모르겠네. 하지만 자네 때문에 내가 이곳에 왔으니 그 은혜를 갚아야지."

"……."

분일선은 고개를 다시 한 번 숙일 뿐 아무 말도 하지 않았다. 이는 비밀한 얘기를 들려 달라는 뜻이 분명했다. 누구인들 알고 싶지 않겠는가! 선인들에게는 윗선인들의 비밀한 섭리가 가장 궁금한 것이다.

염라대왕은 미소를 짓다가 갑자기 정색을 하며 말했다.

"한 가지 일은 매우 평범한 일일세. 태상노군께서는 형저의 기운을 발출시켜 한 위인의 정신을 가지런히 해 주셨네. 일종의 치료인 셈이지. 바로 역성 정우인데 그 사람은 혼돈의 우주를 건너면서 많은 손상을 입었던 것이야!"

"……"

분일선은 염라대왕의 말을 결사적으로 청취했다. 숨겨진 뜻을 듣기 위해서였다. 하지만 염라대왕의 말은 평범할 뿐이었다. 처음 내용은 역성 정우라는 사람을 태상노군이 직접 치료해 주었다는 얘기였다.

염라대왕의 다음 말이 이어졌다.

"두 번째 일을 얘기하겠네. 태상노군께서는 이곳에 서서 거대한 운을 일으키셨네. 그 내용은 나도 연구를 해 봐야겠지만 자네도 관련이 있어!"

"예? 저도요? 저 같은 것이 감히 태상노군의 섭리에 어찌 끼어들겠사옵니까?"

분일선은 놀람과 기쁨이 뒤섞여 떨린 음성이 나왔다. 염라대왕은 미소를 지으며 다시 말했다.

"나도 모르겠네, 아무튼 자네를 통해 내가 이곳에 왔고, 이곳에 왔기 때문에 그 일을 깨달은 것이니 자네도 관련이 있는 것이겠지!"

"……"

분일선은 속으로만 생각할 뿐 감히 대답을 못 하고 있었다. 이때 염라대왕은 층계를 내려가고 있었다. 분일선은 조심스럽게 뒤를 따라 내려갔다.

염라대왕은 층계를 다 내려오자 태상정을 향해 돌아서고 고개를 숙여 잠시 눈을 감았다.

태상노군을 향해 경배의 묵념을 올리는 것이리라.

"……."

분일선은 옆에 비켜서서 엄숙히 지켜보고 있었다. 이윽고 묵념을 마친 염라대왕은 분일을 향해 나직이 말했다.

"분일, 나는 이만 가려네!"

"떠나시렵니까?"

분일선은 한쪽 무릎을 꿇고 두 손을 맞잡고 고개를 숙였다. 이 순간 염라대왕은 사라졌다. 분일선은 염라대왕이 떠나가자 혼자 태상호를 거닐면서 한동안 생각에 잠겨 있었다.

분일선이 가장 먼저 생각한 것은 자신이 태상노군의 섭리와 관련되었다는 염라대왕의 말이었지만 이것은 생각만으로 알 일은 아니었다.

단지 분일선은 일생일대의 향상의 기회가 다가왔음을 느끼고 있었다. 분일선이 염라대왕을 태상호로 불러들이는 것에 성공하였고 이어 함께 술을 대작한 것은 천만 년의 공업(功業)이 아니고 무엇이랴!

특히 염라대왕으로부터 태상노군의 비밀한 행적을 듣게 된 것은 그 운명의 무게와 함께 더욱더 크게 분발을 촉구하는 천지신명의 가호인 것이다. 분일선은 이 모든 것을 숙연하게 받아들였다.

분일선의 가슴속에는 자신에게 주어진 거대한 운명의 임무에 최선을 다하겠다는 의욕이 분출하고 있었다. 그리고 또한 자신의 수행이 부족한 것도 통감하고 있었다.

'답답하구나. 저 물 속처럼…….'

분일선은 맑은 물을 바라보며 오히려 자신의 무능을 한탄했다. 분일선의 마음은 저 물처럼 맑았지만 자신의 무능을 생각하면 그것조차도 하나의 탁한 존재로 보이는 것이다.

맑은 물조차 없는 완전히 비어낸 마음이야말로 진정 깨끗한 마음이 아니겠는가!

　분일선은 자신의 무한히 깊은 마음을 관찰하면서 거듭 반성을 했다. 반성은 수행이 높은 사람이나 덕이 없는 사람을 가리지 않고 향상을 할 수 있는 유일한 문이다. 지금 분일선의 반성은 자신의 영원한 과거를 되새기며 무한한 미래의 창문을 열고 있는 것이다.

　분일선은 자신을 꾸짖으며 겸허한 자세로 태상호를 떠났다. 태상호는 선인들이 다 떠나자 더욱 한가하고 고요하여 그 그윽함은 이루 다 말할 수 없었다.

　무심한 태상호도 명상에 잠긴 것일까? 집무실로 돌아온 분일선은 영빈 행사부에 염라대왕이 떠난 사실을 알리고 조용히 명상에 가라앉았다.

― 8권에 계속 ―

인지
본사
소유

대하소설 주역 ⑦

1판 1쇄 인쇄 1995년 08월 20일
1판 1쇄 발행 1995년 08월 30일
2판 1쇄 발행 2015년 11월 20일
3판 1쇄 발행 2019년 02월 30일
3판 2쇄 발행 2023년 03월 10일

지 은 이 김승호
편집주간 장상태
책임편집 김원석
디 자 인 정은영

펴낸이 김영길
펴낸곳 도서출판 선영사
주 소 서울시 마포구 서교동 485-14 영진상가 지층
TEL (02)338-8231~2 **FAX** (02)338-8233
E-mail sunyoungsa@hanmail.net

등 록 1983년 6월 29일 (제02-01-51호)

ISBN 978-89-7558-202-8   03810